우연처럼, 필연처럼, 운명처럼

찾아와 주신 분들께

서사희 :)

사랑하는 나의 억압자

서사희 장편소설

2

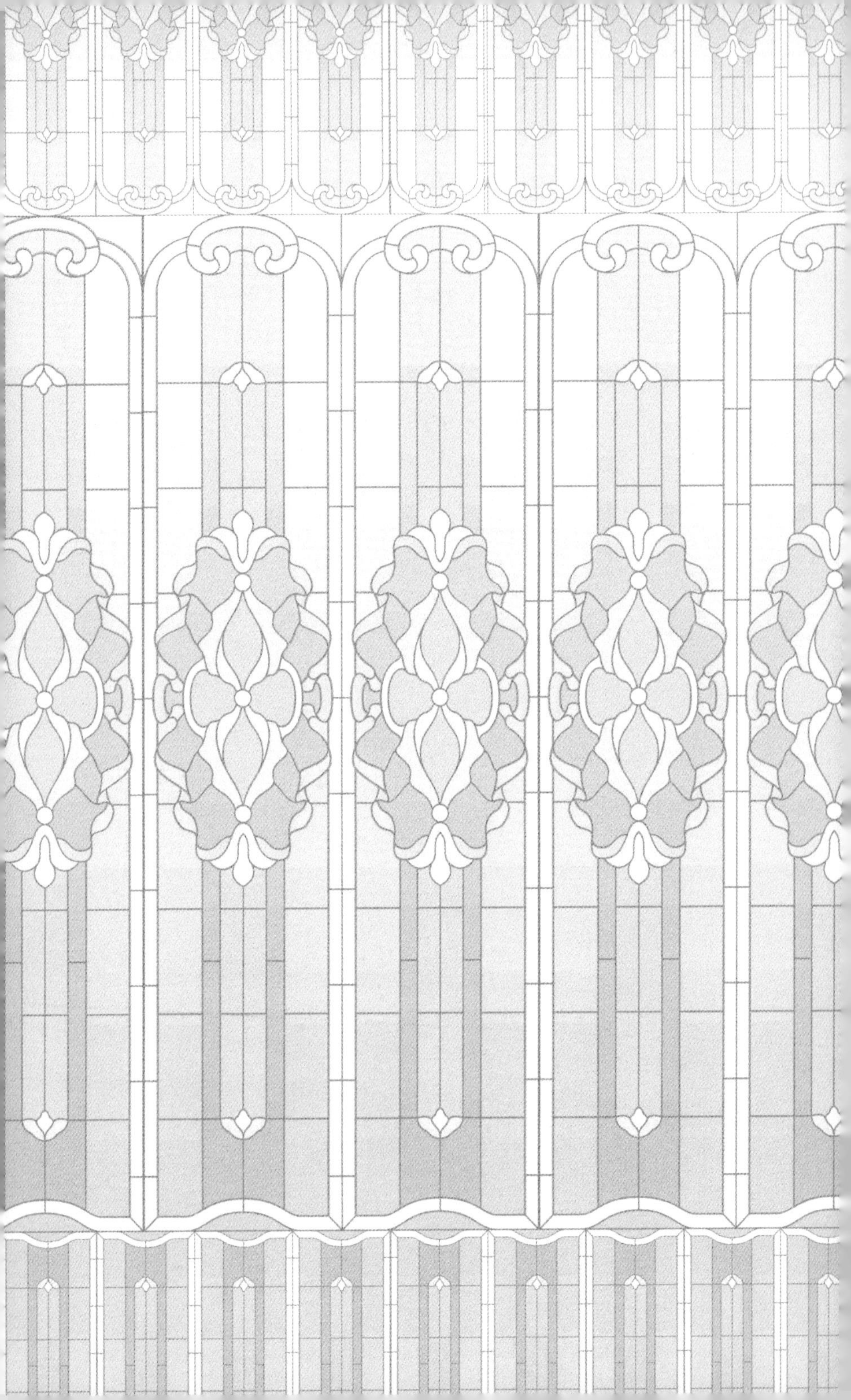

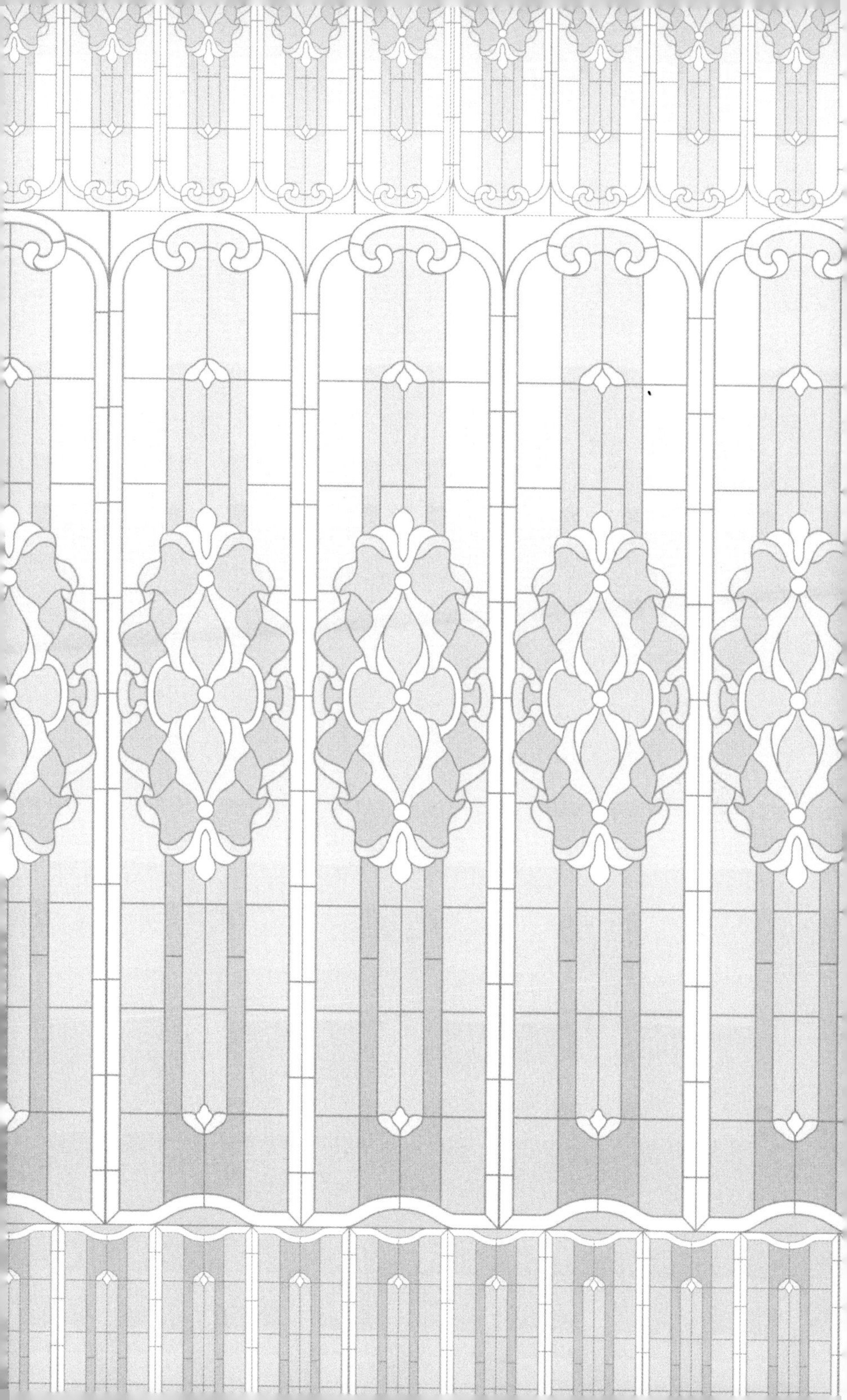

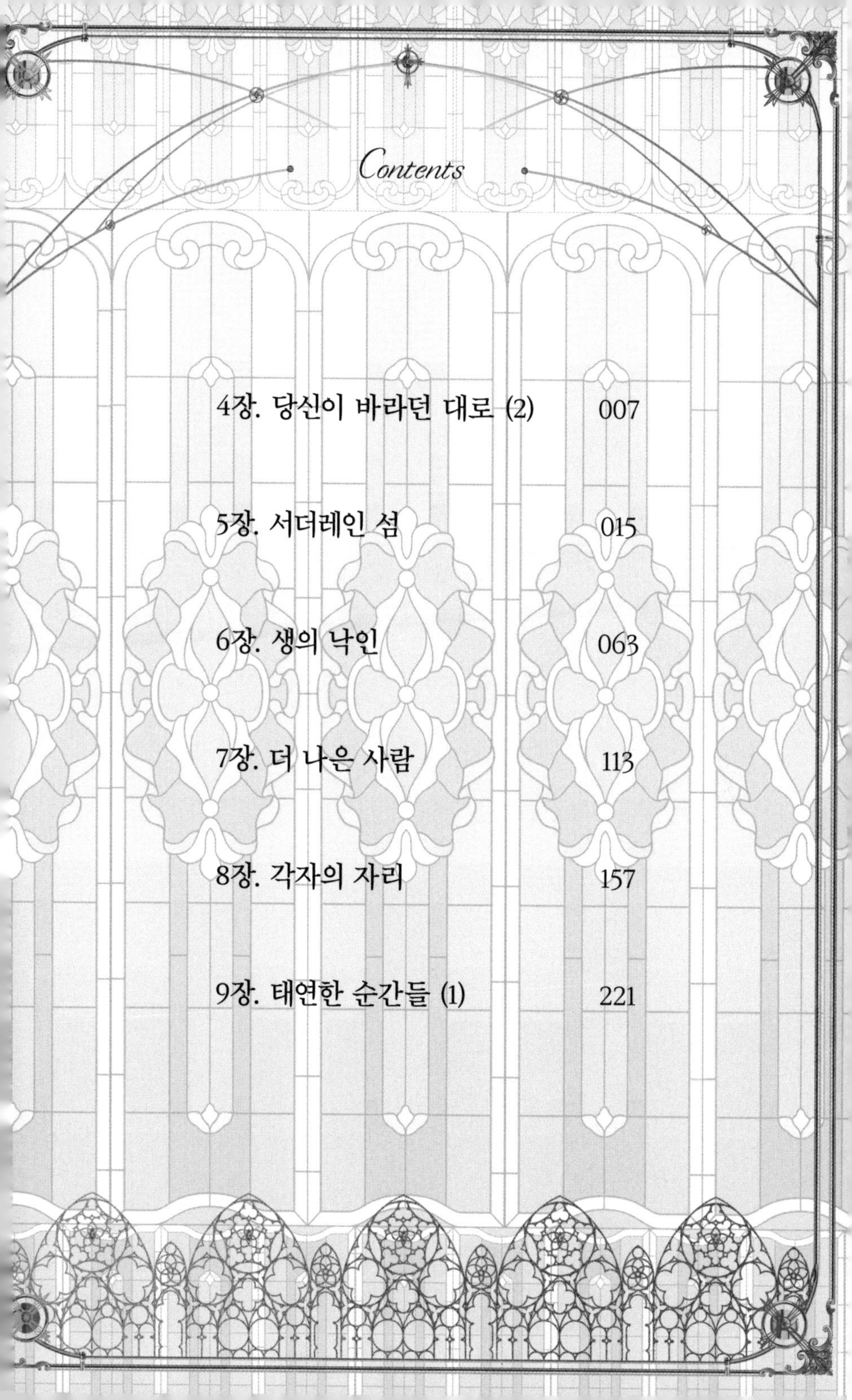

Contents

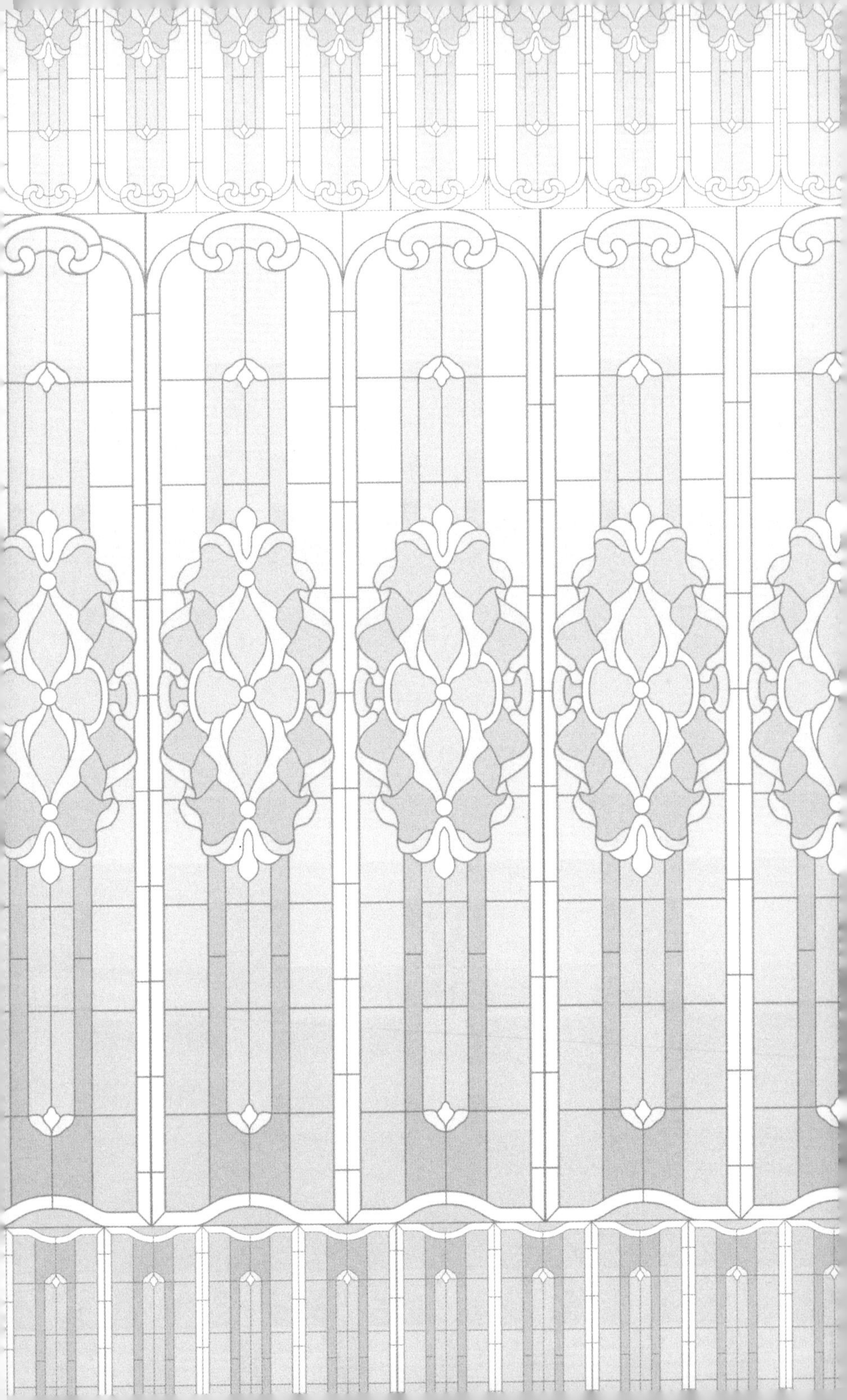

4장

당신이 바라던 대로 (2)

하이너의 결정 이후 이혼 과정은 빠르게 진행되었다. 아네트는 다음 날 아침 이혼장을 받아 볼 수 있었다. 그녀는 그저 가만히 있는데, 모든 일이 잘도 굴러갔다. 변호사가 그녀에게 이혼 사유와 재산 분할에 관해 이것저것 설명해 주었다. 하지만 아무것도 귀에 들어오지 않았다.

"……하고…… 여러 사정상 건물이나 유가 증권 같은 무형 자산은 분할이 어렵고…… 현금과…… 지급될 겁니다."

변호사와의 면담 동안 아네트는 자주 창밖을 바라보았다. 그의 말마따나 그렇게 바라던 이혼인데, 아무런 감흥이 없었다. 생각해 보면 그때는 왜 그리도 이혼을 바랐는지 모르겠다. 어차피 이혼하고 나가 봐야 똑같은 삶일 텐데. 죽는 것보다 못할 삶일 텐데.

"여기 은행 관련 서류입니다. 위자료는 하루 이틀 내에 이쪽으로 지급될 거예요. 혹시 궁금한 점이 있으시면 이쪽으로 연락 주시고요……. 여기 서명하시면 이혼 절차가 완료됩니다."

아네트는 변호사가 시키는 대로 펜을 들었다. 변호사가 짚은 곳

위에는 하이너의 서명이 쓰여 있었다. 그녀는 잠시 그것을 응시하다가 서류 한구석에 서명했다. 서류를 받아 챙긴 변호사가 생각났다는 듯 말했다.

"아, 그리고 전남편분께서, 이곳에 더 머물고 싶으시다면 머물러도 좋다고 말씀하셨습니다."

"……."

"관저 내 건물을 따로 내어 드려도 괜찮다고…… 좀 더 머무시겠습니까?"

"아뇨. 괜찮아요."

"아, 알겠습니다. 그럼 혹시 집을 구하는 데 도움이 필요하실까요? 괜찮은 매물들을 좀 알고 있습니다. 중개인을 소개해 드릴 수도 있고요."

아네트는 예의상의 미소조차 지어 보이지 않은 채 무표정하게 고개를 저었다.

"괜찮습니다. 바로 나갈게요."

"……아, 예. 알겠습니다."

아네트는 제 앞에 놓인 이혼 서류 한 장을 들고 자리에서 일어났다. 제 방으로 돌아오자 사용인 몇과 간병인이 어색하게 쭈뼛거리고 있었다.

"저어, 부인, 아니 레이디 로젠베르크……? 혹 이곳에 좀 더 머무실 건가요?"

"아뇨."

"그럼 짐을 바로 꾸려 드릴까요? 꼭 챙기고 싶으신 것이 있으세요?"

"제가 직접 할게요."

"아, 네. 혹시 가방이 더 필요하시면 말씀해 주세요. 그리고 나가실 때 마차가 필요하시다면 불러 드릴게요."

아네트는 빙그레 웃고 있는 면면들을 물끄러미 바라보았다. 모두가 과할 정도로 친절했다. 위에서 명령이라도 전달받은 걸까.

"……네, 고마워요. 짐은 제가 챙길 테니 나가 주시겠어요?"

사용인들은 잠깐 서로의 눈치를 보더니, 고개를 꾸벅 숙이고선 방을 나갔다.

아네트는 얼마간 멍하니 앉아 있다 짐을 꾸리기 시작했다. 그러나 손에 잡히는 것들을 대충 가방 안에 던져 넣는 것에 불과했다. 뭘 챙기든 상관없었다. 사실 아무것도 챙기지 않아도 상관없었다. 무분별하게 가방을 채운 아네트가 자리에서 일어났다. 변호사가 준 재산 분할 및 은행 관련 서류들은 침대 위에 그대로 둔 채였다. 아네트는 짐가방 하나만 들고 방을 나섰다. 사용인들이 그녀를 흘끔거리며 인사를 해왔다. 그녀는 눈짓으로만 인사를 받아 주며 복도를 걸어갔다. 1층 입구에 하이너가 그림자처럼 서 있었다. 아네트는 잠시 걸음을 멈춘 채 조용히 그를 바라보았다. 그가 저벅저벅 다가오며 말했다.

"여기 더 머무르지 않는군."

"……."

"당신 마음대로 하십시오. ……다만 약속은 지켜."

앞에 선 하이너가 그녀의 손에 장갑을 끼워 주었다. 아네트는 말없이 그가 하는 양을 지켜보았다. 하이너는 그녀의 손 위에 무언가를 놓더니 주먹을 쥐게 했다. 다시 펴 본 손 안엔 보라색 브로치와 명함 한 장이 놓여 있었다. 그가 가져갔던 안스가 슈테터의 명함이었다. 아네트는 다시 고개를 들어 그와 시선을 마주했다. 하이너가 한 걸음 뒤로 물러났다.

"따뜻한 연말 되기를, 아네트 로젠베르크."

그 낮은 음성은 이상할 만큼 오랫동안 귓가를 맴돌았다. 아네트는 손에 쥔 브로치를 만지작거렸다. 그러고선 작게 입을 열었다.

"당신도."

관저를 나온 아네트는 우두커니 서서 하늘을 응시했다. 제법 화창한 날씨였다. 어제 내렸다던 눈은 이미 다 녹고 없었다. 뒤돌아 관저를 한 번 눈에 담은 그녀가 발걸음을 뗐다. 아네트는 발이 닿는 대로 걸었다. 어디에 도착하든 상관없었다.

"이혼해 주면, 살겠다고 대답해."

솔직히, 아네트는 그와의 약속을 지킬 생각이 없었다. 거짓말을 하겠다고 작정하고 거짓말을 한 건 아니었다. 그냥 아예 거기에 대해 별생각이 없었다.

'죽을까.'

자신이 죽은 후에 하이너가 분노하든 원망하든 슬퍼하든, 그게 무슨 상관이란 말인가. 어차피 그들은 이혼했고 이제 남이었다. 이혼하기 전에도 크게 다르지는 않았지만.

정처 없이 걷던 아네트는 공원의 벤치를 발견했다. 그녀는 벤치 위에 가방을 올려 두고 잠시 몸을 앉혔다. 공기는 차가웠으나 햇살은 따뜻했다. 눈이 부셔서 아네트는 고개를 숙였다. 제 장갑 낀 손이 눈에 들어왔다. 브로치와 안스가의 명함은 아직도 손에 쥐어 있었다.

'이제 어쩔까.'

과거 자신이 좋아했던 마퀴즈 컷의 잎사귀 모양 브로치를 바라보며, 아네트는 멍하니 생각했다. 죽으려고 해도 어떤 방식으로 죽어야 하는 건지 방법이 떠오르질 않았다. 마치 생각하는 법을 잊어 버린 것만 같았다.

불현듯 머리 위에서 그림자가 졌다. 아네트는 천천히 고개를 들었다. 아. 상대의 얼굴을 확인한 아네트의 입이 약간 벌어졌다. 초점 없이 흐릿하던 동공에 빛이 돌아왔다.

하이너는 창가에 선 채 멀어지는 작은 인영을 바라보았다. 그녀가 사라진 후에도, 그는 한참이고 제자리에 서 있었다. 서서히 해가 기울었다. 벽에 비친 그의 그림자가 길게 늘어졌다.

'어디서부터 잘못되었나.'

하이너는 공허하게 생각했다.

처음에는, 단지 연모하던 마음뿐이었다. 한 번만이라도 닿아 보고 싶은 마음뿐이었다. 감히 그녀를 원하지도 않았다. 그래서 악착같이 후작의 개가 되었다. 더 높은 자리를 얻기 위해, 더 많은 권력을 얻기 위해, 더 '괜찮은' 인간이 되기 위해. 그래서 당신 곁에 조금이라도 가까워지기 위해. 고아 출신에 할 줄 아는 거라곤 사람 죽이는 일뿐인 병사에게 당신이 눈길을 줄 리가 없으니까…….

하이너는 창틀을 짚은 제 손을 내려다보았다. 오래전 씻겨 내려가고 없어진 피 냄새가 여전히 나는 듯했다. 그는 꽉 주먹 쥐었다.

잘잘못을 따진다면 당신보다 내가 더 더럽고 저열한 인간임을 안다. 수도 없이 사람을 죽이고, 동료들을 사지로 몰아넣은 내가 더 죄인임을 알고 있다. 인정하고 싶지 않았다. 모든 책임을 그 여자에게로 돌리고 싶었다.

내가 진창을 굴러서 만들어 준 후작의 입지로 당신은 그렇게나 행복하지. 그게 누구의 피이고 누구의 희생인지 당신은 아무것도 모르지. 당신이 삶에서 가장 힘들고 슬픈 일은 피아노 실력이 늘지 않는 것, 고작 그런 거지. 나는 그래서…….

그래서 당신이 미웠어.

온갖 더럽고 열등한 감정의 파고가 가슴속을 범람했다. 하이너의 몸이 천천히 무너졌다. 그 여자 하나 때문에, 그렇게나 발버둥 쳤는데, 결국은 이 꼴이었다. 하이너는 두 손으로 머리를 감싸 쥐었다. 숨이 울컥거리며 차올랐다. 그는 결국 참지 못하고 그것을 뱉어 냈다.

구석에 몸을 구겨 넣은 남자가 소리 없이 오열했다. 먼 곳에서부터 바람을 타고 피아노 소리가 실려 왔다. 그는 아주 오랫동안 울었다.

5장

서더레인 섬

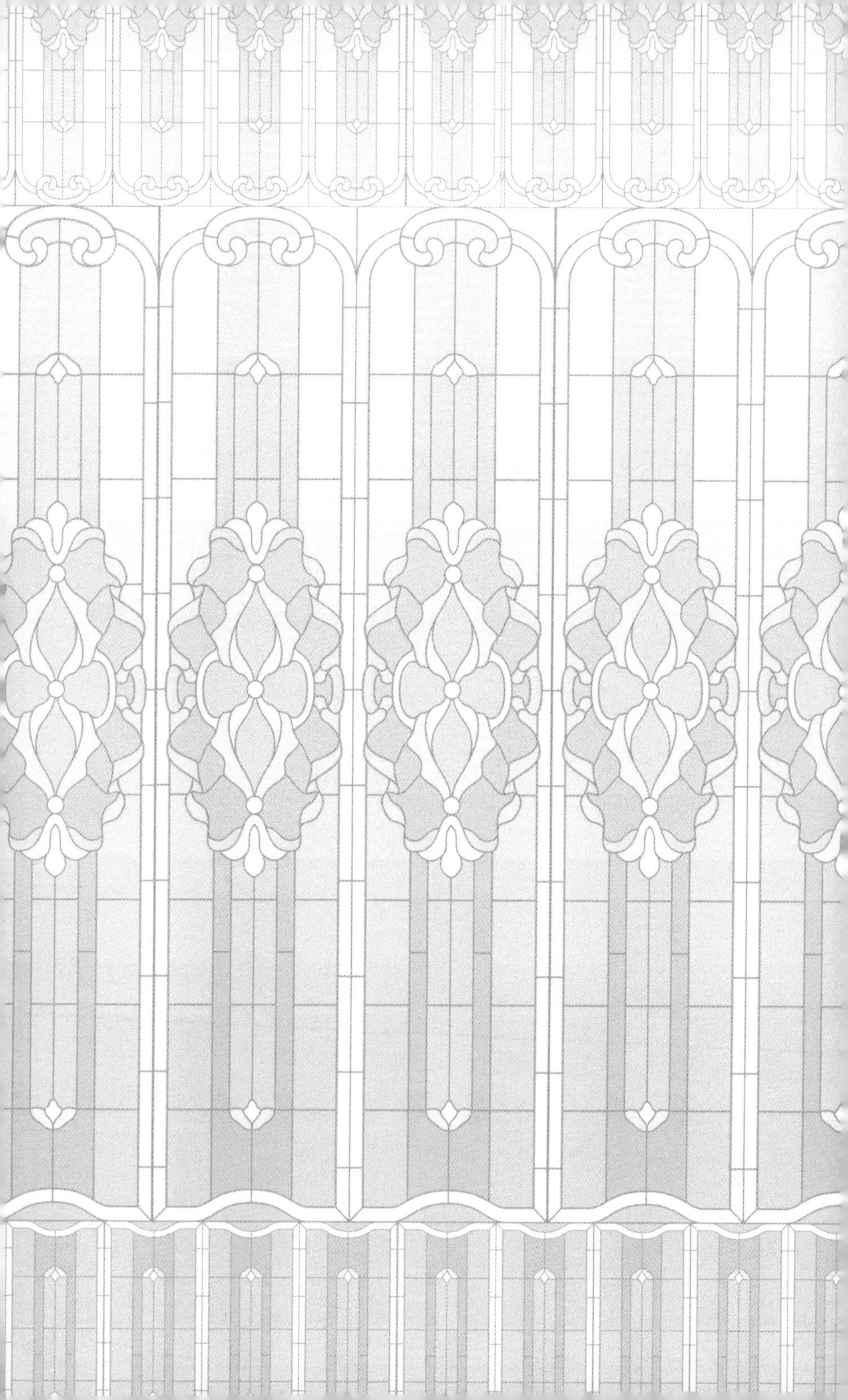

AU 703년, 서더레인 섬.

퍽.

퍽.

희뿌연 시가 연기로 가득한 창고 안에서 둔탁한 타격음이 울렸다. 몸을 웅크리고 누운 소년 하나를 여럿이서 둘러싸고 있었다. 신음 하나 흘리지 않는 소년을 보며, 구타하던 이들 중 하나가 가래침을 뱉었다.

"지독한 새끼."

"감독한테 알랑거리니 좋냐? 너 때문에, 씨발, 내 이름까지 명단에 올라갔잖아."

그러고도 분이 풀리지 않는지, 그는 소년의 배를 힘껏 걷어찼다. 소년의 상체가 둥글게 말렸다.

어불성설이었다. 그들이 졸업반임에도 불구하고 이번 생존 훈련 명단에 올라간 건 그의 탓이 아니었다. 단지 고작 3학년인 소년과 실력이 비교되었기 때문이다. 감독은 어린애보다도 뒤떨어지는 놈들이라며 그들을 생존 훈련 명단에 올렸다.

"야, 우리 슬슬 가야 해."

의자에서 싸구려 시가를 피우며 친구와 시시덕거리던 여자가 벌떡 일어났다.

"늦으면 우리가 처맞는다."

여자는 재를 탁탁 털더니, 소년 앞에 쭈그리고 앉았다. 소년의 얼굴을 확인한 그녀의 미간이 찌푸려졌다.

"아, 씨! 얼굴은 건드리지 말라니까!"

"왜 지랄이야 쟤는 또."

"잘생겼잖아! 이런 얼굴에 상처 내지 말라고!"

"야, 야, 닥치고 빨리 와."

여자는 아쉽다는 듯 쯧 혀를 한번 차더니, 소년의 뺨을 툭툭 두드리고선 일어났다.

"나는 너 별로 때리고 싶지 않다? 잘 좀 해."

소년은 눈을 뜬 채 죽은 듯 누워 있었다. 여자는 시가 연기를 훅 내뿜더니, 이내 걸음을 돌렸다. 같이 가, 하는 소리가 뒤따랐다. 쾅. 창고의 문이 닫혔다. 어두운 내부에 적막이 찾아들었다.

소년은 비척비척 상체를 일으켜, 벽 쪽으로 몸을 끌고 갔다. 벽에 쓰러지듯 기대앉은 그가 쿨럭쿨럭 기침했다. 회색 훈련복은 구겨지고 더러워져 있었다. 소년이 힘겹게 허리를 세우자, 상의 오른쪽의 명찰이 드러났다.

「*하이너 발데마르*」

하이너는 핏물을 탁 뱉어 냈다. 온몸이 욱신거렸으나 다행히 부러진 곳은 없었다. 괜히 교관에게 꼬투리를 잡히지 않기 위해 저들 나름대로 신경 써서 구타한 듯했다.

린치는 이곳에서 빈번한 일이었다. 훈련생들 사이에서도 그룹이 지어져 있었고, 그들은 이런저런 이유를 붙여 가며 스트레스를 풀거나 경쟁자들을 제거했다. 대개 린치에는 정당하거나 합당한 이유가 없었다. 그냥 때리고 싶으면 때렸다. 맞아 죽어도 어쩔 수 없었다. 그나마 하이너가 감독관의 눈에 든 우수 훈련생이기 때문에 저들도 눈치를 보는 것이었다.

하이너는 부러진 곳이 없는지 다시 한번 점검한 후, 천천히 몸을 일으켰다.

"윽."

내내 참아 왔던 신음성이 흘러나왔다. 그는 이를 악문 채 억지로 다리에 힘을 주었다. 수업에 빠지면 점수를 잃게 된다.

이곳 서더레인 섬 훈련소에는 3개월에 한 번, 생존 훈련이 있었다. 말이 '생존 훈련'이지 그건 살인 훈련이었다. 실제로 그 안에서는 살인이 묵과되기도 했다. 생존 훈련에서는 점수에 따라 무기를 배정받았다. 점수가 낮을 경우, 아예 맨손으로 숲에 내던져져야 했다.

하이너는 힘겹게 걸음을 옮겼다. 훈련복 상의를 약간 들춰 보자, 배에 시퍼런 멍이 들어 있었다. 하이너는 안주머니에서 진통제를 꺼내려다 관두었다. 고통에 둔해지는 감각을 익혀 두어야 했다. 그러지 않아도 곧 고문 훈련이 있었다. 그는 후, 숨을 내쉰 뒤 빠르게 걸음을 옮겼다. 온몸이 비명을 지르는 듯했지만 적어도 겉으로는 티가 나지 않았다. 그러나 하이너는 결국 그날 수업에 지각해서 점수를 잃어야 했다.

서더레인 섬 훈련소는 왕실군 산하 기관이었다.

훈련소에서는 스파이와 정보원을 집중적으로 양성했다. 개중 뛰어난 이들은 정식 군대에 들어가기도 했다. 물론 그러기 위해서는 여러 작전에서 죽을 고비를 넘겨 가며 왕실에 대한 충성심을 먼저 입증해야 했다.

훈련소에 들어오는 이들은 주로 십대였고, 두 가지 유형으로 나누어졌다. 범죄자나 고아. 십수 년 전부터, 왕실에서는 거리 미관을 위해 노숙자와 고아들을 대대적으로 치웠다. 노숙자들은 보이지 않는 곳으로 사라졌고 고아들은 훈련소로 보내졌다.

하이너도 개중 하나였다. 그는 아주 어릴 때 부모를 잃었고, 열악한 시설의 고아원에서 열두 살까지 자랐다. 그 후엔 서더레인 섬으로 향하는 배를 탔다. 섬에 갇힌 아이들은 왕실에 충성하는 세뇌 교육을 받았다. 그리고 6년에서 7년가량의 수료 과정을 거쳐 졸업한 후, 군 산하의 음지에서 일했다. 졸업까지의 생존율은 30% 내외였다. 낮은 숫자였지만 고아들은 차고 넘쳤으므로 군에서는 그조차 많다고 여겼다.

"하이너."

다가온 상대의 기척에 촛불이 흔들렸다. 하이너는 왕실 역사 교재를 정리하다 말고 고개를 들었다. 같은 방을 쓰는 에단이었다.

"너 몸은 좀 괜찮아? 내일모레가 생존 훈련인데."

"……그냥저냥."

사실 썩 괜찮은 상태는 아니었다. 녀석들은 그 후로도 하이너를 집요하게 괴롭혀 왔다. 평상시와 같은 움직임을 낼 수는 없었다.

"점수는?"

"높지 않아."

"아, 그렇구나. 음…… 그러니까 내가 하려던 말은, 혹시 내일 우리가 다른 팀이 되더라도……."

에단은 잠시 말을 망설였다. 그는 하이너보다 한 살이 어렸다.

"서로 그냥 살려 주자."

"……."

"누군지 모를 새 룸메이트를 또 맞기는 서로 싫잖아, 안 그래?"

촛농이 녹아내렸다. 하이너는 아직 들어오지 않은 빈 침상 두 개를 흘긋대고선 물었다.

"유고와 스테판은?"

"걔네랑도 합의 봤어. 그래서, 할 거야 말 거야?"

하이너는 잠시 고심했다. 좋다고는 할 수 없는, 아니 상당히 나쁜 몸 상태였지만 두셋 정도는 충분히 겨뤄서 이길 수 있었다. 물론 같은 무기를 들고 있다는 전제하였다. 하지만 지금의 점수라면 좋은 무기를 얻지 못할 확률이 높았다. 제안을 받아들여서 나쁠 건 없어 보였다.

"……좋아."

"오, 굿 초이스. 서로 뒤통수 때리지 말기다?"

에단이 환해진 얼굴로 하이너의 어깨를 쳤다. 하이너는 무표정하게 고개를 끄덕였다.

“그럼 42회 생존 훈련을 시작하겠다. 다섯 명이 한 팀을 이루며, 각기 점수에 맞는 무기를 받게 될 것이다. 게임은 세 시간 동안 진행되고, 구역 내 숨겨진 깃발들을 찾아 최대한 많은 인원이 제시간 내에 원위치로 돌아와야 하며……. 이외 전투의 규칙은 없다.”

설명이 끝나자 교관들이 무기를 배정해 주었다. 어떤 이는 총을 받았고, 어떤 이는 칼을 받았으며, 아무것도 받지 못한 이도 있었다. 하이너는 제게 지급된 잭나이프를 만지작거렸다. 지난번 자동권총을 받았던 것에 비하면 턱없는 무기였다.

하이너는 D팀이었다. 팀원은 모두 익숙한 면면들이었다. 훈련소는 폐쇄적인 곳이었고, 친하진 않더라도 모두 서로의 얼굴 정도는 알고 있었다. 작전 회의 시간이 1분 주어졌다. 각자 포지션과 역할을 간단히 정한 후 출발선에 섰다. 같은 팀 선배가 하이너의 등을 툭 쳐 왔다.

“하이너 발데마르, 맞지?”

“……그래.”

“4학년의 에이미 화이트. 근데 3학년 맞아? 나이치고 덩치가 장난 아니네. 아무튼 잘해 보자고.”

하이너는 고개를 끄덕였다. 하이너의 왼쪽에 서 있던 4학년 남자가 끼어들었다.

“난 데이빗이야. 네 얘긴 많이 들었다. 그렇게 잘 싸운다며? 근데 이번엔 무기가 영…… 아무튼 잘하자.”

데이빗이 그에게 주먹을 내밀었다. 하이너는 아무 감흥 없이 무표정한 얼굴로 주먹을 맞댔다.

초록색 신호탄이 하늘로 쏘아졌다. 펑, 하는 소리가 나자마자 훈련생들이 앞으로 튀어 나갔다. 얼마간 함께 달리던 그들은 어느 지점부터 각자 위치대로 흩어졌다.

하이너는 무서운 속도로 풀숲을 향해 직진했다. 섬광처럼 달려가던 그의 회색 눈동자가 옆으로 슥 굴러갔다. 그는 다른 지점에서 출발한 적팀 한 명을 금세 따라잡았다. 같은 학년인 제르마였다. 제르마는 여덟 발짜리 권총을 들고 있었다. 하이너가 잭나이프를 위로 던졌다. 허공에서 빙그르르 몇 차례 회전한 나이프가 그의 손아귀에 역수로 떨어졌다. 그는 날카로운 나뭇가지 하나를 뚝 꺾어 달려가는 제르마의 눈앞에 던졌다. 매서운 속도로 날아간 나뭇가지가 나무에 정면으로 맞고 떨어졌다.

"허!"

비명인지 탄식인지 모를 소리를 내뱉은 상대가 멈칫했다. 아주 짧은 정지였지만, 하이너는 그 틈을 놓치지 않고 역수로 고쳐 잡은 잭나이프를 던졌다. 놀랍도록 기민한 움직임이었다. 제르마의 고개가 뒤늦게 하이너가 있는 쪽으로 돌아갔다. 그의 얼굴에는 당혹, 공포, 놀람, 급박함 등이 어지럽게 뒤섞여 있었다. 총구와 하이너의 시선이 맞닿았다.

탕!

총소리가 숲을 울렸다. 나뭇가지에 앉아 있던 새들이 와르르 날아올랐다. 일순간 세상이 정지된 것처럼 고요해졌다. 검은색 군화에 풀잎이 부스럭 밟혔다. 하이너가 나무 뒤에서 저벅저벅 걸어 나왔다. 그는 쓰러진 상대에게 가까이 다가갔다. 제르마는 제 목덜미를 붙잡은 채 숨을 껄떡대고 있었다. 하이너는 무감각한 얼굴로 나이프의 손잡이를 잡았다. 그리고 조금 더 깊숙이 밀어 넣었다. 이윽고 제르마의 숨이 끊어졌다. 잭나이프를 뽑자 피가 울컥울컥 솟아났다. 하이너는 그의 이름표를 떼어 냈다. 깃발의 개수가 팀의 승리라면, 이름표의 개수는 개별 점수였다. 하이너는 땅에 떨어진 권총을 챙겨 탄약을 확인했다. 일곱 발이 남아 있었다. 경기가 시작한 지 얼마 되지 않았으니 당연한 일이겠지만, 아까 쏜 게 첫발인 모양이었다.

일반적으로 처음부터 적팀의 숫자를 줄이는 건 그다지 현명한 선택은 아니었다. 깃발을 어느 정도 찾아낸 후 죽이는 것이 더 수월하게 깃발을 차지하는 방법이기 때문이었다. 하지만 하이너는 혹시 모를 상황에 대비해 총이 필요했다. 이번 생존 훈련에 참가한 졸업반들이 그를 죽이겠다며 벼르고 있기 때문이다.

하이너는 다시 숲을 달리기 시작했다. 나무 위와 바위 동굴에서 깃발을 하나씩 찾고, 그 과정에서 한 명을 더 죽여 이름표를 챙겼다. 다만 상대에게는 깃발이 없었다. 숲 여기저기서 총소리나 비명이 들리기 시작했다.

펑. 노란색 신호탄이 하늘로 쏘아졌다. 한 시간이 지났다는 의미였다.

샛길로 빠지던 와중, 하이너는 에단과 정면으로 마주쳤다. 제 룸메이트를 맞닥뜨린 에단은 어딘지 긴장한 기색이었다. 하이너는 말없이 길을 비켜 주었다. 에단이 작게 흠칫하더니, 씩 웃으며 그의 어깨를 툭 치고 지나갔다.

이후로 하이너는 풀숲 사이에서 깃발을 하나 더 챙겼다. 적팀을 한 명 발견했으나, 상대가 소총을 들고 있었기 때문에 조용히 몸을 숨겼다.

펑. 노란색 신호탄이 쏘아졌다. 경기 종료까지 한 시간이 남아 있었다.

하이너는 에이미를 만나 깃발의 개수와 정보를 공유했다. 에이미는 손수 깃발을 찾기보단 죽여 빼앗는 것에 치중했고, 총 두 개의 깃발을 빼앗았다. 에이미와 헤어진 하이너는 정보대로 5시 방향으로 향했다. 개울을 뛰어넘으려는 순간, 미미한 기척을 감지한 그가 반사적으로 상체를 젖혔다.

탕!

날아온 총알이 머리 옆의 나무에 박혔다. 간발의 차로 죽음을 면한 하이너가 곧장 나무 뒤에 몸을 숨겼다. 저편에서 익숙한 목소리가 들려왔다.

"쳇, 더럽게 잽싸네."

벤자민 홀랜드. 하이너를 린치하던 무리 중 하나였다. 그가 총구를 까닥거리며 건들건들 말했다.

"안 그래도 너 찾고 있었는데, 마침 이렇게 만나네."

"야, 재 진짜 죽을 뻔했잖아."

"그럼 씨발, 살려?"

"죽이기는 싫다니까. 저만큼 생긴 애가 훈련소에 또 있냐고."

그의 얼굴은 건드리지 말라고 말했던, 올리비아가 투덜거렸다. 하이너는 나무에 몸을 바짝 붙이고 선 채 동태를 주시했다. 상대는 넷이었다. 모두 하이너를 지독하게 괴롭히던 무리였다. 어차피 곧 졸업이니 점수는 포기하고 생존을 목표로 하는 모양이었다.

"야, 이거 네 친구지?"

졸업반 사이에서도 또라이로 유명한 그리타가 무언가를 걷어찼다. 그것은 풀숲을 헤치고 하이너의 옆까지 굴러왔다. 시체였다. 옆에 엎어진 시체의 뒤통수를 확인한 하이너의 눈이 살짝 가늘어졌다. 어깨까지 오는 고수머리와 상대적으로 왜소한 덩치. 익숙한 뒷모습이었다.

"혹시 내일 우리가 다른 팀이 되더라도……."
"서로 그냥 살려 주자."

에단이었다. 서로 살려 주자더니, 애먼 데서 죽어 있었다. 아직 사후경직이 일어나지 않은 것으로 보아 죽은 지 얼마 되지 않은 듯했다.
그리타와 헤이든이 키들거리며 그를 조롱했다.

"네 친구 싸움 좆같이도 못하더라. 지금까지 어떻게 살아남은 거야? 뒤 대 주고 살아남았나?"
"저 새끼한테 대 준 거 아니야?"
"저 새낀 교관한테 대 준다며. 줄줄이 소시지네, 웨엑."

그들은 저급한 농담을 쏟아 내며 낄낄 웃었다.
하이너는 에단의 시체에서 눈을 떼고 주변을 살폈다. 유독 나무로 빽빽한 곳이라 엄폐하기 좋아 보였다. 상대는 넷. 특히 벤자민과 그리타는 상당한 실력자들이었다. 수적 열세인 상황에서 정면으로 맞붙으면 질 가능성이 컸다. 올리비아와 헤이든은 상대적으로 썩 훌륭하진 않았으나 그들 또한 졸업반이었다. 졸업까지의 생존율을 감안한다면, 최소한 중상위권이라는 소리였다.
하이너는 조용히 권총을 고쳐 쥐었다. 낄낄대는 소리가 귓속으로 흘러들었다. 시답잖은 대화나 늘어놓고 있는 것을 보면 완전히 긴장을 풀고 있는 듯했다.
한때 에단이 그에게 말한 적이 있었다.

“넌 왜 계속 맞기만 하냐? 솔직히 네가 죽어라 덤벼들면 걔들도 멀쩡하진 못할 텐데. 건드리면 너네도 뒤진다는 걸 보여 줘야 할 거 아니야.”

에단의 말이 완전히 틀리지는 않았다. 하이너는 3학년임에도 불구하고 또래보다 체격이 훨씬 컸고, 교관들이 주시하는 훈련생이었다. 졸업반 한둘 정도로는 그를 제압하지 못했다. 그러나 그만한 실력을 갖추고 있으면서도, 하이너는 단 한 번도 그들에게 덤벼든 적이 없었다.

“……생존 훈련 이외의 상황에서 훈련생을 죽이는 건 금지되어 있어.”
“아니, 누가 죽이래? 그냥 본때를 보여 주라니까.”
“그 정도로는 안 끝나.”
“뭐?”
“아예 꺾어 버리거나 죽이지 않는 이상은 안 끝난다고.”

폭력에는 여러 유형이 있다. 하이너는 폐쇄적인 공간 안에서 일어나는 폭력에 대해 아주 잘 알았다. 기억도 잘 나지 않는 어릴 때부터 그가 수도 없이 겪었던 것이었다. 여느 집단이 그러하듯, 훈련생 중에서도 무리가 있었다. 개중 벤자민의 무리는 리더 격이었다. 훈련소에서는 힘이 절대적이다. 졸업반인 그들이 3학년에게

짓밟히는 수모를 결코 용납할 리가 없었다.

애매한 승리는 더 큰 폭력을 가져올 뿐이다. 고아원에서 하이너가 가장 분명하게 습득한 것이 있다면 바로 그것이었다. 그의 생에서 폭력이란 피할 수 없는 무언가였다. 아이에서 소년으로 자라나는 일련의 삶 전체가— 그러한 종류로 가득 채워져 있었다. 어차피 맞닥뜨려야 하는 것이라면, 더 큰 폭력이라도 피하는 것이 나았다. 폭력을 가하는 상대 자체를 제거하지 않는 한.

하이너는 권총을 가슴에 댄 채 천천히 숨을 내쉬었다. 쇄아아. 에단의 시체를 감싼 풀숲이 바람에 흔들렸다. 건조하게 말라붙은 회색빛 눈동자에 희미한 빛이 돌았다. 생존 훈련에서는 살인이 묵과된다. 그것은 끝을 볼 수 있다는 뜻이기도 했다.

디트리히 후작은 언덕 위 도착 지점에서 훈련장을 내려다보았다. 의자에 다리를 꼬고 앉은 채였다. 옆에 선 감독관이 굽실거리며 말했다.

"후작님 덕분에 훈련소의 시설도 점점 좋아지고 교육도 체계화되어서, 예년보다 우수 훈련생들의 비율이 높습니다."

"시설은 좋을 필요 없네. 발 뻗을 자리만 있으면 누우려 드는 게 게으른 종족들 특성이니까."

냉소적으로 말한 디트리히 후작이 파이프를 꺼내 물었다. 옆에서 두 손을 비비고 있던 감독관이 곧장 라이터를 꺼냈다.

"제가 해 드리겠습니다."

감독관은 후작에게 공손히 파이프를 건네받아, 차링(charring, 생연초를 태워 숯으로 만드는 일)을 했다. 부풀어 오른 담뱃잎에 불이 붙었다. 감독관이 완성된 파이프를 손수 후작의 입에 물려 주었다. 요즘 들어 상대적으로 사용이 편한 시가가 대중화되었지만, 대부분의 귀족들은 여전히 파이프를 고집했다. 궐련으로 된 것은 경박하다는 이유였다. 후작은 한참 연기를 머금고 있다가 입을 열었다.

"최소한의 생존만 하게 해. 쓸모도 없는 것들이 많이 살아남아 봐야 먹일 입만 늘어나니."

"아무렴요. 하지만 애들이 워낙 못 배우고 야만스러운 터라…… 살인을 허용하면 혼란이 일어날 수 있으니, 최대한 이 단계에서 가지치기를 하고 있습니다."

"졸업반 중 눈에 띄는 애들은?"

"꽤 있습니다. 개중 하나가…… 그, 기억하실지 모르겠는데 벤자민 홀랜드라고, 저번에 후작님 저택을 방문했던 훈련생입니다."

"아, 기억나는군."

"예예. 괜찮은 놈입니다."

"흐음."

후작은 성의 없이 고개를 끄덕이며 파이프를 다시 물었다.

펑.

훈련의 종료를 알리는 마지막 신호탄이 쏘아졌다.

"이제 훈련생들이 돌아오겠군요. 이번엔 얼마나 살아남았을지, 하하."

신호탄이 쏘아지고 얼마 지나지 않아, 언덕 아래에서 올라오는 머리통들이 보였다. 도착한 훈련생들은 교관에게 깃발과 이름표를 제

출해 점수를 매겼다. 탈진한 훈련생들이 여기저기서 주저앉았다. 부상을 입은 이들은 바로 치료를 받거나 심한 경우 이송되었다.

문득 출발선 너머에서 술렁거리는 소리가 들려왔다. 디트리히 후작은 그쪽으로 시선을 돌렸다. 아래에서 검은 머리의 훈련생 하나가 비틀비틀 올라오고 있었다. 멀리서 보기에도 꽤 심한 부상이었다. 한쪽 어깨는 탈골되었는지 축 늘어졌고, 다친 허벅지는 옷가지로 동여맨 채였다. 또한 그는 옆구리를 꽉 붙잡고 있었다. 총알이나 칼이 그곳을 스친 듯했다. 저 정도 부상이야 이곳에서 흔해 빠진 것이었다. 후작이 흥미 없이 시선을 거두려는 순간, 감독관이 말했다.

"하이너군요. 예사롭지 않은 놈이라고 들었습니다."

"졸업반인가?"

"아뇨, 3학년일 겁니다."

후작은 의외라는 얼굴로 새삼 훈련생을 다시 바라보았다. 웬만한 졸업반 훈련생보다도 커다란 덩치였다. 그에게서 깃발과 이름표를 넘겨받은 교관의 눈이 커졌다. 교관은 믿을 수 없다는 듯 하이너에게 몇 가지를 묻더니, 옆의 교관에게 이름표들을 보여 주었다. 이를 지켜보던 후작이 고개를 기울였다.

"무슨 일이지?"

"저도 잘……. 확인해 보고 오겠습니다."

감독관은 교관에게 걸어가 무슨 일인지 물었다. 상황을 전해 들은 후 후작에게 돌아오는 감독관의 얼굴에는 당혹감이 떠올라 있었다.

"저, 아까 말씀드렸던 벤자민 홀랜드가…… 죽었다고 합니다."

"그놈은 졸업반 아닌가? 여기에 참여했다고?"

"불성실하거나 불복종의 기미가 보일 경우, 교관의 재량으로 서바이벌 게임에 명단이 올라갈 수 있습니다."

"낭비군. 졸업까지 돈 들여 키운 우수 훈련생을 왜 막판에 죽게 만드나?"

"단순한 경고 차원이라, 무기도 좋은 것으로 제공을 하고 있습니다. 또 졸업반에게는 생존 훈련의 승리가 그다지 의미가 없는 터라, 보통 함께 무리를 짓죠. 쉽게 패배할 리가 없는데……."

감독관은 잠시 망설이더니, 스스로도 긴가민가한 듯 말을 이었다.

"이번에 참여한 졸업반 네 명이, 한 놈에게 전부 당했다고 합니다."

"뭐? 한 놈?"

"예. 저놈입니다. 심하게 부상당한……."

후작의 시선이 다시 하이너를 향했다. 하이너는 응급 처치를 받고 있었다. 훈련복 상의를 벗자 총알이 스친 옆구리에서 피가 울컥울컥 흘러나왔다.

"3학년의 하이너 발데마르입니다."

생존 훈련 이후, 하이너는 한동안 침상 신세를 면치 못했다. 왼쪽 어깨가 탈골되었고, 허벅지에는 자상을 입었으며, 옆구리에는 총알이 스쳐 살점이 떨어져 나갔다. 이외에도 온몸에 크고 작은 부상이 있었다. 몸싸움 중에 얻어맞은 얼굴은 잔뜩 터지고 부어올라 원래의 이목구비를 알아보기 힘들 정도였다. 웬만한 부상에는 단련된 의사조차 이 몸으로 어떻게 움직인 거냐고 혀를 내둘렀다.

"그래도 그 새끼들을 상대하고 이만큼만 다친 것도 용하다, 야."

유고가 혀를 차며 물잔을 건네주었다. 하이너는 약을 입에 털어 넣고 물과 함께 삼켰다.

"대체 걔넬 어떻게 죽인 거야? 그것도 넷을 한꺼번에."

"……그냥."

"졸업반 넷을 그냥 어떻게 죽이냐? 말이 되는 소릴 해라."

하이너는 대꾸 없이 다시 침상에 누웠다. 유고는 의자를 뒤로 까닥까닥 기울이며 물었다.

"에단의 복수라도 해 준 거야?"

"딱히 그런 건 아냐."

"어쨌든 결과적으론 그렇네. 이젠 아무도 너한테 함부로 못 덤비겠다, 야."

하이너는 눈을 감은 채 아무 대꾸도 하지 않았다. 딱히 희열도 슬픔도 없었다. 그냥 피로할 뿐이었다.

불현듯, 노크도 없이 방문이 벌컥 열렸다. 하이너와 유고는 동시에 문을 돌아보았다. 담당 교관이 방 앞에 서 있었다. 유고는 튕겨 나오듯 자리에서 일어나 거수경례했다. 그가 앉아 있던 의자가 뒤로 우당탕 넘어졌다. 하이너 역시 바로 침상에서 일어나려 했으나 교관이 손을 내저었다.

"그냥 있도록. 몸은 좀 어떻지?"

"괜찮습니다."

차마 누워 있을 수 없었던 하이너는 기어코 상체를 일으켰다. 일어서려는 그를 교관이 다시 한번 제지했다.

"그냥 있으라 했다. A동 1층 입구에 의무실이 있다. 날이 밝는 대로 그곳에서 치료받도록 해라."

"예, 알겠습니다."

"그리고 후작님께서 다음 만찬에 너를 초대하셨다. 이번 주 토요일 저녁, 로젠베르크 저택이다."

"알겠습니다. 감사드립니다."

"그래. 치료 잘 받고 빨리 회복하도록."

간단히 용건을 전달한 교관이 방을 나갔다. 잠깐 적막이 감돌았다. 소리 없이 경악하고 있던 유고가 펄쩍 뛰며 하이너를 돌아보았다.

"야!"

유고는 잔뜩 흥분한 얼굴로 다다다 말을 쏟아 냈다.

"미친, 들었냐? 내가 들은 게 맞냐? '치료 잘 받고 빨리 회복하도록'? 저 악마 새끼가 한 말이 맞냐? 게다가 A동이면 교관 건물인데 거기 의무실을 이용하게 해 준다고?"

유고는 당장 하이너의 어깨를 잡고 짤짤 흔들 기세였지만, 부상을 생각하긴 했는지 다행히 그러지는 않았다.

"그리고 후작님의 만찬이라니! 그거 졸업반 우수생들이나 가는 거잖아! 와 씹, 미쳤네. 후작님이 너 좋게 보셨나 보다. 이 새끼 인생길 폈네."

후작의 만찬 자리에 참여한다는 것은, 장차 그의 밑으로 들어갈 확률이 높아진다는 의미였다. 고위 귀족이자 군부 대장인 디트리히 후작은 특수공작대의 최고 책임자였다. 그리고 특수공작대는 훈련생이라면 누구나 들어가고 싶어 하는 곳이었다.

훈련소 출신이 정식 군대에 입대하여 승진하는 것은 하늘의 별 따기였다. 그들은 작전에서 여러 공을 세우며 실력과 충성심을 입증해야 했다. 그러나 훈련소의 존재는 파다니아 왕실의 필요악이었다. 왕실은 정식 군대가 할 수 없는, 온갖 지저분한 일들을 그들에게 맡기면서도 동시에 그들이 양지로 드러나지 않기를 원했다. 따라서 대부분의 훈련소 출신은 세운 공을 인정받지도 못한 채 작전 중 사망했다. 혹은 남은 평생을 트라우마에 시달렸다.

그러나 특수공작대에 들어가는 경우는 예외였다. 그들은 후작의 직속 관할 아래 놓여 있었기에, 정식 군대에 입대할 길이 열리는 것과 다름없었다.

"하긴 너 정도면 공작대에 들어갈 만하지. 그래도 3학년이 후작님의 만찬에 초대받는 건 진짜 이례적이네."

유고의 말을 가만히 듣던 하이너가 웃음기 없는 얼굴로 중얼거렸다.

"이 초대를 정말 긍정적으로 받아들여도 되는 것이 맞을까."

"갑자기 뭔 뜬금없는 소리야?"

"벤자민과 그리타 역시 만찬에 초대받았었어. 졸업하면 특수공작대에 들어갈 확률이 높았지. 후작님의 입장에선 내가 그런 이들을 죽인 거니……."

"야, 야, 그건 우릴 너무 과대평가하는 발언이다. 후작님께 우리는 수많은 체스 말 중 하나일 뿐이야."

유고는 어깨를 으쓱이며 피식 웃었다.

"나이트도 아니고 폰쯤 되려나."

"……나는 나이트쯤은 돼."

"너 잘났다, 새꺄."

"에단이 봤으면 부러워했겠군."

"그러게. 걔 평생소원이 공작대에 들어가는 거였잖아. 로젠베르크 저택에 발 한 번만 들여 보고 싶다고 그렇게 노래를 불렀는데……."

유고의 얼굴이 씁쓸해졌다. 그는 긴 숨을 한번 내뱉고선 손을 홰홰 저었다.

"이제 말해 봐야 뭐 하겠냐. 새 룸메이트 맞을 준비나 해."

룸메이트가 바뀌는 건 흔한 일이었다. 그들은 슬퍼하지 않는 법을 잘 알았다. 상실에 익숙해지는 법도. 하이너의 눈길이 빈 침상에 잠시 머물렀다. 흰 시트의 표면이 어스름한 촛불 속에서 일렁거렸다. 그는 곧 시선을 거두어들였다.

로젠베르크 저택은 세상의 온갖 아름답고 진귀한 것을 녹여 만든 것처럼 화려했다. 입구의 짧은 계단부터 건물을 세우는 기둥까지, 무엇 하나 완벽하지 않은 것이 없었다. 웬만한 일에 동요하지 않는 하이너조차도 그 호화로움에 걸음을 멈출 정도였다. 거대하고 높은 대리석 계단 양옆에는 사자상이 우뚝 서 있었다. 사자상을 받치고 있는 사각기둥에는 고대어로 무어라 쓰여 있었지만 알아볼 수 없었다. 그 앞에 선 하이너는 스스로가 작은 개미 같다고 생각했다.

만찬장 안에는 긴 테이블이 놓여 있었다. 가장 상석에 후작이 앉고, 그다음 자리는 감독관과 장교들이, 그리고 아래로 훈련생들이 주르륵 앉는 식이었다. 식사에는 온통 처음 보는 음식들이 나왔다. 요리사가 직접 나와 각 플레이트에 대해 설명해 주었지만, 고급 단어들이 섞여 있어서 하이너는 잘 알아들을 수 없었다. 하이너는 질문에 간간이 대답하며 식사를 이어 나갔다. 문득 고개를 들어 올려다본 천장에는 거대한 벽화가 그려져 있었다. 예술엔 전혀 문외한인 하이너가 보기에도, 어마어마하게 섬세한 터치로 그려진 엄숙한 벽화였다. 한눈에 다 담지도 못할 만큼 층고가 높은 터라 일부밖에 보이지 않았다. 하이너가 천장을 살피는 것을 확인한 디트리히 후작이 문득 입을 열었다.

"무려 200년 전의 천장화라네."

하이너를 포함한 모두의 시선이 디트리히 후작에게로 쏠렸다. 후작은 그 시선을 즐기기라도 하듯 빙긋이 웃었다.

"최고의 벽화가들을 불러서 계속 보수를 하고 있지."

"……죄송합니다. 이렇게 대단한 작품은 처음 봐서 그만."

"아닐세. 웬만한 귀족들이 봐도 놀라는데 평민들이야 오죽하겠나. 구스타프 수도승과 성녀 마리안, 의인 오거스트…… 유명한 종교적 인물들은 거의 다 그려져 있다고 봐도 무방하네."

디트리히 후작은 딱히 경박한 사람은 아니었다. 다만 이 천장화는 그의 가장 큰 자랑 중 하나였고, 가히 그럴 만한 가치가 있는 작품이기도 했다. 후작의 말이 끝나자마자 여기저기서 천장화에 대한 찬탄을 늘어놓았다.

"처음 봤을 때 입을 다물 수가 없더군요. 몇 번을 봐도 경이로운 작품입니다."

"이만한 천장화를 소화할 수 있는 건 왕궁을 제외하면 이 저택이 유일할 겁니다."

하이너는 그들의 말을 한 귀로 흘려들으며, 벽화를 한참이고 올려다보았다. 천장 곳곳에 뚫린 색색의 유리창을 통해 햇빛이 쏟아져 들어왔다. 그의 눈이 오랫동안 멈춘 곳은 두 손을 모은 채 기도하고 있는 성녀였다. 빛을 받아 환하게 빛나는 성녀의 얼굴은 거룩하고 신성했다. 하이너는 단 한 번도 신을 믿은 적이 없었다. 자신의 죄를 죄라고 생각해 본 적도, 그렇기에 회개해 본 적도 없었다. 그러나 그는 왠인지— 저 성녀가 이곳에 모인 모든 이들의 죄를 위해 신에게 용서를 구하고 있다고 느꼈다. 그건 꽤 기이한 기분이었다. 사람들이 신을 믿는 이유를 알 것 같기도 했다.

만찬이 끝난 후, 훈련생들은 후작과 함께 저택의 장미 정원으로 나왔다. 로젠베르크 저택의 장미 정원은 왕궁의 정원만큼이나 아름답기로 유명하다고 했다.

하이너는 맨 뒷줄에서 말없이 정원을 둘러보았다. 늦봄을 맞은 장미는 가득히 만개해 있었다.

사방에서 진동하는 장미 향이 코를 찔러 왔다. 머릿속까지 잠식해 오는 듯한 강렬한 향에 하이너는 잠시 눈을 감았다.

'피곤해.'

에단에게는 미안한 소리지만, 사실 그는 특수공작대에 들어가는 일에 큰 관심이 없었다. 이 만찬 자리도 마찬가지였다.

지금껏 하이너는 무언가를 간절히 원해 본 적이 없었다. 그는 기대보다 좌절을 많이 겪었고, 소망보다 포기를 빨리 배웠다.

애당초 그의 생에는 간절히 원할 만큼 소중한 것이 거의 없었다.

"저, 후작님."

급히 다가온 부관이 디트리히 후작에게 무어라 귀엣말했다. 후작은 제 턱을 만지작거리더니 고개를 끄덕였다. 훈련생들은 졸지에 함께 걸음을 멈춘 채 멀뚱멀뚱 후작을 기다렸다. 후작은 뒤늦게 그들의 존재를 깨달은 사람처럼 아, 하고 입을 열었다.

"나는 일이 생겨서 이만 가 봐야 할 것 같군. 재목들을 만나 좋은 시간이었네."

다소 성의 없는 투로 말한 디트리히 후작이 몸을 돌렸다. 급작스러운 와중에도, 훈련생들은 아교처럼 붙은 습관으로 후작의 뒤에 거수경례했다. 대신 나선 부관이 훈련생들에게 마저 설명을 해 주었다.

"마차는 4시에 출발할 것이다. 그전까지 이곳 정원은 자유롭게 구경해도 좋다. 혹 도서관이나 홀 같은 곳을 둘러보고 싶거든, 집사에게 말하면 안내해 줄 거다. 이곳 저택에 초대해 주신 후작님께 감사하도록."

"예!"

다른 훈련생들이 삼삼오오 모여 이야기를 나누었다. 하이너는 말을 걸어오는 다른 졸업반 학생에게 간단히 대꾸한 후, 혼자 정원 깊숙이 들어갔다. 그는 그냥 정원 한구석에서 쉴 생각이었다. 그러잖아도 다 낫지 않은 몸이 극심한 피로를 호소하던 중이었다. 하이너는 방해받지 않고 쉴 만한 곳을 찾아 헤맸다. 구석으로 들어갈수록 말소리가 멀어졌다.

곧 그는 넝쿨 사이에서 벤치를 하나 발견했다. 나무 그늘에 놓인 벤치 주변은 인적이 없었고 평화로운 분위기를 풍겼다. 하이너는 벤치에 길게 누웠다. 하늘을 보고 누운 그의 얼굴에 얼룩덜룩 그림자가 졌다. 그는 눈을 가늘게 뜬 채 정면을 바라보았다. 높고 커다란 나무의 가지들이 잎사귀와 함께 얼기설기 엮여 있었다. 나뭇잎들은 공기의 흐름에 따라 흔들거렸다. 하이너는 썩 나쁘지 않은 기분이라고 생각하며 눈을 감았다. 피곤했으나 잠은 오지 않았다. 한적한 곳에 누워 있으니 온몸의 감각들이 더욱 예민하게 깨어나는 듯했다. 그 순간, 어디선가 바람을 타고 피아노 선율이 실려 왔다.

그는 눈을 번쩍 떴다.

'이건…….'

아주 희미한 소리였지만 하이너는 분명히 인식할 수 있었다. 익숙한 선율이었다. 그는 이 곡조를 알고 있었다. 누구의 곡인지, 곡의 제목이 뭔지도 몰랐으나 이 멜로디만큼은 기억했다.

고아원 시절, 하이너는 작은 오르골을 하나 가지고 있었다. 그 오르골은 고아원에 봉사차 방문했던 귀부인이 그에게 선물로 준 것이었다. 그리고 그것은 어린 소년을 순식간에 매료시켰다. 오르골에서 흘러나오는 음악은 누구도 그에게 불러 주지 않은 자장가 같았다. 하이너는 매일 고아원 뒤뜰 깊숙한 곳에 숨어서 그 오르골을 들었다. 이유도 없이 얻어맞아 온몸이 만신창이일 때도, 심한 감기에 걸려 열이 펄펄 끓을 때도, 고통스러울 만큼 배가 주릴 때도, 외롭고 고독할 때도……. 그 오르골은 어린 하이너가 최초로 갖게 된 소중한 무언가였다. 그는 제 인생에 다시는 이런 것을 갖지 못하리라는 것을 직감했다.

며칠도 채 되지 않아, 고아원의 다른 소년이 오르골을 훔쳐 갔다. 꽤 비싸 보이는 것이었기에 내다 팔면 돈이 되리라고 생각한 모양이었다. 하이너는 오르골을 되찾고자 그 소년과 몸싸움을 벌였다. 소년은 그보다 다섯 살이 많았고 덩치도 더 컸지만, 그는 죽기 살기로 덤벼 승리를 거머쥐었다. 그러나 오르골은 그들의 몸싸움 도중 부서져 박살이 났다. 워낙 격하게 치고받았던지라, 오르골뿐만 아니라 다른 집기들 몇 개도 파손되었다. 그 벌로 하이너는 원장에게 흠씬 두들겨 맞고 사흘간 식사를 받지 못했다. 하이너는 부서진 오르골을 고쳐 보려 했지만 실패했다. 막대를 돌려 보아도 소리를 내기는커녕 헛돌 뿐이었다. 어린 그는 한 달 동안이나 부서진 오르골을 가지고 있었다. 그리고 후원자들의 방문 전날, 대청소 시간에 누군가 쓰레기로 착각하고 치워 버렸다.

나뭇잎들이 바람에 스치며 스산한 소리를 냈다. 오래된 기억의 파편들이 머릿속에서 삐걱삐걱 조립되었다. 하이너는 천천히 벤치에서 몸을 일으켰다. 그의 발이 홀린 듯 피아노 소리를 좇아 움직였다. 이건 그 오르골에서 연주되던 멜로디였다.

음악 같은 건 생존에 아무짝에도 쓸모없었다. 하이너는 음악에 대해 알지도 못했고 별로 알고 싶은 마음도 없었다. 하지만 그는 걸음을 멈출 수 없었다. 피아노 소리가 손에 잡힐 듯 점차 선명해졌다. 이윽고 하이너는 외진 곳에 있는 한 건물 앞에 도착했다. 손대면 안 될 것처럼 온통 하얀 건물이었다. 1층의 열려 있는 창틈으로 피아노 소리가 새어 나오고 있었다. 하이너는 기척을 죽인 채 창문 가까이 다가갔다. 창문에는 커튼이 반쯤 쳐진 채였다. 연주는 계속해서 이어지고 있었다. 그가 천천히 고개를 내밀었다. 건물의 벽면보다도 더욱 하얀 드레스가 커튼 사이에서 어른거렸다. 하이너는 눈을 한 번 깜빡였다. 곧 시야가 선명해졌다.

'아.'

햇살을 받아 모든 개체의 표면이 희게 빛났다. 커다란 피아노, 희고 검은 건반, 작은 손, 하얀 드레스, 땋아 내린 금발, 내리깔린 눈, 성스럽고 거룩해 보이는 얼굴…….

하이너는 석상처럼 굳은 채 방 안의 정경을 바라보았다. 숨통이 틀어막힌 것처럼 꼼짝도 할 수가 없었다. 그는 벽화에 그려진 성녀 마리안을 보았을 때와 비슷한, 그러나 그보다 더욱 강렬한 감정을 느꼈다. 구름을 닮은 부드럽고 아름다운 선율이 귀에 감겨들었다. 지나치게 황홀한 것은 공포의 배면을 닮아 있었다. 하이너는 저도 모르게 뒷걸음질 쳤다.

바스락. 발밑에서 나뭇가지가 밟혀 부서졌다. 하이너는 소리 없이 급한 숨을 들이켰다. 동시에 뚝 하고 피아노 소리가 멈추었다. 하얀 드레스의 여자아이가 고개를 돌렸다. 그는 빠르게 몸을 숨겼다. 방 안에서 피아노 의자가 드르륵 뒤로 밀려났다. 작은 구두가 창가 쪽으로 다가오는 소리가 들렸다. 하이너는 그곳에서 도망쳤다.

살아가며 하이너는 그 순간을 수없이 돌이켜 보곤 했다.

대체 자신은 그때 왜 도망쳤을까. 정원에 몰래 숨어든 것도 아니었고, 그저 산책하다가 우연히 발견했다고 변명하면 되었을 것을. 연주가 참 좋다고, 말이라도 걸어 보았다면 좋았을 것을. 당시 하이너는 그 소녀가 누구인지 알지 못했다. 조금만 더 깊게 생각해 본다면 추측할 수 있었을 테지만, 경황이 없어 그저 무작정 도망만 쳤을 뿐이었다.

하지만 어쩌면, 그 희고 빛나는 작은 몸체를 보았을 때부터 그의 가슴속 깊은 곳에서는 어렴풋이 알아챘을지도 모른다. 저 애는 자신과 다르다고. 그래서인지 소녀의 정체를 알았을 때도, 그리고 그 애가 피아니스트 유망주라는 사실을 들었을 때도 그리 놀라지 않았다. 오히려 당연하다고 생각했다.

그렇게나 고귀하고 세련되어 보이는 여자애가 별 볼 일 없는 신분이라면 그게 이상한 일이었다. 그가 작은 오르골 하나를 가지기 위해 전전긍긍하고 있을 때, 그 애는 전문 선생들에게 음악을 비롯한 온갖 교양을 배웠을 것이다. 그가 오늘내일 주린 배를 채울 궁리를 하고 있을 때, 그 애는 따뜻하고 부드러운 음식을 배부르게 먹었을 것이다. 그가 당장 얻어맞지 않으려 기를 쓰고 있을 때, 그 애는 크고 화려한 홀에서 피아니스트로 무대에 서는 미래를 꿈꾸었을 것이다. 그 애는 요람부터 무덤까지 그와 전혀 다른 인생을 살게 될 터였다. 비교조차 할 수 없는 신분의 사람이었다. 생각해봐야 비참해질 뿐이었다.

하이너는 그 기억을 떨쳐 내려 애썼다.

훈련소는 무언가를 잊기에 아주 좋은 곳이었다. 기계적으로 몸을 움직이고, 팔다리가 삐걱거릴 때까지 고문 훈련을 받고, 머리가 멍해지도록 세뇌와 충성 교육을 받았다. 새벽부터 밤까지 그 짓을 하고 나면 온몸이 완전히 녹초가 되었다. 잡생각이 들지 못하게 하는 것이 이곳의 궁극적인 목표인가 싶을 정도였다. 더군다나 그는 부상이 다 낫지 않아 내내 통증을 견뎌 내야 했다. 잘못 몸을 움직였다가는 창백해진 얼굴로 식은땀을 흘리기 일쑤였다. 잡생각 따위는 할 겨를이 없었다.

어느 날, 옆방의 훈련생이 교관에게 얻어맞은 후 머리 어디가 잘못되었다는 소식을 들었다. 훈련생이 다치거나 죽는 건 별 대수롭지도 않은 일이다. 평소라면 그러려니 하고 넘어갔을 터였다. 그러나 그 순간, 하이너는 새삼스럽게 자신의 처지를 자각했다.

"우리는 수많은 체스 말 중 하나일 뿐이야."

그 말이 끊임없이 머릿속을 왱왱 울렸다.

온종일 무언가에 쫓기는 것처럼 초조했다. 여느 때와 다름없는 하루하루일 뿐인데도, 여느 때와는 달랐다. 마음이 산란한 탓에 하이너는 훈련 중 수차례 실수를 했다. 처음엔 몸 상태를 핑계로 넘어갈 수 있었지만, 결국 연병장 열 바퀴를 도는 벌을 받아야 했다. 마지막 바퀴를 돌 무렵, 유고가 손에 무언가를 쥔 채 연병장 안으로 걸어 들어왔다. 하이너는 터덜터덜 달리다 멈추었다.

"야, 요새 왜 자꾸 안 하던 실수를 하고 그러냐? 드디어 미쳤냐?"

유고가 물병을 던지며 타박했다. 하이너는 한 손으로 그것을 턱 받고선 인상을 확 찡그렸다. 곧장 유고의 핀잔이 돌아왔다.

"왜 죽상이야."

"……상처가 터진 것 같아."

"뭐? 어디 봐 봐. 와 씨, 맞네, 피 난다."

간신히 아물어 가던 옆구리의 상처가 터져 있었다. 셔츠가 피로 천천히 젖어 들었다. 그러나 하이너는 의무실까지 걸어갈 힘도 나지 않아 그냥 나무 밑에 주저앉아 버렸다.

"뭐야, 의무실 안 가냐?"

"조금만 이따가."

"그래, 그러다 이제 상처 감염돼서 뒈지는 거지."

"그 쓰레기는 왜 가지고 있는 거야?"

"쓰레기라니, 갈대야."

유고는 손에 든 갈대 몇 개를 흔들어 보였다. 하지만 하이너의 눈엔 그것이 쓰레기와 다를 바가 없었다.

"바닷가 쪽 갔다가 꺾어 왔어. 풀피리 만들려고."

"……피리?"

"어릴 때 시골에 살았었거든. 아버지가 풀피리 만드는 법을 가르

쳐 주셨었지."

"여기서 진짜 소리가 난다고?"

"진짜 나지 그럼. 너도 만들어 볼래?"

하이너는 말없이 손을 슥 내밀었다. 유고가 웬일이냐는 표정으로 갈대 하나를 건네주었다. 그는 하이너 옆에 털썩 자리를 잡고 앉았다.

"칼 갖고 있냐? 들고 따라 해 봐."

하이너는 품에서 주머니칼을 꺼내고선, 꽤 유심히 유고의 설명을 들었다.

"칼로 이걸 한 마디 자르면 돼. 30도 정도로 비스듬하게. 안에 심지는 쭉 뽑으면…… 이렇게 분리돼."

하이너는 유고가 하는 양을 꽤 능숙하게 따라 했다. 가운데 심지를 분리하자 안에 원통형의 공간이 생겨났다.

"칼로 여기 중간을 약간 흠집 내듯이 잘라 주고…… 이 틈에 이파리를 하나 끼워. 남은 이파리는 다 자르고, 끝에는 약간만 남겨 두고 다 자르고…… 짠."

허무하리만큼 간단한 과정이었다. 하이너는 반신반의하는 얼굴로 풀피리를 이리저리 살펴보았다.

"어떻게 불어?"

"여기다 대고 불어 봐."

하이너는 입구에 숨을 불어넣어 보았으나 훅, 하는 공기 소리만 날 뿐이었다. 몇 차례 더 시도해 본 그가 입을 떼고 중얼거렸다.

"아무 소리도 안 나는데."

"네가 못해서 그래. 봐 봐."

유고가 풀피리 입구에 입을 대더니 강하지 않게 숨을 불었다. 동시에 풀피리에서 삑, 하는 소리가 났다. 하이너의 표정이 약간 이상해졌다. 유고는 몇 번 더 풀피리를 불며 삑삑 소리를 냈다. 그건 흡사 고장 난 호각 소리처럼 들렸다. 먹이를 요구하는 어린 새의 울음소리 같기도 했다. 뭐가 됐든 하이너가 생각하던 '악기'의 소리는 전혀 아니었다.

"야, 어때."

"……."

"왜 말이 없냐. 너무 멋있냐?"

"그걸로 연주는 어떻게 하는데?"

"연주? 이런 조잡한 풀피리로 연주는 무슨 연주야. 백 년쯤 연습하면 되기는 되겠네. 아, 그러고 보니 나 살던 동네에 어떤 할아버지는 이파리로 피리를 불었었는데……."

유고가 주절주절 제 얘기를 떠들기 시작했다. 그러나 하이너는 전혀 귀담아듣지 않은 채, 제가 만든 풀피리를 허탈하게 내려다보았다. 애초에 갈대 하나로 제대로 된 악기를 만들 수 있을 리가 없었다. 자신은 대체 무슨 기대를 한 걸까. 이따위 풀피리로 그 곡을 연주할 수 있으리라고 생각했던 걸까.

"소리 봐라. 그게 무슨 피리야."

"이게 피리지 그럼 뭐야."

"진짜 피리는 그, 플루트나 클라리넷 같은 거지."

"야, 소리만 나면 다 악기인 거야."

"아니지, 뭔가 연주를 할 수 있어야지."

"너 그거 편견이야, 인마."

하이너는 어깨를 으쓱여 보이고선 뒤로 풀썩 누웠다. 평생 악기라곤 풀피리밖에 접해 본 적 없는 놈들끼리 말해 보아야 무슨 소용인가 싶었다.

"왜 드러눕냐? 의무실은?"

"나중에."

"그러다 너 진짜 일찍 뒤져, 인마."

하이너는 대답 없이 눈을 감았다. 약간 차가운 듯한 바람이 얼굴을 감쌌다. 옆에 주저앉은 유고가 삑삑 풀피리를 불었다. 이게 그 애의 피아노 소리였다면 얼마나 좋을까. 하이너는 몸을 뒤척여 돌아누웠다. 눈앞에서 잔디가 흔들거렸다. 그 연주가 다시 듣고 싶다. 그는 무심코 생각했다. 음이 하나뿐인 유고의 풀피리 소리가, 제목조차 알지 못하는 피아노곡으로 바뀌는 듯한 착각이 들었다. 그 연주가 다시 듣고 싶다. 그 황홀하던 연주를, 그 여름밤의 꿈 같던 장면을, 한 번만 더…….

하이너는 실소를 흘렸다. 그렇게나 그 기억을 떨쳐 내려 애썼는데, 결국은 아무것도 떨쳐 내지 못했다. 다시 제자리였다. 공기의 흐름이 바뀌었다. 풀피리 소리가 언덕 위에서 퍼져 나갔다.

하이너는 가진 재능이나 실력에 비해 눈에 띄지 않는 편이었다. 물론 이전부터 우수 훈련생에 들었고 감독관들이 그를 주시하고 있었지만, 제 진가를 제대로 발휘한 것은 생존 훈련 때가 처음이었다. 이는 하이너가 일부러 제 존재를 죽인 것도 있었다.

그는 딱히 꿈이나 성공 같은 미래의 것에 관심이 없었다. 당장 눈앞에 닥칠 폭력의 가능성에서 최대한 벗어나고 싶을 뿐이었다. 그러나 후작의 저택에 방문한 이후, 하이너는 더 이상 제 실력을 숨기지 않았다. 그는 말 그대로 최선을 다했다. 제가 할 수 있는 모든 걸 했다. 단숨에 하이너는 학년 수석으로 거듭났고, 후작의 만찬에 매번 초대받았다.

누군가 듣는다면 우습다고 생각할 것이다. 피를 토하는 훈련을 견디며 수석을 거머쥐려는 이유가 고작 피아노 연주를 듣기 위해서라니. 스스로 생각하기에도 한심하기 짝이 없었다.

인문이니 예술이니 하는 것들은 먹고사는 데 걱정이 없는 종류의 인간들이나 신경 쓰는 것이었다. 자신 같은 부류에게는 사치였다. 그러나 그 애의 연주를 들을 때면, 하이너는 어째서 사람들이 문학 작품을 읽고 미술품을 감상하고 연주회를 찾는지 완벽히 이해할 수 있었다.

공교롭게도 만찬 시간대와 그 애의 피아노 연습 시간이 겹쳤다. 덕분에 하이너는 늘 같은 시간 같은 자리에서 연주를 들을 수 있었다. 소년은 창가 밑 풀숲에 몸을 숨긴 채 흘러나오는 선율에 숨을 기대었다. 새소리와 나뭇잎 흔들리는 소리, 그리고 부드러운 피아노 소리만이 가득 찬 세상에는 오직 그 애와 자신만이 남은 것 같았다. 그 순간만큼은 제 삶이 썩 괜찮은 것처럼 느껴지기도 했다. 그 애의 손가락이 건반 위를 넘나들 때면, 하이너는 허공 어딘가를 부유하는 느낌을 받았다. 발을 딛고 선 세계의 감각이 온통 사라져 버리는 기분이었다. 그 연주는 그를 생경한 바다 너머의 외국으로, 그림에서나 보았던 넓고 광활한 초원으로, 그리고 기억에도 없는 그의 고향으로 데리고 갔다. 차가운 현실이 아닌, 다른 먼 곳으로…….

하이너는 풀숲에 웅크린 채 제 두 다리를 끌어안았다. 나이에 비해 훌쩍 큰 몸이 한없이 작아 보였다. 고개 숙인 그가 무릎에 뺨을 기댔다.

"요즘 어떻지, 하이너?"

하얀 커튼을 걷고 들어온 의사가 하이너의 옆에 앉으며 물었다. 그는 무뚝뚝하게 대꾸했다.

"평소와 같습니다."

"그래? 내 눈엔 약간 달라 보이는데."

"어떤 점이 말씀입니까?"

"그냥 묘하게 말이야."

의사가 흠, 하고 웃으며 하이너의 팔에서 주삿바늘을 빼냈다. 하이너는 익숙한 듯 뻐근한 팔을 몇 번 돌리고선 몸을 일으켰다. 감정을 억제하는 약물 치료였다. 정말 효과가 있는지는 모르겠지만, 모든 훈련생이 필수적으로 받는 과정 중 하나였다. 하이너는 텅 빈 주사기를 잠시 바라보다 꾸벅 고개를 숙였다.

"그럼 가 보겠습니다."

"하이너."

"예."

"너무 무리하지 말아라."

"예?"

하이너의 되물음에 의사는 곧장 대답하지 않고 뜸을 들였다. 그녀는 하이너가 아닌, 조금 더 먼 곳을 응시하며 천천히 입을 열었다.

"난 이곳에서 12년을 일했어. 그동안 단 한 명도…… 끝이 좋았던 훈련생을 본 적이 없단다. 무언가를 바라는 행위 자체가 너희들에게는 독이야."

하이너는 당혹감을 숨긴 채 의사를 바라보았다. 거의 유일하게 훈련생들을 인간답게 대해 주는 어른 중 하나였지만, 그렇다고 갑자기 이런 말을 할 위인도 아니었다.

"쉬엄쉬엄하라는 의미야."

하얀 커튼을 등진 의사가 흐릿하게 웃었다. 하이너는 대답하지 않고 눈만 내리깔았다. 이곳에서는 그 무엇도 섣불리 대답해선 안 되었다.

의사는 다음 날 목을 맨 채 발견되었다.

의사의 시신은 섬 밖으로 실려 나갔다. 하급 귀족 출신인 그녀는 평생 결혼하지 않아 성을 그대로 유지했고, 가족들의 품으로 돌아갔다고 했다. 만일 그 의사가 교관들에게 먼저 발견되었다면, 그녀가 죽었다는 사실조차 알지 못한 채 새 의사를 맞았을 것이다. 그러나 다행인지 불행인지 죽은 의사를 발견한 것은 4학년의 한 훈련생이었다. 그리고 그 훈련생은 어느 날 사라졌다. 누구도 그의 부재에 대한 이야기를 수면 위로 꺼내지 않았다. 아무것도 달라진 것은 없었다. 무언가를 바라는 행위 자체가 너희들에게는 독이야. 하이너는 때때로 의사의 말을 떠올리곤 했다.

계절이 두 차례 바뀌었다. 한파가 몰아치는 겨울, 반년마다 돌아오는 독방 훈련이 시작되었다. 실상 훈련이라 이름 붙이기엔 조금 거창했다. 그건 단순히 독방 안에 사흘 동안 훈련생을 감금시키는 것이었다. 독방 안에는 빛도, 대화할 상대도, 무언가 읽을거리도 없다. 새로운 정보의 유입이 원천 차단된 공간에서 일정 기간 이상 있다 보면 사람의 정신은 약해지게 된다. 이때 세뇌 교육을 하면 훈련생은 해당 정보를 스펀지처럼 빨아들일 수 있었다. 외부에서 '들어온' 정보가 아닌, 스스로 '생각해 낸' 정보로 여기게 되는 것이다. 따라서 훈련생들은 모두 어느 정도 세뇌가 되어 있었다. 섬 안의 반인권적인 체제 자체에 대한 의문이나 반항이 거의 없는 것도 이 때문이었다. 하이너도 마찬가지였다. 그는 후작의 화려한 저택을 보면서도, 그 간극이 불합리하다거나 불공평하다는 생각을 한 적이 없었다.

그런 하이너가 처음으로 자신의 신세를 비참하게 여긴 것은— 그 애를 본 이후였다. 너는 한없이 깨끗하고 고결하고 아름답게 사는데, 왜 나는 이따위일까. 나라고 이렇게 태어나고 싶어서 태어난 게 아닌데. 나는, 나도. 나도 어느 괜찮은 가문의 영식으로 태어났다면 좋았을 텐데. 그래서 네게 아무렇지 않은 듯 말을 걸어 보고 싶어. 너는 상냥하게 웃으며 받아 주겠지. 우리는 조금 더 긴 이야기를 해 볼 수도 있을 거야…….

생각의 끝은 언제나 냉혹한 현실로 귀결되었다. 그녀는 비옥한 남부 영토를 지배하며 권세를 떨치는 디트리히 후작의 외동딸이었고, 그는 고아 출신에 훈련소에서 수없이 죽어 나가는 체스 말 중 하나였다. 그 애를 생각할수록 그는 더 낮아지고 불행해졌다. 그럼에도 불구하고, 그 독방에서, 하이너는 그 애를 끊임없이 생각했다. 달리 더 생각할 것이 없었다. 그것뿐이었다. 외롭고 차가운 방 안에서 그는 그 애를 생각하고 또 생각했다. 제목조차 알지 못하는 피아노곡을 곱씹고 또 곱씹었다.

현실의 감각이 조금씩 무뎌져 갔다. 무언가가 창조되고 무너지고 또다시 재조립되었다. 독방 구석에 몸을 웅크리고 누운 소년의 머릿속에서는, 로젠베르크의 작은 아가씨가 그를 알고 있었다. 귀한 신분의 소녀는 그에게 웃으며 인사를 건넸다. 어떻게 지내는지, 다친 곳은 괜찮은지 물어 오기도 했다. 우스운 일이었다. 하이너는 그 애의 목소리조차 알지 못했다. 소녀는 무릎까지 가리는 하얀 원피스를 입고 있었다. 그녀가 뒷짐을 진 채, 고개를 약간 내밀고 그를 빤히 올려다보았다. 작은 입술이 움직였다.

'요즘은 뭘 가장 좋아해?'

하이너는 얼떨결에 멍하니 대답했다.

'피아노를…….'

'피아노? 너 피아노를 칠 줄 아니?'

'아니, 피아노곡을 좋아해.'

'정말? 나 피아노를 배워! 무슨 곡을 가장 좋아해?'

'무엇이든.'

'무엇이든?'

'무엇이든.'

'아무거나 하나 쳐 줄까?'

'……좋아.'

깡충깡충 피아노 앞으로 뛰어간 소녀가 의자 위에 앉았다. 하이너는 그 애의 뒤를 따라갔다. 걸음을 따라 주변의 정경이 밀려나고 바뀌었다. 하얀 커튼이 바람결을 타고 너울거렸다. 그는 이곳을 알고 있었다. 창문의 커튼 사이로 바라보던 그 연습실이었다.

'분명 너도 이 곡을 좋아할 거야.'

생글생글 웃으며 말한 소녀가 피아노로 고개를 돌렸다. 하얀 손이 건반 위로 느리게 떨어졌다. 손끝에서 차분하고 아름다운 음률이 피어났다. 아주 오래전 망가진 그 오르골에서 흘러나오던 곡이었다. 열린 창틈으로 정원의 장미 향이 흘러들어 왔다. 그곳에서 하이너는 풀숲에 몸을 숨기고 있지 않았다. 그는 그 애의 옆에 서 있었다. 아주 가까이에 있었다. 아주 가까이서— 그는 그 애의 빛나는 금발을 볼 수 있었고, 부드러운 뺨을 볼 수 있었고, 건반 위를 유영하는 손가락을 볼 수 있었다. 그곳에서 그는 그 애의 유일한 관객이었다. 그 애가 그의 유일한 피아니스트인 것처럼.

하이너는 꿈에서 깨어났다.

“사람의 쓸모는 각기 다르지만, 신은 쓸모없는 인간을 만들지 않았다. 하지만 너와 네 동기 같은 고아들, 범죄자와 거지들은 어떠한 기여도 하지 않고 되레 사회를 파먹고만 있지. 뭔가 불합리하다고 생각하지 않나?”

…….

“그런 이들을 위해선 반드시 재사회화가 필요하고, 이 훈련소가 그 역할을 맡은 거다. 너희처럼 쓸모없는 존재들을 필요한 존재로 만들기 위해서.”

…….

“그렇다면 정확히 ‘어떤’ 쓸모를 위한 것인지가 남는데, 짚고 넘어가지. 멍청하고 어리석은— 그러니까 반전주의자들이 흔히 하는 착각이 있다. '전쟁하지 않는 상황이 바로 평화'라는 것."

…….

"그건 틀렸다. 전쟁이 바로 평화다. 조국을 지키는 힘을 갖는 것, 전쟁을 통해 누구도 조국을 넘볼 수 없게 만들어 길고 안정적인 평화를 이룩하는 것. 그게 진정한 평화인 거다."

…….

"그러니 결국 너희는 조국의 평화를 위한, 아주 쓸모 있는 사람이 되는 거다. 그걸 돕기 위해 나라가 있다. 너희는 그에 감사하고 복종할 의무가 있고."

교관은 감사하고 복종하지 않은 불온 분자들의 말로를 이야기했다. 첩자 활동 중 고문과 심문을 이겨 내지 못하고 기밀을 발설한 자. 불온한 문서를 민간에 배포한 자. 불법 단체를 조직한 자. 파업을 선동한 자와 가담한 자. 하이너는 그들이 얼마나 어리석고 악랄하고 불측한지를 긴 시간에 걸쳐 들었다. 그동안 그는 몇 개의 선서를 했고, 몇 개의 서약서에 서명했다. 기름 램프가 두어 번 깜빡거렸다. 교관의 얼굴은 반쯤 그림자에 가려져 입매만 보였다. 하이너는 딱딱한 철제 의자에 앉아 제 손을 만지작거렸다.

댕—.

댕—.

댕—.

바깥에서 첨탑 시계가 정각을 알렸다. 이곳에서는 개인이 시간을 확인할 수 없었다. 외부의 정보를 통해서 알 수 있을 뿐이었다. 기름 램프가 다시 한번 깜빡거렸다. 교관은 씩 미소 지으며 그에게 말했다.

"2시군. 고생했다."

그날은 겨울비가 부슬부슬 내렸다. 발밑에서 젖은 풀숲이 밟혔다. 하이너는 그새 무성하게 자란 잎들을 헤치며 하얀 건물 가까이 걸어갔다. 오늘은 연습실의 창문이 닫혀 있어 아주 가까이서 귀를 대야만 연주를 들을 수 있었다. 그는 다소 무모하다 싶을 정도로 바짝 다가섰다.

한 겹 유리된 연주가 귓속으로 흘러들었다. 비 오는 날씨에 어울리는, 다소 쓸쓸한 멜로디였다. 하이너는 창틀을 짚은 채 안을 멍하니 들여다보았다. 그 애는 눈을 감고 있었다. 곡을 연주하는 그녀의 옆모습은 무척이나 작고 외로워 보였다. 단지 음악이 주는 착각이라는 걸 알면서도— 그는 그 옆얼굴에서 시선을 뗄 수가 없었다. 하이너는 말도 안 되는 동질감을 느꼈다. 말도 안 되는, 정말 말도 안 되는 동질감이었다. 음악이 그를 홀린 것인지 그녀가 그를 홀린 것인지 알 수 없었다.

하늘에선 차가운 빗방울이 떨어졌고, 귓가에는 끊이지 않는 멜로디가 울려 퍼졌다. 창틀에서 손을 떼려던 하이너가 잠시 멈칫했다. 걷어붙인 소매 아래로 드러난 팔뚝에 주사 자국이 남아 있었다. 하이너는 그것을 바라보다, 다시 고개를 들었다. 어느새 연주가 끝나고 그녀는 다음 악보를 넘기고 있었다. 따뜻하고 안온한 방 안에 있는 그녀와 달리, 그는 차가운 빗속에 서 있었다. 지독한 현실감과 함께 온몸에 한기가 돌았다.

하. 나직한 실소가 터져 나왔다. 자신이 대체 무슨 생각을 한 건가. 저 애의 고통은 기껏해야 피아노 연습이 힘들다든가, 넘어져

무릎이 까졌다든가, 친구와 싸웠다든가, 하는 것들일 것이다. 그 누구도 감히 저 애에게 이상한 약물을 투여하진 않겠지. 폭력을 가하지도 독방에 감금시키지도 않을 것이다. 그가 겪는 것들은 저 애가 상상할 수 있는 고통의 범위와 멀리 동떨어져 있었다. 어쩌면 저 애는 훈련소라는 곳의 존재 자체를 알지 못할지도 몰랐다.

후작이 제 외동딸을 끔찍이 여긴다는 건 유명한 사실이었다. 좋은 것만 보고 들려주며 키웠을 것이다. 물밑에서 양성되는 훈련생들 따위, 귀한 아가씨가 구태여 알 필요는 없으니까. 그런 주제에 대체 누가 누구에게 동질감을 느낀다는 말인가. 독방에서 나온 지 얼마 되지 않아서 정신이 이상해진 게 틀림없었다. 그런 와중에 저런 연주를 들으니까, 마음이 산란해진 거였다.

'그래도…….'

그는 꽉 주먹을 말아 쥐었다.

'만약 내 존재를 알게 된다면…….'

하이너의 머릿속에서 그녀는 종교적인 무언가였다. 그게 정확히 무엇인지는, 그가 아는 단어로는 설명할 수 없었다. 그러나 저 애라면, 이 상황에 대해 안타까워할 것 같았다. 공감해 줄 것 같았다. 분노할 것 같았다. 피아노 앞의 그녀는 언제나 거룩하고 성결해 보였으니까. 로젠베르크 저택의 만찬장 벽화에 그려진 성녀 마리안처럼…….

불현듯 그녀의 손이 건반을 눌렀다. 낮은음이 닫힌 창을 타고 전해져 왔다. 다음 곡이 시작되었다. 빗줄기가 조금 더 굵어졌다. 하이너는 추적추적 내리는 빗속에서 한참을 꼼짝없이 서 있었다. 제목조차 알지 못하는 곡들은 영혼을 빼앗는 악마 같았다. 혹은 버림받은 영혼을 구원한다는 그리스도 같기도 했다. 만일 누군가 종교를 묻는다면, 이 애를 떠올리게 되겠지. 닿을 수 없는 신에게 간절히 기도드리는 여느 사람들처럼. 비록 연주가 끝나면 다시 차가운 현실로 내동댕이쳐진다고 해도…….

시간은 유수처럼 흘러갔다.

그간 후작의 만찬 자리를 단 한 번도 놓치지 않은 하이너는 유례없는 성적으로 훈련소를 졸업했다. 그리고 곧장 특수공작대에 입대했다.

국내에서 두 개의 임무를 마친 그는 해외 임무를 지시받았다. 데마도니아에서 새로 설립된 혁명당의 고위 당원을 암살하고 기밀을 빼내는 일이었다. 공작대에서는 이 일에 최소 1년 반, 최대 2년을 잡았다. 당분간은 파다니아로 돌아오지 못한다는 이야기였다.

하이너는 떠나기 전 마지막으로 그녀를 찾았다. 훌쩍 길어지고 굵어진 다리가 정원을 가로질렀다. 4년 동안 그는 완연한 청년이 되어 있었다.

그녀의 연습 시간은 여전히 바뀌지 않았다. 그녀는 언제나 그 자리에 있었고, 그는 언제나 그 자리를 찾았다. 구름 한 점 없이 청명한 날이었다.

하이너의 품에는 스타티스와 수국을 엮어 만든 꽃다발이 안겨 있었다. 영지 내 거리의 꽃집에서 처음으로 구매해 본 꽃다발이었다. 훈련생 시절에는 꿈도 꿀 수 없던 것이었다. 지금도 여전히 제

한은 있었지만, 섬에 갇혀 살던 때에 비하면 비교적 자유롭게 운신할 수 있었다.

하이너의 뒤편에서부터 긴 바람이 불어왔다. 제법 길어 목덜미까지 오는 그의 검은 머리카락이 흩날렸다. 그는 눈을 들어 바람이 향하는 끝을 바라보았다. 하얀 건물에 난 창이 반쯤 열려 있었다. 하이너는 기척을 죽인 채 건물로 다가섰다. 커튼이 활짝 열린 창 안으로, 익숙하고 눈부신 몸체가 보였다. 고개를 약간 기울인 그녀가 악보에 무언가를 표시하고 있었다. 고민하고 있는지 콧등을 약간 찡그린 채였다.

하이너는 창 옆에 서서 그 모습을 눈에 담았다. 햇살을 받은 곡선의 인영이 반짝거렸다. 4년 동안 소녀도 자라 있었다. 그러나 몸만 조금 달라졌을 뿐, 오밀조밀한 이목구비와 젖살은 그대로여서 일견 아이처럼 보이기도 했다.

그녀는 건반을 눌렀다가 다시 떼기를 반복했다. 화음을 조금씩 다르게 넣으며 음을 가늠하는 듯했다. 기울인 목과 어깨선을 따라 부드러운 금발이 흘러내렸다. 하이너는 반쯤 그립고, 반쯤은 씁쓸한 눈으로 그 장면을 하염없이 응시했다.

"걔 평생소원이 공작대에 들어가는 거였잖아."

하이너는 누군가의 평생소원을 이루어 냈다. 그리고 이제는 모든 훈련생이 꿈꾸는, 정식 군대에 입대하고자 했다. 그러기 위해서는 목숨을 걸고 실력과 충성심을 입증해야 했다. 밑바닥의 인간이 양지로 올라서려거든 그래야만 했다. 그렇게 올라선다면, 그렇게 조금 더 괜찮은 인간이 된다면, 그렇게 조금이라도 그녀와 비슷한 부류가 될 수 있다면—. 하이너는 조용히 입술을 달싹였다. 동시에 건반이 눌리며 피아노 소리가 났다.

네게 말을 걸어 볼 수 있을까. 먼발치에서 하염없이 바라보기만 하는 짓을 그만둘 수 있을까. 네게 나라는 사람이 있다는 걸, 나와 같은 사람들이 있다는 걸…… 알릴 수 있을까.

하이너의 회색 눈동자가 희미하게 떨렸다. 그는 눈을 감았다가 다시 떴다. 다시 드러난 눈동자에는 감정이 거의 지워져 있었다. 평소의 냉담한 얼굴로 돌아온 하이너가 손에 든 꽃다발을 바라보았다. 그는 천천히 꽃다발을 창가에 내려놓았다. 싸늘한 낯과 달리 무척이나 조심스러운 손길이었다. 그녀의 손가락이 다시 건반 위로 내려앉았다. 수없이 고치고 고쳐서 나온 화음이 조화를 이루며 울렸다. 물결 같은 선율을 타고 푸른 꽃잎이 흔들렸다.

시간은 유수처럼 흘러갔다.

하이너는 계속해서 해외를 돌며 세 개의 단기 임무와 두 개의 장기 임무를 완수했다. 그 과정에서 그는 후작의 측근 반열에 올라섰다. 물론 특수공작대의 특성상, 공식적으로는 아니었다. 하이너는 언제나 그림자로서 일했다. 그의 공을 아는 것은 오직 관련된 사람들뿐이었다.

고국으로 돌아올 때마다 하이너는 후작의 저택에 초대받았다. 성공에 대한 축하와 격려 인사를 들었고, 만찬 자리를 함께했다. 그리고 언제나 그 애를 찾아갔다.

그 애. 이제는 더 이상 그렇게 부를 수 없을 만큼, 그녀는 자라나 있었다. 기억 속 통통하던 젖살도 아이 같던 귀여움도 사라지고 완전한 숙녀의 태가 났다. 오밀조밀하던 이목구비는 단아하고 청초한 분위기를 함께 풍겼다. 자그맣기만 하던 몸도 성숙한 곡선을 그리고 있었다.

로젠베르크의 귀한 아가씨는 몇 년 전 사교계에 입성했고, 수많은 구애를 받았다. 남녀노소 할 것 없이 모두가 그녀를 사랑했다. 또한 그녀는 진짜 피아니스트가 되었다. 여러 세계적인 콩쿠르에서 입상했고, 개인 리사이틀을 열기도 했다. 그 성장에 걸맞게, 연습실은 저택의 안쪽으로 옮겨졌다. 두 번째 단기 임무를 끝내고 온 날에서야 하이너는 그 사실을 알게 되었다. 그 때문에 지난 8개월간, 그는 단 한 번도 그녀를 보지 못했었다.

"이야, 봤냐?"

동료 잭슨이 휘파람을 불며 하이너를 툭 쳤다.

"후작님 딸. 방금 지나갔어. 바로 저기서."

하이너는 그답지 않게 멍하니 고개를 끄덕였다. 그 역시 보았다. 하녀 세 명을 이끌고, 꼿꼿한 목으로 백조처럼 걸어가던 여자를.

잭슨이 감탄하며 말했다.

"잠깐 봤는데도 소문대로네. 우리랑은 진짜 태생부터 다른 부류인 게 확 느껴지지 않냐."

익히 알고 있었음에도, 잭슨의 말은 새삼스럽게 다가왔다. 하이너는 읊조리듯 대꾸했다.

"……그러게."

연습실이 아닌 곳에서 그녀의 모습을 본 것은 처음이었다. 하이너는 그녀가 지나간 복도를 한참이고 바라보았다. 이제는 이런 행운이 아니라면 그녀를 볼 수조차 없었다. 그리고 그 행운이라는 것도 고작해야 스쳐 지나가는 순간일 뿐이었다. 문득 허탈한 감정이 물밀듯 밀려왔다.

'내가 대체 뭐 하는 거지.'

실상, 작전을 수행하며 끊임없이 하던 생각이었다. 대체 뭐 하는 거지. 대체 뭘 위해, 이러고 있는 거지. 작전 중 그는 수없이 부상당했고, 몇 번의 죽을 고비를 넘겼고, 많은 동료를 잃었다. 그러한 일들이 거듭될수록 하이너는 제 안의 무언가가 깎여 나가는 것을 느꼈다. 그럼에도 버틴 것은, 아네트 로젠베르크, 오로지 그 여자 하나 때문에. 그 여자 하나 때문에. 그 여자 옆에 서고 싶어서.

'정말 그게 가능한가.'

그녀는 파다니아에서 가장 아름답고 고귀한 레이디였다. 그가 아무리 발버둥 쳐서 올라간다 한들 그 발치에도 닿지 못할 터였다. 잭슨의 말대로 그와 그녀는 '태생부터 다른 부류'였다. 노력으로 바꿀 수 없는 종류의 것. 이 짓거리들이 정말 의미가 있는 건지 회의감이 들었다.

"오, 오, 오? 이 새끼 봐라? 눈을 못 떼네?"

잭슨의 능글능글한 목소리에 하이너는 번뜩 정신을 차렸다. 그는 제 부주의함에 속으로 욕설을 뇌까리고선 무심히 대답했다.

"후작 영애의 얼굴을 확인해 두었을 뿐이야."

"개소리하네. 로젠베르크 양이 진짜 예쁘긴 예쁘구나. 천하의 하이너 자식도 눈을 못 떼고 말이야, 어?"

잭슨이 히죽히죽 웃으며 연신 그를 놀려댔다. 하이너는 대꾸할 가치도 없다는 듯 침묵했다.

"야, 한번 잘해 봐."

잭슨이 눈썹을 까닥거리며 그에게 말했다. 하이너는 미간을 찌푸렸다.

“헛소리 그만해.”

“잘생긴 새끼가 모른 척은. 로젠베르크 양, 엄청난 낭만주의자래. 외모도 보고. 그래서 꼭 높은 신분의 남자들이랑만 만나 보는 건 아니라더라. 생긴 거랑 다르게 고집이 세서 후작도 연애 문제엔 간섭 못 한대, 으하하. 물론 결혼은 무조건 비슷한 급의 남자랑 시키겠지만.”

“……아무리 가벼운 데이트 상대라도 최소 중산 계급 이상이겠지.”

“야, 야. 우리도 정식으로 입대만 하면 바로 중산 계급이야. 훈련소 출신인 것만 좀 숨겨 주면…… 하핫.”

헛소리라고 치부하면서도 하이너의 눈은 연신 복도 끄트머리에 박혀 있었다. 머릿속에선 그녀가 만났던 상대들은 어떤 놈들이었을까, 하는 치졸한 생각들이 굴러갔다. 이미 사라지고 없는 연둣빛 드레스가 눈앞에서 어른거렸다. 하이너는 아랫입술을 지그시 당겨 물었다가 놓았다. 나직한 욕설이 새어 나왔다.

“빌어먹을.”

“응원해 줘도 지랄이야.”

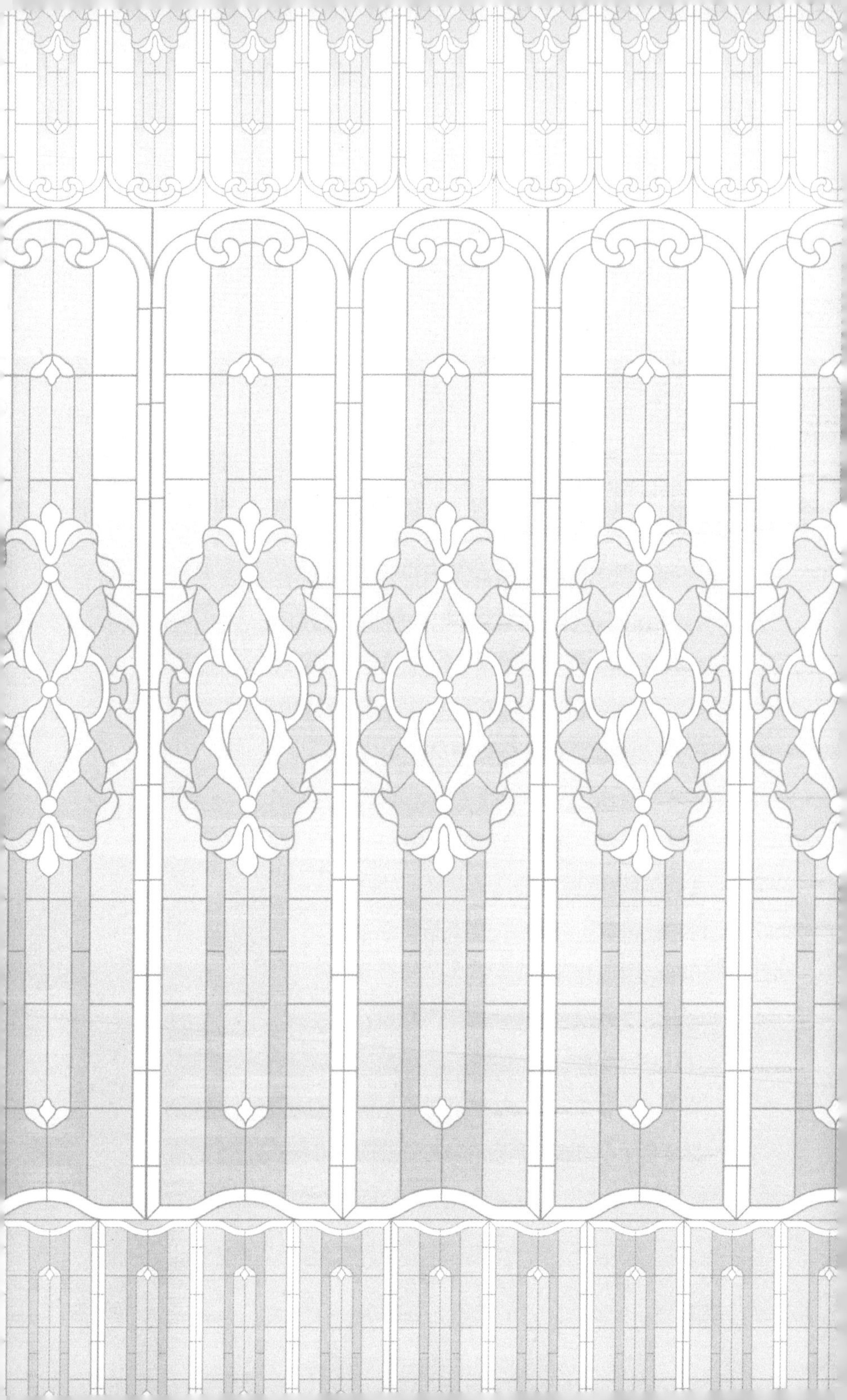

6장

생의 낙인

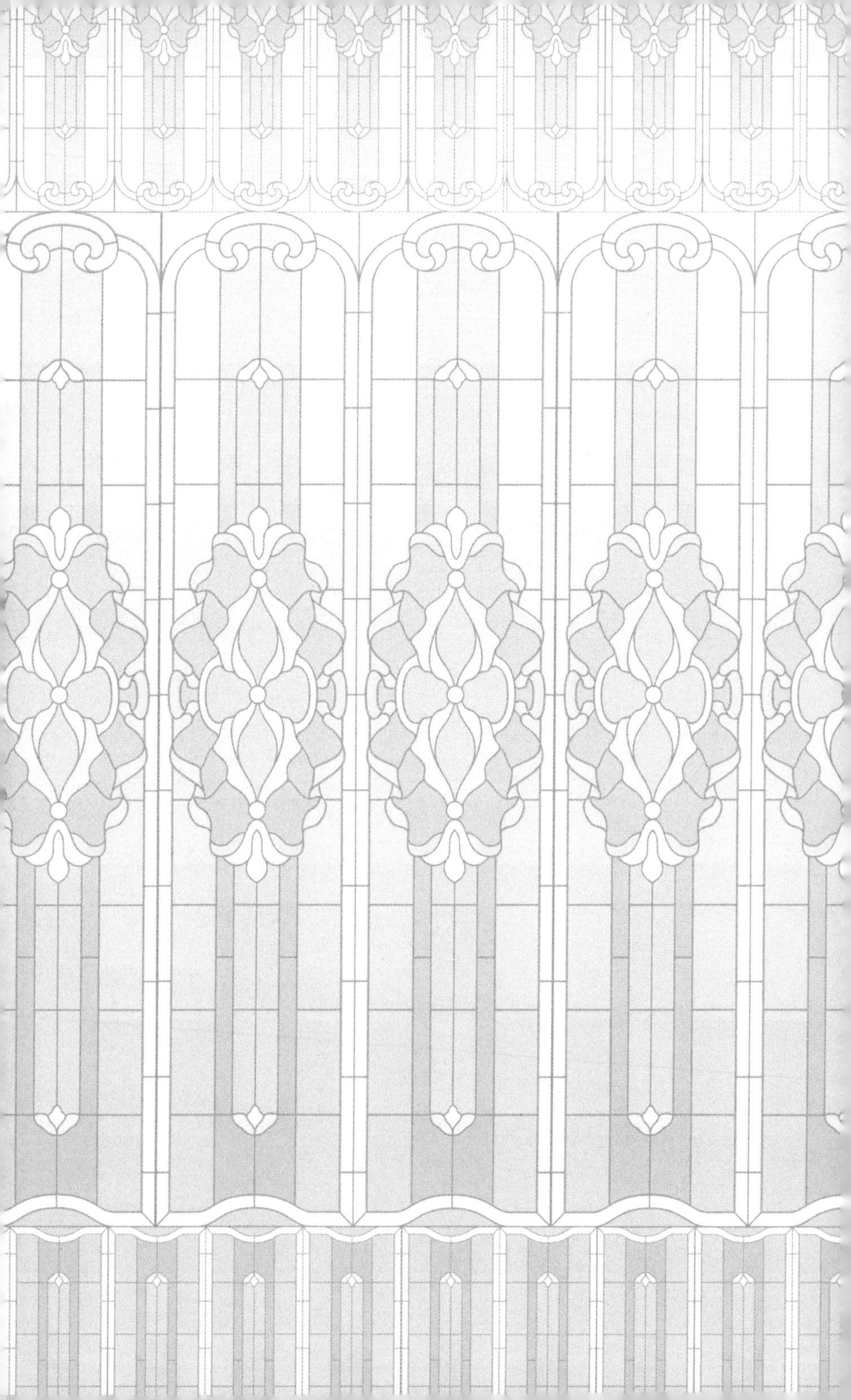

치익. 앤이 장작에 불을 붙였다. 이윽고 타닥타닥 소리가 나며 표면에 빨간 점들이 생겨나기 시작했다.

데온은 나침반을 올려 둔 지도를 짚어 나가며 말했다.

"여기서 47㎞만 더 이동하면 돼."

"그게 어째서 '만'인 건데?"

"이 정도면 '만'이지. 지금까지 이동한 거리를 생각해 봐, 인마."

"하…… 발에 감각이 없는 것 같아."

"나는 이미 감각을 잃은 지 오래야."

"미친, 바람 소리 들려? 우리가 지금 저걸 뚫고 걸어온 거야."

시답잖은 이야기들이 오갔다. 크지 않은 목소리가 동굴 안을 웅웅 울렸다. 하이너는 말없이 양철 깡통 안 스튜를 휘저었다. 본래 동료들끼리 정도 이상 친분을 쌓는 것은 금지되어 있었다. 사적인 감정은 작전에 방해가 되기 때문이었다. 또한 대원 스스로가 친분을 쌓는 것을 꺼리기도 했다. 대개 작전 중 생존율이 그리 높지 않기에, 곧 이별할 이들에게 정을 주는 것은 현명한 처사가 아니었다. 그러나 이번 멤버는 이전 장기 프로젝트에서 함께 생사의 고비를 넘었던 이들이었다. 의도나 이성과 상관없이 어느 정도 가까워질 수밖에 없었다.

"하이너는 왜 저렇게 심각한 얼굴이야?"

"원래 저 얼굴이야, 쟤는."

"우리 음식에 약 탄 거 아니야? 사실 프란체의 첩자인 거지!"

앤이 깔깔대며 대꾸했다.

"우리는 약에 내성 있을 것 같은데."

"일리 있다. 훈련소에서 뭐 주사 엄청 많이 맞지 않았나?"

"감정 억제하는 그거? 근데 그거 진짜 효과 있는 거야?"

"일단 하이너한테는 진짜 효과가 있는 것 같기는 해."

"진짜 효과 본 것 같아, 하이너?"

"딱히. 충성심은 좀 높아진 것 같기도 하고."

하이너는 어깨를 으쓱이며 대답했다. 그 약물이 정말 성공적으로 감정을 억제했다면, 지금 이 상황까지 오지도 않았을 것이다.

"그래. 내가 봤을 때도 효과 없어. 나 애인 있잖아."

"결혼도 못 하는데 왜 사귀냐?"

"결혼이 대수야? 지금 사랑하면 됐지."

"너 만약 작전 중에 애인이 인질로 잡히면 어떡할 거야."

"그럼…… 어쩔 수 없지."

"애인 포기할 거야?"

"포기해야지 그럼 어떡해!"

"아직 이성은 남아 있네, 그래도."

앤과 잭슨이 연신 투닥거렸다. 하이너는 표정 변화 없이 스튜를 각자 그릇에 나누어 담았다. 언뜻 가벼운 투의 일상 대화처럼 들리지만, 실상은 아니었다. 혹여라도 누군가 불복종의 기미를 띠는 말을 한다면 당장 후작에게 보고될 터였다. 그리고 심문이나 고문을 당하겠지.

스튜를 받아 든 잭슨이 한 모금 후룩 마시고선 말했다.

“내가 서더레인 교관이면, 인생에 소중한 걸 절대 못 만들게 할 거야. 그게 약점이 될 수 있잖아.”

“꼭 인생에 소중한 거 하나 없는 애가 저런 말 하더라.”

“있거든?”

“뭔데? 조국 말고.”

“내 개.”

“얼마나 소중한 게 없으면 짐승 새끼를 예시로 드냐.”

“전 세계 동물 애호가들이 널 죽이러 올 거다.”

“야, 야, 소중한 게 있다는 것에 감사해라. 난 아무것도 안 떠올라.”

데온은 지도를 꾸깃꾸깃 접으며 불퉁하게 말했다. 나침반을 안주머니에 넣은 그가 나직하게 덧붙였다.

“난 소중한 건 아주 소중하게 여길 거야. 우리 인생엔 그런 게 드무니까. 그러니까 너희도 잘 잡아. 뺏기지 말고.”

“당연한 소릴 하고 있어!”

데온의 팔을 퍽 하고 친 앤이 하이너에게 물어 왔다.

“하이너, 넌 소중한 게 뭐야? 숨겨 둔 애인?”

“야, 재 같은 목석한테 애인이 있겠냐.”

“저런 목석 타입 좋아하는 여자 은근히 많거든요. 아무튼 넌 뭐 소중한 거 없어? 생기면 어떻게 할 거야? 아껴 줄 거야? 혹시 좀 집착하는 타입?”

앤의 질문 공세에 하이너는 무뚝뚝하게 대꾸했다.

"아껴 둬 봤자 소용없어."

"소용없다니?"

"대체로 나한테 소중한 건 남들한테도 다 소중하니까…… 우리보다 나은 인간들은 널렸지. 어차피 뺏길 거라고."

"평생 뺏기면서 살아온 입장에서 거참 눈물 나는 발언이네요. 그럼 뭐 어떡해? 두 눈 뜨고 그냥 뺏길 거야?"

하이너는 스튜를 물끄러미 바라보며 중얼거리듯 말했다.

"완벽하게 숨길 수 없으면…… 망가뜨리는 게 낫지. 그게 더 이상 남들에게 소중해지지 않도록."

"뭐야, 그럼 나한테도 안 소중해지잖아."

"……글쎄."

"네, 사이코패스 같은 대답 잘 들었습니다."

하이너는 건조하게 웃으며 스튜를 들었다.

어린 그는 부서진 오르골을 계속해서 갖고 있었다. 아무도 망가진 그것을 더는 탐내지 않았지만, 그에게는 여전히 소중했었다. 어쩌면 자신은 정말 어딘가가 단단히 망가진 인간일지도 몰랐다. 서더레인 섬의 훈련생 전부가 삐걱대는 정신을 안고 살기 마련이지만, 자신은 그들보다도 더 망가져 버린 게 아닐까. 소중한 것을 소중하게 여길 수 없을 만큼. 그녀를 향한 마음도 정상은 아니리라. 소중한 대상을 생각할수록 스스로가 불행해지는 까닭은, 시작부터 끝까지 잘못되었기 때문일 것이다.

하이너는 스튜를 내려놓고 시가를 꺼냈다. 장작에 시가 끄트머리를 갖다 대 불을 붙인 후 입에 물었다. 희뿌연 시가 연기가 장작의 연기와 함께 퍼져 나갔다. 그는 벽에 등을 기대고 눈을 감았다. 끝이 우그러진 생각들이 아지랑이처럼 피어올랐다. 그 원인과 결과에는 언제나 그녀가 있었다.

나는 당신을 알지만 당신은 나를 모른다.

나는 당신을 바라보지만 당신은 나를 바라보지 않는다.

나는 당신을 생각하지만 당신은 나를 생각하지 않는다.

처음부터 기형적으로 생겨난 마음은 자라날수록 비뚤어지고 조악해졌다. 순수하게 그녀의 연주를 사랑했던 어린 소년의 모습 따위는 희미해진 지 오래였다. 하이너는 오래 머금고 있던 시가 연기를 천천히 뱉어 냈다. 씁쓸한 맛이 혀 위를 감돌았다. 그는 재를 탁탁 털어 냈다. 소중한 것은 언제나 그를 불행하게 만든다. 부서진 오르골이 그러했던 것처럼. 그리고 닿을 수조차 없는 그녀처럼. 이런 게 소중하다는 감정이라면, 차라리 처음부터 아무것도 가지지 않는 것이 나을 텐데.

작전은 거의 실패로 돌아가고 있었다. 누군가의 밀고로 첩자 행위가 발각되었고, 잭슨을 제외한 공작대 전원이 프란체의 노동당원에게 붙잡혔다. 하이너가 갇힌 곳은 어둡고 축축한 독방이었다. 그에게는 제법 익숙한 곳이기도 했다. 다른 점이라면 고문실에서 들려오는 타인의 비명과 울음소리가 생생하게 전달된다는 것이었다. 때로 하이너는 동료들을 인지할 수 있었다. 그것은 사람보다 동물의 소리에 가까웠지만, 그는 누구의 것인지 명확히 구분했다.

하이너는 차분하기 위해 노력했다. 고문 그 자체도 사람을 망가뜨리기 좋은 수단이지만, 고문이 언제 시작될지 모른다는 상황으로 공포감을 조성하는 것 또한 사람을 미치게 하는 방법 중 하나였다. 특히 동료들의 비명을 생생하게 들을 수 있는 이곳에서는 더욱 효과적이었다.

어둠 속에서 얼마나 시간이 흘렀는지 알 수 없었다. 어느 순간, 독방 문이 낡은 소리와 함께 열렸다. 감옥 앞에 선 이는 총 세 명이었다. 그들은 장교도 심문관도 아니었다. 갈색 간수복을 입고 곤봉을 든 간수들이었다. 그들의 다리가 독방 안으로 넘어왔다. 하이너는 표정 변화 없이 앞을 바라보았다. 그들은 그를 심문실로 옮기지도, 차가운 의자에 끌어다 앉히지도 않았다. 그들은 가타부타 아무런 말도 없이 하이너를 구타하기 시작했다. 배로 날아든 발에 하이너의 몸이 구부러졌다. 목구멍 안에서 컥 소리가 튀어나왔다. 간수 하나가 다시 그를 걷어찼다.

오래지 않아 그는 바닥에 쓰러졌다. 주먹, 발, 곤봉, 손바닥, 몽둥이, 의자, 가릴 것 없이 그의 몸으로 날아들었다. 셀 수조차 없이 많은 매를 맞았다. 하이너는 죽어 가는 짐승처럼 웅크린 채, 꽉 막힌 신음과 비명을 흘렸다. 온몸이 갈기갈기 찢어진 넝마 조각이 된 것 같았다. 그는 차라리 정신을 잃기를 바랐지만, 매가 가해질 때마다 머릿속은 되레 또렷해질 뿐이었다.

어딘가를 잘못 맞았는지 속이 미친 듯이 울렁거렸다. 하이너는 맨바닥에 울컥 토악질을 뱉어 냈다. 그러나 먹은 것이 없어 신물만 나올 뿐이었다.

오랜 구타 끝에, 간수들이 퉤 침을 뱉고선 독방을 나갔다. 하이너는 차가운 바닥에 포대 자루처럼 내던져진 채 간헐적으로 몸만 움찔움찔 떨었다. 쾅. 문이 닫혔다.

의식이 깜빡거리며 점멸했다. 하이너의 눈꺼풀이 발작하듯 파르르 떨렸다. 그는 야트막한 숨을 힘겹게 몰아쉬다 눈을 감았다. 몇 번인가 정신을 잃고 다시 차리기를 반복했다. 마지막으로 정신을 차렸을 즈음엔 간수들이 독방에 들어와 있었다. 그들은 하이너를 또 구타하기 시작했다. 회복되지 않은 몸이 비명을 질러 댔다. 도무지 익숙해지지 않는 고통이 뇌를 잠식했다. 돌바닥이 피와 물로 축축했다. 하이너는 얻어맞고, 정신을 잃었다가, 천천히 의식을 되찾고, 고통에 몸부림치고, 그러다 다시 얻어맞기를 반복했다. 살려 달라는 말이 목 끝까지 차올랐다. 그러나 끝내 그것을 내뱉지는 않았다. 그 말을 내뱉는 순간 모든 게 끝이었다.

어느 순간 간수들이 하이너를 독방 밖으로 끌고 나갔다. 그는 심문실의 차가운 철제 의자에 앉혀졌다. 그러나 정신이 가물가물해서 상황을 제대로 인지할 수가 없었다. 무테안경을 쓴 심문관이 맞은편에서 손깍지를 끼며 말했다.

"이제 대화를 좀 해 보지."

밤낮을 가리지 않고 심문이 이어졌다. 처음에는 단순한 질문으로 시작하던 심문은 이내 폭력을 동반했다. 예상하던 것이었다.

"네 동료들은 이미 입을 열었다. 있는 것 없는 것 죄다 털어놓은 후, 네가 여기에 대해선 더 자세히 알 거라고 말했지."

심문관은 그렇게 말하며 그에게 동료들에 대한 불신을 심었고, 때론 회유하기도 했다. 그럴 때마다 하이너는 냉소적으로 대답했다.

"거짓말을 하는군."

"거짓말?"

심문관이 비릿하게 웃었다.

"왜 내가 거짓말을 하고 있다고 생각하지?"

"그들이 이미 입을 열었다면서…… 정작 그게 어떤 정보인지는, 쿨럭, 말하지 않고 있잖아."

"디트리히 후작의 개새끼들, 이외에 네게 더 정보를 말할 이유가 있나?"

하이너의 표정에 살짝 금이 갔다. 저들이 배후를 알고 있었다. 정말로 누군가 입을 열었거나…… 아니, 애초에 밀고한 이가 이미 전부 알고 있었다는 상황을 배제할 수 없다. 그렇다면 대체 밀고자는 누구인가. 하이너는 머리를 굴리려고 노력했지만 뜻대로 되지 않았다. 의식을 차리고 있는 것만으로도 힘겨운 상태였다.

심문관은 그에게 이것저것 캐물었고, 원하는 대답이 나오지 않으면 머리를 때리거나 뺨을 쳤다. 간수들에게 당하던 구타보다 강도는 훨씬 덜한 폭력이었으나, 모멸감은 더했다. 심문관은 그의 심리를 가지고 놀며 제대로 된 사고를 할 수 없게 만들었다.

심문관은 쉴 틈 없이 질문을 퍼부었고, 하이너가 그에 대답하면 족족 꼬투리를 잡아 반박했다. 그럼에도 하이너가 그 어느 것도 실토하지 않은 것은, 그가 여전히 파다니아에 충성하고 있거니와— 아직 희망을 버리지 않았기 때문이다.

잭슨이 잡히지 않았다. 그는 유능한 이였고, 반드시 무언가 방책을 마련할 것이다. 혹은 후작에게 도움을 요청할 수도 있었다. 후작의 입장에서도 공작대원들을 노동당의 심문실에 두는 것은 불안할 터였다. 차라리 다 죽었다면 모를까, 살아 있는 채로는 어떤 기밀을 누설할지 알 수 없으니까. 그래서 하이너는 조만간 포로 교환이 이루어지거나, 후발 부대가 올 거라고 생각했다. 그때까지만 버티면 되리라.

"좋아, 그럼 이렇게 해 보지."

심문관은 안경테를 슥 올리며 짐짓 자비로운 양 말했다.

"심문을 중지하고, 목숨도 살려 주겠다고 약속하지. 대신, 몇 가지 그럴싸한 정보만 넘긴 뒤에…… 꼭 기밀이 아니어도 되니까…… 너와 네 동료들만 알 만한 무언가 말이야—. 그리고 동료들에게 가서 이렇게 말해."

"……."

"미안하다고, 이미 다 불어 버렸다고. 어차피 이렇게 버텨 봐야 계속 고문당하거나 죽을 텐데, 다 같이 그냥 다 말해 버리자고."

심문관은 괜찮은 제안이 아니냐는 듯, 눈을 빛내며 고개를 기울였다. 잠시간 침묵이 흘렀다.

하이너의 찢어진 입술을 비집고 실소가 흘러나왔다.

"하."

"……."

"하, 하하, 하! 하하!"

"……웃어?"

"하, 하……. 이봐, 그게 내 입으로 기밀을 전부 발설하는 것과…… 대체 뭐가 다르다고 생각하는 거지……?"

아무래도 심문관은 그가 혹독한 심문과 고문 끝에, 이성을 놓았을 거라고 여기는 모양이었다.

"너희 당원들은 역시 못 배워 먹은 천한 새끼들이라…… 머리가 천하게만 굴러가는군. 빌어먹고 사느라 전우애 같은 것도 가져 본 적이 없지?"

실상 그 말은 제 살 파먹기였지만, 그의 신분을 알지 못하는 심문관의 귀에는 모욕으로만 들릴 뿐이었다. 하이너는 책상 위에 탁 침을 뱉으며 말했다.

"공장에 가서 방적기나 돌려. 옷 입는 꼴들을 보아하니 파다

니아보다 기술력도 한참 떨어지는 듯한데.”

그 말을 끝으로 무시무시한 적막이 이어졌다. 하이너는 옅은 비웃음을 띤 채 심문관을 응시했다.

사실, 심문관의 제안에 순간적으로 마음이 흔들렸음은 부정할 수 없었다. 목숨을 살려 주겠다. 몹시 유혹적인 말이었다. 적어도 그에게는 심문을 중지하겠다는 말보다 더욱 유혹적이었다.

하이너는 죽고 싶지 않았다. 고작 여기서 이렇게 죽으려고 지금껏 아등바등 살아온 게 아니었다. 살아야 했다. 살아서 돌아가야 했다. 그녀에게 말 한마디 건네 보지 못하고 이렇게 허무하게 죽을 수는 없었다.

심문관의 제안을 받아들이지 않은 이유 역시 그와 일맥상통했다. 어차피 저들은 자신을 살려 둘 생각이 없었다. 또 만약 살아 돌아간다고 하더라도, 기밀을 발설한 이상 후작에게 제거당할 터였다. 끝까지 입을 다문 채 구조를 기다리는 것이 살 수 있는 유일한 방법이었다.

“……그래.”

긴 침묵 끝에 심문관이 입을 열었다.

“그렇단 말이지?”

하이너는 대꾸 없이 그의 뱀 같은 눈동자를 마주했다. 심문관이 큰 소리로 간수를 불렀다. 곧장 간수가 심문실 안으로 들어와 시립했다.

“이 새끼 세워 놔.”

간수는 거수경례하고선, 거칠게 하이너를 일으켜 세웠다. 하이너는 다리에 힘을 주지 못하고 비틀거렸다. 두 사내가 함께 휘청거렸다. 결국 간수 한 명이 더 달라붙었다. 그들은 하이너의 두 손을 모아서 올린 후, 수갑을 철컥 채웠다. 전형적인 고문 자세였다. 심문관이 하이너의 앞으로 뚜벅뚜벅 걸어왔다. 그는 곤봉으로 제 허벅지를 툭툭 두드리다가, 하이너의 어깨 위로 가져다 댔다.

퍽!

하이너는 억 소리를 내며 상체를 뒤틀었다. 그러나 팔이 묶여 있는 탓에 몸을 제대로 움직일 수가 없었다. 어깨에 무겁고 둔탁한 통증이 밀려들었다.

"건방진 새끼가."

퍽!

"주제를 모르고."

퍽!

"누가 누구를."

퍽!

"가르치려 들어, 개새끼가!"

곳곳에 곤봉이 날아들었다. 온통 붓고 멍들고 터진 몸은 폭력에 한껏 취약해져 있었다. 하이너는 비명조차 제대로 지르지 못하고 얻어맞았다. 한참 그를 구타한 심문관은 거친 숨을 몰아쉬며 곤봉을 내던졌다. 하이너는 축 늘어진 채 거의 감긴 눈꺼풀을 떨었다. 입에서 피가 뚝뚝 떨어졌다. 눈앞이 자꾸만 깜빡거렸다. 심문관이 간수에게 무어라 명령했다. 그러나 먹먹해진 귀로는 잘 들을 수 없었다. 심문실을 나갔던 간수가 이윽고 다시 들어왔다. 미묘한 열기가 느껴졌다. 간수가 가져온 커다란 깡통 안에서 불꽃이 타닥타닥 타오르고 있었다.

"더러운…… 네 부모는 전부…… 후작이랑 그렇게……."

심문관이 연신 지껄였다. 이명 때문에 뭐라고 하는지 정확히는 들리지 않았지만, 성적인 모욕임이 분명했다. 저런 종류의 모욕에는 익숙했다. 훈련소 시절, 그를 지독하게 괴롭혔던 이들도 비슷한 욕설을 늘어놓았었다.

“네 친구 싸움 좆같이도 못하더라. 지금까지 어떻게 살아남은 거야? 뒤 대 주고 살아남았나?”

“저 새끼한테 대 준 거 아니야?”

“저 새낀 교관한테 대 준다며. 줄줄이 소시지네, 웨엑.”

이런 모욕에 익숙해진 삶이라니. 참 비참하기 짝이 없었다. 하이너는 웃음인지 신음인지 모를 소리를 흘렸다. 역시 자신은 ‘소중한 것’을 영영 가질 수 없으리라. 이따위 인생에 무언가를 들여 봤자, 금방 도망가 버리고 말 테니까…….

고통이 척추를 치고 올라왔다. 온몸이 으스러진 것만 같았다. 죽는 게 나을 것 같은 고통이었다. 이 와중에도 죽고 싶지는 않은 스스로가 우스울 정도로. 대체 왜, 이따위 인생인데도— 자신은 이렇게나 살고 싶어 하는 걸까. 나는 대체 무얼 위해서…….

하이너는 머리에서 흘러내린 피로 젖은 눈을 깜빡였다. 고문 훈련에서 교관이 했던 말이 문득 떠올랐다. 현재 상황에 집중하지 마라. 다른 것을 생각해. 먼 과거나, 먼 미래를.

삐—. 귓속에선 계속 이명이 울렸다. 하이너는 아득한 정신 속에서 먼 과거와 먼 미래를 떠올렸다. 어둠 속에서 기억들이 파편처럼 스쳐 지나갔다. 주변이 서서히 밝아졌다. 모든 것이 지나가고 남은 자리엔 눈부시게 하얀 건물이 우뚝 서 있었다. 하이너는 그곳에서 먼 시야의 끝을 바라보았다. 어느새 이명은 사라지고 아름다운 피아노 소리만이 귓가를 메웠다.

그 애였다.

그의 과거 속에서 작은 어린아이는 점점 자라났다. 그가 기억하는 모습 그대로. 눈부시게 아름다운 모습으로.

하이너는 입술을 작게 달싹였다. 생각해 보면 그녀의 이름을 한 번도 소리 내어 발음해 본 적이 없었다. 그는 용기 내어 그 이름을 입에 담아 보았다.

아네트 로젠베르크.

"더러운 남창 새끼."

심문관이 쇠막대기를 불에 달구며 욕설을 뇌까렸다. 간수들이 하이너의 다 찢어지고 해진 셔츠를 뜯어 갔다. 멍으로 얼룩덜룩한 가슴팍이 드러났다. 불에 달궈진 쇠막대기가 그의 맨살 가까이 다가왔다. 확확한 열기가 느껴졌다. 하이너는 터진 입속에서, 그녀의 이름을 기도문처럼 중얼거렸다.

아네트 로젠베르크.

만일 살아 돌아가서 당신을 마주한다면, 나는 반드시 당신에게 말을 걸어 볼 거야. 창가에 숨어 훔쳐보는 짓 따위는 그만두고…….

당신의 눈을 보며 말을 건네 보고 싶어.

끔찍하게 뜨거운 고통이 맨살 위로 내려앉았다. 고통으로 점철된 삶을 살아왔음에도 단 한 번도 겪어 보지 못한— 끔찍한, 끔찍한 고통이었다. 비명이 심문실 안을 가득히 메웠다. 몸부림치는 그를 보며 심문관과 간수들이 낄낄거렸다. 잇새로 꽉 문 입술이 터지고 손톱이 손바닥을 파고들었다. 살이 타는 냄새가 코끝에서 진동했다. 그럼에도 머릿속에는 여전히 그녀가 있었다.

아.

당신은 나를 알지조차 못하는데, 어째서 내 과거와 미래는 전부 당신일까.

하이너는 독방에 다시 갇혔다. 가슴에 찍힌 낙형의 상처가 곪고 터지기를 반복했다. 그는 밤새 심하게 앓았다. 온몸이 불타는 것처럼 뜨겁고 고통스러웠다. 호흡조차 힘들어 헐떡거렸고, 어느 순간엔 지나치게 추워져서 제 몸을 엉성하게 끌어안고 덜덜 떨었다.

체감상 아주 오랜 시간이 흐른 것 같았다. 어느 날 간수가 그를 다시 심문실로 끌고 갔다. 책상 맞은편에는 누군가가 앉아 있었다.

앤이었다.

"……."

하이너는 그녀의 몰골 앞에서 말을 잇지 못했다. 말 그대로 처참한 꼴이었다. 거울이 없어 모르긴 몰라도 아마 자신도 크게 다르진 않으리라.

한참 책상 위에 시선을 떨어뜨리고 있던 앤이 마침내 입을 열었다. 비쩍 마른 목소리가 그녀의 목구멍을 긁으며 흘러나왔다.

"말하자."

"……뭐?"

하이너는 제가 들은 것을 의심하듯 되물었다. 앤은 다시 한번 말했다.

"그냥 불어 버리자고. 이렇게 버틴들 무슨 소용이 있어. 이게…… 이게 대체 다 뭐야."

"무슨 소리야. 간수가, 쿨럭, 협박한 건가?"

"회유야."

"그런다고 넘어가? 다 불어 봤자 저들이, 쿨럭, 우리를 살려 둘 것 같아?"

하이너의 목소리에 분노가 깃들었다. 그러나 앤은 눈 하나 깜짝하지 않고 말을 이어 나갔다.

"아니지, 안 살려 두겠지."

"……."

"그걸 바라는 거야. 그냥 빨리 죽여 주는 거."

앤의 붉게 부은 눈은 초점 없이 공허했다. 하이너는 할 말을 잃고 그녀를 응시했다. 지금의 앤은 전혀 다른 사람 같았다.

"너…… 왜 갑자기……."

훈련생이라면 누구나 그렇겠지만, 앤은 조국에 대한 충성심이 강한 편이었다. 그런 그녀가 갑자기 이런 말을 하는 게 이해되지 않았다. 아무리 모진 고문을 받았다 해도—.

"하이너, 우릴 밀고한 게 누구일 것 같아?"

"……모른다."

"잭슨이야."

"……."

"심문관이 내게 말해 줬어. 그제야 퍼즐이 딱딱 들어맞더라. 그 새끼 처음부터 첩자였던 거야. ……웃기지 않아? 이전 작전에서 내 목숨을 구해 준 게 걔인데, 프란체의 첩자였대."

하이너는 입을 열었다가 다시 다물었다. 뒷덜미가 서늘해졌다. 사실, 어쩌면, 아주 조금쯤은…… 예상하고 있었는지도 모른다. 도저히 인정할 수 없었을 뿐.

앤은 갈라진 목소리로 하하, 하고 웃었다.

"나는 이제 잘 모르겠어. 잭슨은 내 훈련소 동기이기도 했는데. 그러면 걔는 어릴 때부터 첩자로 거기에 들어온 건가. 아주 어릴 때부터 첩자로 길러지려면…… 걔는 프란체에서 얼마나, 어릴 때부터, 세뇌를 당했던 걸까."

"……."

“우리가 잭슨을 좆같은 프란체의 첩자로 생각하듯이, 잭슨도 우리를 그렇게 생각했으려나, 싶기도 하고.”

“…….”

“대체 이게 다 뭔가 싶고……. 하이너, 나는 이제, 뭐가 옳은 건지 아무것도 모르겠어…….”

앤의 눈에서 후드득 눈물이 떨어졌다. 하이너는 멍하니 그 눈물을 바라보았다. 그녀는 고개를 푹 숙인 채 낮게 흐느꼈다. 하이너는 천천히 시선을 떨구었다. 다리 위에 올려진 손이 덜덜 떨리고 있었다. 꽉 주먹을 쥐어 보려고 했으나 힘이 들어가지 않았다.

그는 기도하듯 두 손을 마주 잡았다.

끝내 하이너는 아무것도 말하지 않았다.

앤을 비롯한 동료들의 목표는 그저 빨리 죽는 것이었지만, 하이너의 목표는 다르기 때문이었다. 그의 목표는 사는 것이었다. 그렇기에 그는 아무것도 말하지 않았다.

시간이 얼마나 흘렀는지 가늠할 수 없었다. 어둠 속에서 하이너는 고통과 고독에 잠식된 채 그녀를 생각하고 또 생각했다. 그는 때로는 아네트를 그리워했고, 때로는 동경했으며, 때로는 원망했고, 또 때로는 증오했다. 표출되지 못하는 생각들은 어긋난 채 가지를 뻗었다.

아네트 로젠베르크.

당신은 무슨 일이 일어나고 있는지 아무것도 모르지. 피아노 앞에

우아하게 앉아 좋아하는 연주나 하면 그만이지. 내가 뭘 위해 이 짓거리들을 감내하고 있는지, 후작의 딸인 당신은, 아무것도 모르지.

비뚤어진 생각이라는 걸 알았다. 하지만 처음부터 기형적인 마음이었거니와, 이 폐쇄된 공간과 가혹한 상황은 그를 수렁으로 몰아넣고 있었다. 하이너는 그렇게 원망하고 증오하다가도, 어느새 다시 그녀를 그리워했다.

아네트 로젠베르크.

아니야. 당신 잘못이 아니야. 당신은 그냥 너무나도 귀하게 태어난 거니까. 단지 그 누구도 당신에게 이러한 것들을 알려 주지 않았을 뿐. 알게 된다면, 당신은 이 세상이 뭔가 잘못되었다고 생각하겠지. 안타까워해 주겠지. 분노해 주겠지. 당신 영혼은 당신의 연주처럼 고결하고 깨끗할 테니까…….

그리워하고, 동경하고, 원망하고, 증오하고, 다시 그리워하고, 동경하고, 원망하고, 증오하고…… 생각이 끝없이 반복되었다. 스스로가 미쳐 가는 것 같았다.

어느 날 프란체에 전쟁이 터졌다. 프란체로부터의 독립을 요구하는 라틀랜드가 벌인 전쟁이었다.

전쟁의 승기는 라틀랜드 쪽으로 기울었다. 교도소와 심문소는 함락되었고, 노동당에 잡혔던 정치범과 사상범들이 풀려났다. 혼란한 틈을 타, 하이너는 살아남은 몇몇 동료들과 프란체의 기밀을 빼내 도망쳤다. 동료들이 발설했던 기록도 소각하였으나 완벽하지는 않았다. 그 과정에서 상태가 심각했던 동료 둘이 낙오되었다. 그중에는 데온도 포함되어 있었다. 하이너는 규칙대로 그들을 제거했다. 프란체의 손에 다시 이들을 넘겨줄 수는 없었다.

최종적으로 살아남은 것은 잭슨을 제외하면 하이너와 앤뿐이었다.

국경에 다다랐을 즈음, 하이너는 권총을 고쳐 쥐며 뒤를 돌아보았다. 앤이 거친 숨을 내쉬며 그를 뒤쫓고 있었다.

"헉, 헉…… 왜?"

앤은 흘러내리는 땀을 닦으며 의아한 듯 그를 바라보았다. 하이너는 대꾸 없이 총구를 들어 올렸다. 이마의 땀을 훔치던 앤의 손이 멈칫했다. 공기가 서늘해졌다. 겨누어진 총구엔 한 치의 흔들림도 없었다. 앤은 천천히 손을 내리고선 눈을 느리게 내리감았다가 떴다. 앤의 손에서 권총이 툭 떨어졌다. 그녀는 작게 실소하며 중얼거렸다.

"그래, 뭐……."

"……."

"여기서 죽는 게 맞을지도 모르지."

앤은 프란체에 많은 것을 발설했다. 아직 소각하지 못한 기록이 남아 있을지도 몰랐다. 만일 이를 후작이 알게 된다면 어차피 편히 죽진 못할 터였다. 이런 이유가 아니더라도, 앤은 국가 기밀을 누설한 배신자였다.

배신자는 처단한다.

후환은 남겨 두지 않는다.

뇌에 박히도록 배워 온 문장이었다. 같은 훈련소 출신인 앤도 그걸 알고 있었다. 알고 있기에, 저렇게 말하는 것이었다. 체제와 명령에 의문을 갖지 않는 것. 그게 그들의 방식이었다.

탕.

총성이 숲을 울렸다. 앤의 머리에서 피가 퍽 하고 터졌다. 찰나 정지된 듯하던 그녀의 몸뚱이가 이윽고 허물어졌다. 그 순간은 하이너에게 아주 느리게 보였다. 마치 연쇄적으로 찍힌 이미지들이 나열되는 것 같았다.

털썩. 힘없이 쓰러진 몸에는 더 이상 질량감이 느껴지지 않았다. 그녀의 머리에서 흘러나온 피로 풀밭이 붉게 물들었다. 하이너는 방아쇠를 당긴 채 가만히 서 있었다. 그의 자세에는 변함이 없었지만, 아까와 달리 총구가 미친 듯이 흔들리고 있었다. 그는 고장 난 인형처럼 끼릭끼릭 총구를 내렸다. 눈앞이 일순간 흐릿해졌다가 다시 선명해졌다. 하이너는 비틀거리며 한 손으로 제 얼굴을 감싸 쥐었다. 머릿속이 어지러웠다. 시야를 가린 손가락 사이로, 쓰러진 앤의 시체가 언뜻언뜻 보였다.

왜…….

왜 죽였더라.

이유가 잘 생각나지 않았다. 안개가 낀 것처럼 머릿속이 흐릿했다. 한참을 되짚어 보던 그가 더듬더듬 생각들을 나열했다.

국가 기밀을 누설해서.

배신자니까.

배신자는 처단해야 하니까.

한데 앤은 무엇을 배신한 것이었나. 문득 작은 의문이 치고 들어왔다. 답은 오래지 않아 나왔다.

조국을.

그녀의 조국을.

그런데 그게 정말 그녀의 조국이었던가.

하이너는 떨리는 손으로 제 얼굴을 쓸어내렸다. 얼굴에 점점이 묻어 있던 타인의 핏방울들이 지워졌다.

파다니아는 누구를 위한 조국인가.

생각들이 마구잡이로 뒤엉켰다. 그러나 그 끝이 가리키는 것은, 형체가 불분명한 어떤 진실이었다. 앤의 말이 이명처럼 맴돌았다.

"대체 이게 다 뭔가 싶고……."

이게 다 뭐지.

"하이너, 나는 이제, 뭐가 옳은 건지 아무것도 모르겠어……."

뭐가 옳고, 뭐가 그른 거지.

심장이 쿵쿵 뛰었다. 앤이 금방이라도 일어나 그를 비난할 것만 같았다. 지금껏 수없이 사람을 죽여 오면서도 느껴 보지 못한 감정이었다.

하이너는 천천히 뒷걸음질 쳤다. 발밑의 풀이 무겁고 끈적끈적하게 달라붙는 것처럼 느껴졌다.

그는 뒤돌아 도망쳤다. 바람결에 숲이 스산한 소리를 냈다. 흐릿한 시야 속에서 숲이 온통 붉게만 보였다. 하이너는 붉은 풀숲을 헤치며 달렸다. 달리고 또 달렸다. 숨이 턱 끝까지 차오르고, 고통의 감각이 부상당한 몸을 잠식하고, 동료들의 비명과 피 냄새가 등 뒤를 따라붙어도, 계속해서 달렸다. 그럼에도 그는 살아야 했기 때문이다.

살아서 돌아가야 했기 때문이다.

"하이너, 넌 소중한 게 뭐야?"

그의 소중한 것이 있는 곳으로…….

실패한 줄 알았던 뷘헨 작전에서, 기적적으로 프란체의 기밀까지 가지고 귀환한 하이너는 후작에게 격한 환영을 받았다.

프란체는 현재 파다니아가 속한 연합국의 반대 진영이었다. 게다가 그중에서 대표 격이기도 했다. 따라서 이번 작전은 그 난이도만큼이나 파다니아에게 중요도가 컸다. 하이너가 가져온 것들은 후작의 입지를 단단히 굳혔을 뿐만 아니라 그의 진급에 커다란 힘을 실어 주었다. 그러나 하이너는 후작에게 배신자를 처단했다는 말은 전달하지 않았다. 앤을 비롯한 동료들은 작전 중 사망한 것으로 처리되었다.

하이너의 공으로, 디트리히 후작은 다섯 군부 대장 중에서도 가장 입지가 높은 이가 되었다. 몹시 흡족한 후작은 하이너가 정식 군대에 입대하는 것을 승인했다. 심지어 단순한 입대 승인도 아니었다. 후작은 사관학교 졸업생이 시작하는 계급인 소위에 더해, 그간의 경력을 인정하여 중위 임관을 지령했다. 가히 파격적인 인사였다.

하이너는 아주 오랜만에 로젠베르크 저택에 초대받았다. 신분을 드러낼 수 없는 훈련생 출신 첩자가 아닌, 임관을 앞둔 예비 장교로서의 첫 방문이었다.

만찬은 로젠베르크 저택의 자랑인 만찬장에서 진행되었다. 하이너 또한 익히 와 본 곳이었다. 하이너는 천장에 그려진 벽화를 새삼스레 바라보았다. 여전히 화려하고 성스럽기 그지없었지만, 그는 아무런 감흥도 느낄 수가 없었다.

그의 눈길이 성녀 마리안 위에 머물렀다. 하이너는 언제나 색색의 유리창을 투과하여 들어오는 한낮의 햇살과 함께 마리안을 보았었다. 그러나 한밤중의 마리안은 성녀가 아니라 그저 평범한 소녀처럼 보였다. 마치 신기루에서 벗어난 것처럼…….

"진급 축하하네, 발데마르 군!"

"아직은 아니지, 이 사람아."

"곧인데 그게 그거지! 자, 한잔하겠나? 엔부르크에서 들어온 귀한 포도주라네."

"감사합니다, 중장님. 다만 제가 현재 부상을 치료 중이라…… 술을 마실 수가 없습니다. 양해 부탁드립니다."

"에잉, 한 잔도 안 되나?"

"의사 말로는 거기서 치료를 전혀 못 받은 터라 상태가 좋지 않다고, 지금 제대로 처치하지 않으면 심각해질 수 있다고 합니다."

"뭐…… 그러면 어쩔 수 없지. 다음에 같이하세. 예전 같으면 부상이고 뭐고 무조건 먹였을 텐데, 세상 참 좋아졌지?"

중장이 껄껄 웃으며 시종에게 포도주병을 흔들었다. 곧장 시종이 와서 코르크를 따 주었다. 이어 식사가 코스 순서대로 내어져 왔다. 장성급 장교들과 함께하는 만찬은 훈련생 시절의 것과는 비교도 되지 않았다. 식사도 술도 모두 최고급의 것이었다. 그러나 하이너는 내내 모래를 씹는 기분이었다. 그는 들어오는 질문들에 예의 바르게 대답하며 술을 따라 주었다.

밤이 늦자 하이너를 제외한 모두가 얼큰하게 술에 취했다. 후작은 기분이 좋은 듯 호탕하게 웃으며 하이너의 어깨를 두드렸다.

"내 훈련생 시절부터 떡잎을 알아봤지! 언젠가 큰일을 할 줄 알았어!"

"후작님의 눈에 들게 되어 큰 영광입니다."

"그래, 처음 내가 자네를 본 게…… 졸업반 넷을 죽였을 때였지? 고작 3학년짜리가! 자네와 사이가 좋지 않았다고 들었네."

"사감은 없었습니다. 단지 그들이 저를 공격하려 했기 때문에……."

"그게 사이가 좋지 않은 게지! 이제 보니 사교성이 없어 뵈는구만? 작전 때 동료들이랑은 괜찮았나?"

괜찮았다고 대답해서는 안 됐다. 작전 중 필요 이상의 교류는 금지되어 있기 때문이다.

"사적으로 가깝지는 않았습니다."

"그나마 다행이군. 그런 일을 하다 보면 가까운 이들의 죽음을 자주 겪게 되니, 너무 정을 주면 안 된다네. 내가 참, 정에 약해서 탈이거든."

"새겨듣겠습니다."

술에 취한 후작은 하이너가 뭐라 대답하든 말든 저 혼자 떠들어댔다.

"이번 작전에서 자네 빼고 전부 죽었지? 안타까운 죽음이야. 참 안타까워……. 둘은 마차 사고로 죽고…… 나머진 고문으로 죽고……. 악랄한 프란체 놈들……!"

포크를 든 하이너의 손이 뚝 멈추었다. 그는 표정 변화 없이 고개를 들었다. 그리고 물끄러미 디트리히 후작을 응시했다.

"그래도 나라를 위해 일하다 죽었으니 얼마나 명예로운가? 얼마나……! 본래라면 아무것도 이루지 못한 채 길바닥에서 죽었을 텐데……!"

과장된 연극 톤으로 말한 후작이 술잔을 거칠게 내려놓았다. 그는 여전히 술기운이 가득한 얼굴로 실실 웃고 있었다. 하이너는 그들에게 큰 명예였을 것이라고 대답하며 후작의 술잔을 채웠다. 피처럼 붉은 포도주가 잔을 가득히 채웠다. 후작이 무어라 더 주절거렸지만 죄 영양가 없는 이야기들이었다. 얼마 지나지 않아 만취한 후작은 피곤하다며 자리를 파했다. 하녀가 하이너를 침실로 안내했다. 시간이 늦었으니 하루 묵고 가라는 배려였다.

"필요한 것이 있으시면 이 줄을 당겨 주세요. 그럼 평온한 밤 되시길."

"감사합니다."

문이 닫히자마자 하이너는 창문을 열고 기름 램프를 켰다. 그제야 숨통이 조금 트이는 듯했다. 그는 창가 가까이 의자를 끌어다 앉았다.

심문소에서 도망쳐 나온 이후, 하이너는 밀폐되고 어두운 공간에 있지 못했다. 그런 곳에 있기만 해도 악몽이 되풀이되는 것 같았다. 현역 군인에게는 큰 흠이었다. 그는 이것을 아무에게도 알리지 않고 홀로 이겨 낼 작정이었지만, 어떻게 이겨 내야 하는지 감이 잡히지 않았다.

하이너는 램프를 바라보며 생각에 잠겼다. 그의 손가락이 창틀을 천천히 두드렸다. 많은 것들이 스쳐 지나갔다. 개중에는 후작의 말도 있었다.

"안타까운 죽음이야. 참 안타까워……. 둘은 마차 사고로 죽고…… 나머진 고문으로 죽고……."

창틀을 규칙적으로 두드리던 그의 손가락이 멈추었다. 하이너의 회색 눈이 짙게 가라앉았다.

에이든과 미셸은 마차 사고로 죽지 않았다. 정확히는, 그렇게 보고되지 않았다. 그건 다중 추돌 사고였다. 결과적으로는 마차에 치인 것이 맞지만, 정확한 원인을 파악하지 못했기에 그저 도로 위에서 추돌로 일어난 사고라고만 보고했었다. 한데 후작은 정확히 그것을 마차 사고라고 언급했다.

기억이 과거를 거슬러 올라갔다.

파다니아의 국내 정세가 후작에게 심상치 않게 돌아가던 때였다. 죽기 전, 에이든이 이에 대해 의미심장한 말을 했었다.

"후작님은 말실수가 잦으신 편이지. 그게 언젠가 그분의 발목을 잡을 거야."

"호오, 그래? 그래도 지금껏 그런 쪽으로 잡음은 없었지 않아?"

앤의 질문에, 에이든은 쓴웃음을 삼키는 듯한 얼굴로 대답했다.

"그렇겠지. 발목을 잡을 만한 이들을 미리 제거하시니까."

디트리히의 측근이었던 에이든과 미셸은 후작의 몇 가지 기밀을 알고 있었다. 아마 '발목을 잡을 만한' 것들이었으리라.

하이너는 소리 없이 헛웃음을 흘렸다. 참 허무하기 짝이 없었다. 해외에 있는 데다 기밀 작전 중이었기에 되레 죽이기 적격이었을 테다. 그들은 목숨을 아끼지 않고 후작에게 충성했으나 후작은 종잇조각처럼 그들을 버렸다.

어쨌거나 이미 모두 끝난 일이었다. 작전은 성공했고, 후작은 제일가는 군부 대장으로서 무소불위의 권력을 갖게 되었다. 이미 죽은 체스 말들 따위 후작에겐 쓰레기보다도 가치가 없었다. 그들은 무덤이나 작은 비석조차 갖지 못했다.

하이너는 주먹을 꽉 쥐었다가, 모든 의지를 상실한 것처럼 도로 힘을 풀었다. 방 안으로 흘러드는 밤바람이 차가웠다.

다음 날 오전까지도 후작과 다른 장교들은 침대에서 일어나지 못했다.

유난히 볕이 좋은 날이었다. 씻고 간단히 아침을 든 하이너는 오래된 습관처럼 장미 정원으로 나왔다. 인적 없는 정원에 햇살이 내리쬐었다. 그는 발이 닿는 대로 걸었다. 따뜻한 빛에 머릿속이 흐릿해지는 기분이 들었다.

정처 없이 걷던 하이너가 불현듯 길 한가운데서 멈추어 섰다. 그는 자신이 그 연습실로 향하고 있음을 뒤늦게 깨달았다. 하이너는 고개를 떨군 채 발치를 응시했다. 빛을 등진 제 그림자와 눈이 마주쳤다. 그림자가 유난히 검었다. 연습실은 저택 깊은 곳으로 옮겨진 지 오래였다. 그 여자도 거기 없을 것이다. 그렇다면 자신은 대체 어디로 가려는 것일까. 하이너는 자문했다.

왜 이곳으로 돌아오려고 했더라.

'그녀를 만나기 위해.'

그녀를 만나서 뭘 하려고 했더라.

'말을 걸어 보려고.'

어떤 말을?

'어떤 말을…….'

모든 것이 막연하기만 했다. 그 여자 하나를 위해 이렇게 살아 있는데, 막상 돌아온 곳은 너무 밝고 낯설었다. 고통스러운 열기가 가슴에 새겨진 글자를 따라 기어갔다. 하이너는 이를 악물었다. 이런 만신창이인 꼴로 그녀를 만나서, 대체 무얼 하겠다는 걸까.

'돌아가자.'

그렇게 생각하면서도 왜인지 발걸음이 떨어지질 않았다. 그는 안간힘으로 몸을 돌리려고 했다. 그 순간, 문득 근처에서 바스락 소리가 들렸다. 하이너는 특유의 기민함으로 그것이 사람의 기척임을 눈치챘다.

곧장 한 발자국 물러난 하이너가 고개를 들었다. 열 걸음쯤 떨어진 곳에서, 하얀 우산의 형체가 아른거렸다. 우산의 표면이 햇살을 받아 눈부시게 빛났다. 그것이 우산이 아닌 양산이라는 것을 깨닫기까지는 조금 시간이 걸렸다. 하늘색의 가벼운 드레스를 입은 여자가 이쪽으로 걸어오고 있었다. 걸음을 따라 긴 금발이 물결치듯 잘게 흔들렸다.

하이너는 저도 모르게 도망치듯 눈을 내리깔았다가, 천천히 시선을 올렸다. 그리 길지 않은 드레스 아래로 가는 발목이 드러나 보였다. 여자는 흰 양말에 굽이 낮은 구두를 신고 있었다. 단색의 드레스는 별다른 장식이 없었으나 고급스럽고 단아했다. 하이너는 드레스에 대해 잘 알지 못했지만, 그 옷이 여자에게 더없이 잘 어울린다고 느꼈다. 약간 길게 떨어지는 반소매 아래로 가는 팔이 보였다. 양산을 쥔 손에는 반투명한 레이스 장갑이 끼워진 채였다. 곧고 하얀 목에는 푸른 에메랄드 목걸이가 걸려 있었다. 그녀의 눈동자와 같은 색이었다. 그녀의 눈동자와…….

일순간 시간이 멈춘 듯했다. 의식과 무의식의 경계에 걸쳐져 있던 머릿속이 조금씩 분명해졌다. 못 박힌 듯 서 있던 하이너는 그제야 상대를 자각했다.

그녀였다.

자신이 지금 꿈을 꾸고 있나, 하고 하이너는 아득하게 생각했다. 망상이 지나쳐 현실에까지 영향을 미친 게 틀림없었다.

하이너가 멍청히 서 있는 사이, 어느덧 그녀는 가까이 다가와 있었다. 아네트는 단 두 걸음만을 남겨 두고 멈추어 섰다. 에메랄드처럼 푸르고 반짝이는 눈동자가 그를 오롯이 담고 있었다. 하이너는 고장 난 장난감처럼 눈을 불규칙하게 깜빡였다.

톤이 조금 높고 가느다란 목소리가 귓속을 파고들었다.

"괜찮으세요? 계속 가만히 서 계시기에……."

너무 긴장한 탓에 말이 잘 들리지 않았다. 하이너는 멍하니 그녀의 입술만 바라보았다. 아네트가 재차 물었다.

"저…… 혹시 어디 안 좋으신가요? 도움이 필요하세요?"

그 말에 하이너는 뒤늦게 정신을 차렸다. 그는 제 떨리는 입매에 무심코 손을 가져다 댔다가, 느리게 고개를 저으며 대답했다.

"아뇨, 괜찮습니다. 그냥 잠시 생각을 조금……."

"아, 제가 방해했군요."

"아닙니다, 괜찮습니다."

아네트가 다행이라는 듯 생긋 미소 지었다. 그녀의 얼굴에서 눈을 떼지 못하던 하이너는 저도 모르게 따라 미소 지었다.

"아버지의 손님이신가요?"

"그렇습니다."

"군인이시군요?"

“저를…… 아십니까?”

“아뇨, 그냥 그럴 것 같았어요.”

“아.”

아네트의 말을 어떻게 해석해야 할지 몰라 하이너는 그냥 미소만 지었다. 부자연스럽게 보일 게 분명했으나 달리 도리가 없었다. 그녀를 만나는 장면을 수없이 그리고 또 그렸는데, 막상 마주한 순간 머릿속이 하얗게 비워졌다. 하이너는 어떻게든 대화를 이어 나가기 위해 무작정 입을 뗐다.

“저는…….”

작전 때문에 해외에 오랫동안 나가 있었고, 이번에 정식으로 임관을 앞두고 있습니다. 로젠베르크 저택은 이전에도 많이 방문했었습니다. 당신은 저를 모르시겠지만, 사실 저는, 아주 예전부터 당신에 대해…….

“아버지!”

생각이 끊겼다. 아네트가 하이너의 뒤를 바라보며 손을 흔들었다. 하이너는 한 박자 늦게 뒤돌았다.

“왜 이렇게 늦게 나오셨어요.”

“그리 늦지도 않았구만 무슨.”

“어제 또 과음하셨죠? 술 좀 그만 드시라니까.”

아네트는 걱정 어린 목소리로 후작을 타박했다. 한눈에 보아도 사이좋은 부녀지간의 모습이었다.

“하나 있는 딸자식이라곤 매일 잔소리뿐이니 원……. 그보다, 둘은 언제 또 만난 게냐.”

“방금 만났어요. 정원을 산책 중이셨나 봐요.”

둘의 시선이 하이너에게로 향했다. 후작과 아네트가 보이는 친

밀함에 잠시 경직되어 있던 하이너가 뻣뻣하게 고개를 돌렸다.

"내가 이 애와 정원에서 보기로 했는데 그만 깜빡했지 뭔가. 부랴부랴 나왔다네. 내 차림이 이래서…… 양해하게, 하하."

후작이 사람 좋게 웃으며 말했다.

"둘은 처음 보지? 아네트, 여긴 하이너 발데마르 군이고…… 이젠 곧 하이너 중위지. 발데마르 군, 이쪽은 내 딸 아네트라네."

"……예, 뵙게 되어 정말…… 영광입니다."

혀가 굳은 것처럼 말이 잘 나오지 않았다. 하이너는 떨리는 손을 뒤로 감추었다. 가슴 안쪽이 먹먹했다.

아네트는 디트리히 후작의 외동딸이었다. 둘은 떼려야 뗄 수 없는 혈연관계였고, 후작은 딸을 아끼기로 유명했다. 친밀한 것이 당연했다. 그런데 대체 왜, 이런 기분이…….

"굉장히 젊어 보이시는데, 벌써 중위 임관을 받으시는 건가요?"

"발데마르 군이 이번 작전에서 큰 공을 세웠거든. 이번 뷘헨 작전에서 유일하게 살아서 돌아온 게 발데마르 군이란다."

"아……! 그분이시군요! 아버지께 말씀 들었어요. 정말로 대단하세요."

아네트는 손뼉을 짝, 하고 치며 반짝거리는 눈으로 그를 올려다보았다. 하이너는 그 아름다운 눈 앞에서 도망치고 싶은 충동을 느꼈다. 그는 함부로 지껄여선 안 된다는 사실을 알면서도 섣불리 입을 열었다.

"예…… 저만. 저만 살아 돌아왔습니다. 동료들은 모두 작전 중에……."

머저리처럼 말이 잘 나오질 않았다. 첩자로서 연기했던 게 셀 수도 없는데, 도저히 스스로의 감정을 통제할 수가 없었다.

"네. 나라를 위해 목숨을 바치신 분들이죠. 저도 애도할게요."

아네트는 전혀 애도하지 않는 얼굴로, 그들의 희생이 당연하다는 듯— 그렇게 말했다.

"그런데, 임관식은 언제 하시는 거예요?"

일순간 시간이 멈추었다.

하이너는 눈을 약간 크게 뜬 채 입술을 달싹였다. 입 안이 바짝 말라 왔다. 후작이 아네트와 웃으며 무어라 이야기를 나누었다. 주변의 공기가 차갑게 가라앉는 느낌이 들었다. 하이너는 자꾸만 이 자리에서 벗어나려는 다리를 간신히 붙들어 맸다.

"……하는…… 앞으로도 우리……."

"네…… 저도 꼭 참석을…… 했었죠."

후작의 질문에 어떻게 대답했는지, 아네트와 어떤 것을 기약했는지 자세히 기억이 나지 않았다. 그저 모든 것이 어렴풋하게 흘러갔다.

"그럼 미리 임관 축하드려요. 다음에 기회가 되면 또 뵈어요."

아네트는 특유의 선하고 청초한 미소와 함께 눈인사했다. 하이너는 고개를 약간 숙여 보였다. 다시 고개를 들었을 때 후작과 아네트는 이미 뒷모습을 보인 채였다. 그녀가 까르르 웃으며 후작에게 팔짱을 꼈다. 그들이 조금 멀어졌을 때쯤, 하이너는 한 걸음 물러났다.

멈추었던 시간이 다시 흘러가기 시작했다. 두 걸음, 세 걸음, 그는 총에 맞은 사람처럼 비틀비틀 뒷걸음질 쳤다. 이내 하이너는 뒤돌아 어디론가 걸어가기 시작했다. 만개한 장미들이 주변에 가득했다. 그는 그것들이 끔찍한 시체라도 되는 것처럼 바라보았다. 짙은 장미 향이 그를 감쌌다가 멀어지기를 반복했다.

무의식중에 발이 닿은 곳은 무성한 넝쿨 사이에 자리한 한 벤치였다. 그가 처음으로 그녀의 피아노 소리를 발견했던 곳이기도 했다. 하이너는 거친 숨을 내뱉으며 무너지듯 벤치에 앉았다. 커다란 등이 불안정하게 들썩거렸다. 호흡 곤란은 종종 겪는 일이었지만, 폐쇄되었거나 어두운 공간이 아닌 곳에서 이러는 것은 처음이었다. 위태로운 호흡 속에 갇힌 채, 하이너는 흐느끼듯 기침했다. 가슴이 파먹힌 것처럼 고통스러웠다.

그 여자의 잘못이 아니라고 생각했었다.

그녀는 그냥 너무나도 귀하게 태어난 거라고, 단지 그 누구도 그녀에게 이러한 것들을 알려 주지 않았을 뿐이라고. 알게 된다면, 그녀는 이 세상이 뭔가 잘못되었다고 생각할 거라고, 안타까워해 줄 거라고, 분노해 줄 거라고. 그 여자의 영혼은 그녀의 연주처럼 고결하고 깨끗할 테니까…….

하!

정신없는 기침 속에 실소가 섞여 터져 나왔다. 하이너는 헐떡거리면서도 미친 듯이 자조했다.

고결해?

깨끗해?

대체 누가?

자신은 내내 머릿속 한편에서, 아네트를 디트리히 후작과 분리하고 있었던 게 틀림없었다.

후작의 딸도 귀족 여성도 아닌, 더 성스럽고 거룩한— 그러니까 어떤 종교적인 존재로 여겼던 거였다.

우스웠다.

아네트 로젠베르크는 성녀가 아니었다. 고통에 안타까워하고, 아픔에 공감하고, 불합리함에 분노할 수 있는 종류의 인간이 아니었다. 죄다 자신이 멋대로 망상하고 투영한 것일 뿐. 그 여자에게 가졌던 모든 게 다 환상이었다. 말 그대로 환상에 불과했다. 그녀와 처음 말을 섞어 본 것만으로도 알 수 있었다. 태도, 말, 어투, 눈빛, 행동, 표정, 모든 것이…… 그가 가졌던 모든 생각이 환상이었음을 명백히 나타내고 있었다. 힘겨운 호흡 사이로 그녀의 음성이 섞여 들었다.

"네. 나라를 위해 목숨을 바치신 분들이죠."

적어도 당신은 그렇게 말해선 안 되는 거잖아. 그런 식으로 말해선 안 되는 거잖아.

"저도 애도할게요."

당신이 그렇게 행복하고 평온하게 좋아하는 피아노나 칠 수 있는 이유가 뭔데. 당신 아버지의 입지를 위해 얼마나 많은 희생이 있었는데.

"그런데, 임관식은 언제 하시는 거예요?"

당신이 그런 인간이라면—.
그런 인간을 위해 그 고통을 다 겪은 나는 뭐가 돼.
그런 인간을 위해 살아 돌아온 나는 뭐가 돼.
살기 위해 그토록 많은 피를 묻힌 나는 뭐가 돼.
내 삶은…… 대체 뭘 위해…….
하이너는 제 목을 쥔 채 마지막 기침을 뱉어 냈다. 호흡이 천천히 안정을 되찾았다. 그러나 웅크린 몸은 여전히 희미하게 떨리고 있었다.
그의 입술이 나직하게 움직였다.
아네트 로젠베르크.

심문소의 독방 안에서 끝없이 되풀이했던 감정들이 되살아났다. 그리워하고, 동경하고, 원망하고, 증오하고, 그리워하고, 동경하고, 원망하고, 증오하고, 원망하고, 증오하고…….

처음부터 기형적으로 창조된 마음이 끔찍하게 뒤틀렸다. 하이너는 제 속에 있던 것들이 망가지고 어그러지는 소리를 들었다. 깊이 뿌리를 내린 그것들은 제멋대로 형체를 바꾸며 속을 찔러 댔다. 그는 또다시 되뇌었다.

아네트 로젠베르크.

한때 간절히 기도하듯 발음했던 이름은 끄트머리가 꺾여 나왔다.

어느새 호흡은 완전하게 제자리로 돌아와 있었다. 목을 쥐고 있던 손이 떨어져 나가고, 한껏 웅크려 있던 등이 반듯하게 세워졌다. 하이너의 회색 눈동자는 심해 바닥을 기는 물고기처럼 어둡게 가라앉아 있었다. 그때처럼 길고 온화한 바람이 그가 있는 곳으로 흘러들었다. 그러나 거기엔 더 이상 피아노 선율이 실려 있지 않았다.

아네트는 하이너의 임관식 이후 열린 만찬에 참석했다. 바로 맞은편에 앉은 그녀는 그의 이야기에 귀 기울였다. 때로는 손으로 입을 가린 채 작게 웃음을 터트리기도 했다.

분위기는 내내 화기애애했으나, 그는 저 홀로 동떨어진 듯한 느낌을 지울 수가 없었다. 마치 있어서는 안 될 곳에 존재하고 있는 것만 같았다. 하이너는 그녀가 자신의 존재를 인지하고, 눈을 마주하며 제 이름을 부를 때마다— 기이한 공포에 사로잡혔다. 늘 멀리서만 바라보던 상대였다. 갈망하던 상대였다. 감히 말도 섞을 수 없는, 까마득한 상대였다. 닿지 못하는 성녀처럼 여겨지던 아가씨의 시선은 설렘보다 두려움이었다. 그 유리 같은 눈동자 앞에서 하이너는 숨도 제대로 쉬기 힘들었다.

정식으로 임관을 마친 그는 더 이상 초라한 고아 소년이 아니었다. 전도유망한 젊은 장교였고, 후작의 신임받는 측근이었다.

그럼에도 하이너는 제가 한없이 낮고 비천하게 느껴졌다.

그럼에도 그녀에게서 시선을 떼지 못하는 자신이 혐오스러웠다.

첫 대면 이후로 그들은 꽤 자주 만났다. 후작의 저택에서 만나기도 했고, 어느 귀족이 주최한 사교 파티에서 만나기도 했고, 한 공연장에서 만나기도 했다. 우연인 것도 있었고 우연이 아닌 것도 있었다. 어쨌거나 그들은 꽤 자주 만났다.

그 무렵, 첩자를 색출한다는 이유로 서더레인 섬 훈련소가 한바탕 쑥대밭이 되었다. 디트리히 후작은 엄격한 색출을 명했다. 성인도 되지 않은 훈련생들이 심문을 받았다. 운이 나쁘면 첩자로 의심받아 처형당했다. 이미 졸업하여 현직에서 활동하던 이들도 다수 끌려갔다. 정말 훈련소에 첩자가 있었는지, 아니면 그저 기우일 뿐이었는지— 하이너는 알지 못했다. 물론 마냥 거짓일 거라는 생각은 들지 않았다. 그는 잭슨이라는 선례를 본 바가 있었다.

그러나 정말로 이것이 옳은가.

하이너는 의문을 품었다. 그는 선악을 판단할 자격이 있는 인간이 아니었지만, 적어도 의문은 할 수 있었다.

이것이 옳은가.

의문하고 또 의문했으나 그는 끝내 결론 내리지 못했다. 다만…… 그는 후작을 끌어내리고 싶다고 생각했다.

하이너가 혁명군에 조금씩 가담하기 시작한 것은 그즈음이었다.

파다니아 혁명군의 존재는 프란체에서 기밀을 훔쳐 달아날 때 알게 된 것이었다. 프란체는 파다니아에 내분을 일으키기 위해 뒤로 혁명군을 후원하고 있었다. 본래는 그것을 후작에게 보고할 생각이었다. 그러나 홀로 파다니아에 돌아온 그는 그 서류를 파기했다.

이후 하이너는 이따금, 혁명군에게 익명으로 크고 작은 군사 정보나 물자를 넘겨주었다. 걸리면 즉결 처분이라는 걸 알면서도 그렇게 했다. 대단한 정의감이나 목표 의식이 있어서는 아니었다. 망가지고 비뚤어진 마음의 발로에서 비롯된 동기였다.

그 여자.

아네트 로젠베르크.

제 손에 너무 많은 피가 묻어 있는 것이, 제 삶이 이 모양이 이 꼴이 된 것이 다 그 여자 때문인 것만 같았다. 아니, 그 여자 때문이었다. 그러니 누군가는 책임을 져야 했다. 어떤 식으로든.

하이너는 끄지 못하는 촛불 앞에서 매일 밤 기도했다. 신은 믿지 않았지만, 그저 삶의 기도문처럼 외고 또 외었다. 내가 절망했던 만큼 당신도 절망하기를. 내가 잃었던 만큼 당신도 잃어 보기를. 내 불행한 순간들에 당신이 있었으니, 당신의 불행한 순간들에도 내가 있기를.

내 삶이 너무 오래 어두웠던 만큼, 당신의 삶도 그러하기를…….

어디에도 닿지 않는 기도가 입속에서 흩어졌다.

훅, 촛불이 흔들렸다.

네 번째 보던 날, 하이너는 돌아가기 전 그녀를 잠시 불러 세운

후 물었다.

"로젠베르크 양, 혹시 이번 주말에 시간 괜찮으십니까? 부담스럽지 않으시다면…… 식사를 한번 대접하고 싶습니다."

아네트는 수줍은 듯, 그러나 익숙하다는 듯 웃으며 고개를 끄덕였다.

그녀는 하이너와 처음 만났을 때부터 그에게 호감을 가졌었다. 그 사실을 하이너는 어렵지 않게 눈치챌 수 있었다. 그러나 그는 아네트가 가진 호감이란 것이, 얼마나 가볍고 얄팍한지 또한 알고 있었다.

"아네트 양, 엄청난 낭만주의자래. 외모도 보고. 그래서 꼭 높은 신분의 남자들이랑만 만나 보는 건 아니라더라."

그녀는 아마 가볍게 호감을 품었던 많은 남성과 만나 봤을 것이다. 그러다 마음이 식으면 헤어졌을 테고.

아네트 로젠베르크는 론체스터에서 가장 아름답고 드높은 여성이었다. 그녀가 원한다면 갖지 못할 남자가 없었으리라. 그녀에겐 자신 역시 그 수많은 데이트 상대 중 하나일 테지…….

그렇게 지나가서는 안 됐다. 쉬이 만났다가 헤어지는 이들 중 하나가 되어서는 안 됐다. 그녀가 원하는 이상적인 상대가 되어야 했다.

완벽한 연인을 연기하는 것은 어렵지 않았다. 과거 하이너는 로바노프의 대령을 암살하기 위해, 대령의 비서에게 접근하여 잠깐 연인 행세를 한 적이 있었다. 대령의 비서는 이성적이고 지적인 남자를 선호했다. 하이너는 거짓 신분인 변호사로 위장하여 그녀에게 접근했다. 유능한 변호사에, 국제 정세와 경제 흐름에 대해 수준 높은 대화가 가능한 상대. 하이너는 그녀의 이상형을 훌륭하게 연기해 냈다. 단기간 내 비서는 하이너에게 완전히 빠져들었다. 정식으로 연인이 되기 전 작전은 성공했고, 그는 여자에게 아무런 언질 없이 홀연히 떠났다.

모든 것이 그때와 같았다. 하이너는 그렇게 생각했다. 신분과 성격을 바꾸는 건 그에게 익숙한 일이었다.

하이너는 아네트에 대한 모든 정보를 수집하기 시작했다.

그녀의 취미, 음식 취향, 좋아하는 책과 오페라, 존경하는 예술가, 최근 본 연주회, 가 본 지역과 가 보지 않은 지역, 이전에 만났던 남자들의 유형, 그들과 헤어진 이유…….

아네트 로젠베르크에 대해 완벽하게 파악한 그는, 모든 대화를 그녀의 흥미 위주로 이끌었다.

"어머, 그 책을 읽으셨어요?"

"예. 좋아하는 책 중 하나입니다. 이반이 감옥에서 탈출한 직후의 장면이 인상 깊어서 계속 기억에 남더군요."

"저도 그 장면 좋아해요! 다시 감옥으로 돌아갈까, 하고 고민하는 이반의 비틀리고 망가진 심리 묘사가 정말……."

"그리 유명한 책은 아닌데 로젠베르크 양이 읽으셨다니 신기하군요."

"그러게요. 저도 너무 신기해요. 전 군인들은 전부 문학을 좋아하지 않는다고 생각했거든요."

"하하, 왜 그렇게 생각하셨습니까?"

"고루한 편견이라고는 생각하지 말아 주세요. 아시다시피, 아버지를 포함해 제가 만난 남자들의 반은 군인이니까요. 열이면 열 모두, 문학은 세상을 불행하고 비관적으로 만든다고 생각하던데요."

"사회의 명암을 드러내는 게 작가들의 일이죠."

"발데마르 씨는 단어 선택을 문학적으로 하시네요. 사실 부업으로 작가를 하고 계신 것 아니에요?"

"이런, 들켰군요."

"아하하, 어떤 책을 쓰셨나요, 작가님?"

"2세대 전쟁의 양상을 분석한 전술 책을 썼습니다."

"그럼 안 볼래요."

하이너는 아네트와 주기적으로 만났다. 그녀가 좋아할 만한 음식을 먹었고, 좋아할 만한 장소에 갔고, 좋아할 만한 행동을 했다. 그는 만날 때마다 늘 꽃 한 송이를 그녀에게 선물했다. 함께 있을 때 그녀가 조금이라도 눈여겨보는 게 있으면, 몰래 사 두었다가 헤어지기 직전 건네주었다.

하이너는 그녀의 취향에 자신을 완벽히 끼워 맞추기 위해 노력했다. 스스로를 관리할 줄 알고, 옷을 잘 입고, 다정하고, 섬세하고, 낭만적이고, 그러면서도 너무 가볍지 않고, 문화예술을 사랑하는— 젊고 유망한 장교.

모든 것이 순조롭게 흘러갔다.

아네트는 그와 모든 면에서 다른 여자였다. 그녀는 사랑받는 것에 익숙했고, 또한 그만큼 사랑스러웠다. 하이너는 차라리 그녀가 사랑스럽지 않은 사람이었으면 좋겠다고 생각했다.

모든 것이 순조롭게 흘러갔다.

때로 하이너는 가짜 연인 행세에 심취한 자신의 모습을 불현듯 발견하곤 했다. 그녀와 헤어지고 집에 돌아올 때면, 마치 단꿈에서 깨어난 듯한 기분이 들었다.

모든 것이 순조롭게 흘러갔다.

아네트를 만날 때마다, 하이너는 그녀의 새로운 모습들을 발견하곤 했다. 그녀는 선하고 상냥했으나 동시에 더없이 귀족적이었다. 그건 천성이라기보다 주어진 삶이 그랬기 때문이다. 누구도 그녀를 공격하지 않았으므로, 그녀도 누군가를 공격할 필요가 없었다. 그렇기에 선할 수 있었고 그렇기에 상냥할 수 있었다. 세상의 잔인함을 깨우치는 일이 생의 과제였고, 죽지 않기 위해 죽여야 했던 그의 삶과는 정반대였다.

하이너는 그녀가 누리는 모든 것을 동경하는 동시에 증오했고 망가뜨리길 원했다. 그녀와의 만남이 잦아질수록, 그 갈망과 집착은 커져만 갔다.

모든 것이 순조롭게…….

"발데마르 씨, 무슨 생각을 그렇게 하시나요?"

"……아."

정신을 차린 하이너는 작은 침음을 냈다. 눈앞에서 아네트가 눈을 동그랗게 뜬 채 그를 바라보고 있었다. 어제도 잠을 제대로 자지 못한 탓에 정신이 약간 멍했다. 그는 손바닥으로 제 얼굴을 한 번 쓸어내린 후 사과했다.

"죄송합니다. 요즘 격무가 잦아서."

"바쁘시다고 들었어요. 그냥 쉬시지 왜 나오셨어요. 원래는 만나는 날도 아닌데……."

하이너는 빙그레 미소 지으며 태연히 대꾸했다.

"만나는 날, 안 만나는 날이 따로 있습니까. 그냥 보고 싶으면 보는 거죠."

그에 아네트는 잠시 대답하지 않은 채, 물끄러미 그를 올려다보았다. 묘한 침묵이 이어졌다. 하이너는 제가 무언가 말을 잘못했나 싶어 그녀의 기색을 살폈다.

"발데마르 씨."

그러나 아네트의 입에서 흘러나온 말은 예상과는 조금 다른 것이었다.

"왜 제게 고백하지 않으세요?"

어떻게 보면 순진하게 들리고, 또 어떻게 보면 따지듯 들리는 말이었다.

하이너는 불시에 공격당한 사람처럼 몸을 딱딱하게 굳혔다. 자연스럽게 받아쳐야 하는데 다음 문장이 생각나질 않았다. 그는 어색하게 웃었다.

"로젠베르크 양, 갑자기 무슨……."

"갑자기가 아니에요. 저희가 만난 지도 벌써 몇 개월이 지났는데, 정식으로 교제하자는 소리는 꺼내지도 않고…… 제가 마음에 들지 않으세요?"

아네트는 약간 자존심이 상한 것처럼 보였다. 하이너는 당혹스러움을 채 숨기지도 못한 채 고개를 내저었다.

"절대 아닙니다. 마음에 들지 않았다면 제가 이렇게 계속 당신을 만나려고 했을 리가 없잖습니까."

"그러면, 그냥 절 가지고 놀고 싶은 거예요? 정식으로 교제하긴 싫고?"

"로젠베르크 양, 무슨 그런 생각을—. 절대 아닙니다. 저는 단지."

말이 끊겼다. 하이너는 잠시간 말을 잇지 못한 채 불안한 눈으로 그녀를 응시했다. 아네트가 답을 재촉했다.

"단지?"

그러게, 왜 고백하지 않았을까.

하이너의 시선이 여자의 작고 아름다운 얼굴을 타고 미끄러졌다. 이 얼굴이 제 바로 앞에 있다는 사실이 여전히 믿기지 않았다.

머리로는 그녀가 이미 제게 어느 정도 마음이 있다는 걸 알았다. 그러나 오랫동안 학습된 열등감이 생각에 자꾸만 제동을 걸었다. 내심으로는, 그녀 같은 여자가 자신을 마음에 품을 리 없다고 여겼기에. 아무리 그가 장교라 한들 평민 출신이라는 것은 뗄 수 없는 꼬리표였다. 귀족들은 평민과 놀아날지언정 결코 진지한 관계를 생각하지는 않았다.

정략혼은 모든 귀족의 과업이었다. 시대가 변하며 젊을 때의 불장난 정도는 눈감아 주는 분위기였지만, 신분의 차이를 극복하고 결혼하는 이들은 극소수였다. 더군다나 아네트는 대로젠베르크 가의 외동딸이었다. 그것도 왕실의 피를 이은. 그렇기에 디트리히 후작도 아네트의 연애를 눈감아 주는 것이었다. 그녀가 젊은 시절 누구와 만나든, 결혼은 결국 가문의 뜻에 따라 하게 될 것을 알고 있기에.

아네트가 아무리 낭만을 사랑하는 여자라곤 하지만 동시에 그녀는 귀족의 전형이기도 했다.

"저는 단지……."

하이너가 머뭇거리며 입을 뗐다. 이 순간만큼은 연기와 가식을 벗어던진 진심이었다. 그는 약간 떨리는 목소리로 내뱉었다.

"단지, 당신이 저를 거절할까 봐."

입 밖으로 나온 문장은 한심하고 형편없었다. 하이너는 말해 놓고 곧장 후회했다. 자신이 여자라도 이딴 식으로 말하는 새끼와는 만나고 싶지 않을 것 같았다.

실제로 아네트는 약간 놀란 표정이었다. 그는 저 표정이 정확히 무엇을 의미하는지 알 수가 없어서 홀로 불안해했다.

아네트는 이해할 수 없다는 듯 물었다.

"왜 제가 발데마르 씨를 거절할 거라고 생각하세요?"

"……그냥 제 자격지심이니 신경 쓰지 않으셔도 됩니다."

"좋아하는 남자가 거절이 무섭다고 나한테 고백을 안 하고 있는데, 어떻게 신경을 안 써요?"

"그러니까 그냥 저 혼자…… 예?"

하이너는 스스로 생각하기에도 다소 얼이 빠진 음성으로 되물었다. 얼마간 정적이 흘렀다. 불현듯 아네트가 풋, 하고 작게 웃음을 터트렸다.

"앞에 건 장난이었어요, 발데마르 씨."

"아……."

"그냥 투정이나 부리려고 했는데 당신이 너무 진지해서 그만. 절 가지고 놀 분이 아니라는 걸 알아요."

아네트가 한 걸음 더 그에게도 다가섰다. 하이너는 본능적으로 물러나려는 다리를 안간힘으로 붙들었다.

"당신이 좋아요."

그녀는 티끌 한 점 없는 미소를 지으며, 그렇게 말했다.

가슴이 덜컥 내려앉았다. 일순간 하이너는 벼락 맞은 듯 꼼짝도 하지 못했다. 빳빳하게 굳은 채, 그 말갛고 순백한 얼굴을 뇌리에 가둘 뿐이었다.

"저랑 정식으로 교제하실래요, 발데마르 씨?"

하이너의 손가락이 약간 움찔거렸다. 무슨 말을 해야 하는데 목소리가 나오지를 않았다. 얼간이처럼 입술만 달싹일 뿐이었다.

하이너는 그녀의 짙푸른 눈을 보았다가, 시선을 내려 입술을 보았다가, 다시 눈을 보았다. 그녀는 여전히 말갛고 깨끗한 미소를 짓고 있었다. 아무것도 거리낄 것이 없다는 듯.

찬물을 맞은 것처럼 머릿속이 차가워졌다. 가슴은 여전히 제멋대로 덜거덕거리고 있는데도 이성과 감성이 제각기 따로 놀았다.

작전이 순조롭게 흘러가고 있으니 기뻐해야 했다.

성공을 자축해야 했다.

값진 성과를 만족스러워해야 했다.

그런데 왜, 왜 이렇게…… 기분이…….

"왜요, 너무 좋아서 말이 안 나오시나요?"

아네트가 맑은 웃음소리를 흘리며 농담처럼 물었다. 그 흔해 빠진 '당신은요?'라는 되물음이 아니었다.

확신이었다.

그는 당연히 자신을 좋아할 것이라는, 평생 사랑만 받고 자란 이의 확신.

저 여자의 성장 배경을 생각한다면 그건 결코 오만이 아니었다. 그 오만은 분명 그에게 불쾌한 지점 중 하나였지만, 주요한 이유가 되지는 않았다.

이 울렁거리는 감정의 원인은…… 좋아한다는 그 말 자체였다. 모순적이게도 그랬다. 그토록 듣고 싶어 했던 말이었음에도.

'좋아요.' 여자의 입에서 나온 그 단어가, 그저 한없이 가볍고 산뜻하게 들렸기 때문에. 나는 보석이 좋아요. 나는 피아노가 좋아요. 나는 파티가 좋아요. 나는 봄이 좋아요. 나는 하얀색이 좋아요. 수많은 것 중 하나. 구태여 그가 아니더라도— 얼마든 대체될 수 있는 종류의 것들.

"갑자기 말해서 놀랐어요?"

"……."

"그래도 대답은 해 줘야죠. 당신은 말해 주지 않을 건가요?"

하이너는 그녀를 향해 기쁜 듯 웃어 보이려고 했다. 그리고 실제로 거의 성공했다. 아네트가 슬그머니 그의 품에 기대어 서기 전까지는.

"저는……."

하이너가 약간 목멘 목소리로 중얼거렸다. 그는 떨리는 손을 뻗어 그녀의 등을 감싸고, 상체를 약간 웅크렸다. 작고 부드러운 여자를 온몸으로 안은 남자의 표정이 차근차근 무너져 내렸다. 품속에서 아네트가 작게 속삭였다.

"저는, 뭐?"

그는 자꾸만 흐트러지려는 호흡을 간신히 가다듬고선 마저 대답했다.

"저도 당신을, 정말로…… 좋아합니다."

그녀가 작게 웃는 것이 느껴졌다. 머릿속에 힘이 빠져나갔다. 하이너는 반쯤은 벅차고, 반쯤은 무력해진 채 중얼거리듯 고백했다.

"진심으로 좋아하고 있습니다, 로젠베르크 양."

아네트 로젠베르크.

파다니아에서 가장 아름답고 고귀한 여자.

나는 당신 인생의 수많은 좋은 것 중 하나에 불과하겠지. 조금 더 좋을 수도 있고, 조금 덜 좋을 수도 있는, 그런 것.

의식도 없이 흘러든 자각에 하이너는 이를 데 없이 비참해졌다. 애써 자각하지 않으려고 하는데, 스스로를 깎아내리지 않으려 하는데, 그게 마음대로 안 됐다.

"다른 사람한테는 발데마르 씨가 먼저 고백했다고 할까요?"

"……정말이지 남자로서 최악이군요."

"그런 게 뭐가 중요한가요. 요즘은 여성들도 사회에 진출하는 시기잖아요. 저라고 고백 하나 먼저 못 하겠어요?"

아네트는 자신이 페미니스트라도 되는 것처럼 말했지만, 하이너는 그녀가 그러한 것들에 별반 관심이 없다는 걸 알았다. 그녀가 아무리 사회의 차별을 은연중 고발하는 문학들을 읽어도, 눈물 한 번 찍고 책을 접어 버리는 것처럼.

만일 아네트가 결혼한다면, 디트리히 후작의 작위는 사후 그녀의 남편이 계승할 것이다. 그러나 여느 귀족 여성들이 그러하듯 그녀 또한 이를 당연하게 여겼다. 어차피 아네트는 로젠베르크에 딸린 백작위 등을 받게 될 것이었다. 명예에 엄청난 욕심이 있는 게 아니라면 구태여 손해를 감수하며 개혁을 원할 이유가 없었다.

"……과연 그렇군요. 그러면 그냥 당신이 고백한 것으로 해 두죠."

"해 두는 게 아니라 그렇잖아요."

"그렇다고 해 둡시다."

"그냥 고백 취소할게요."

"그럼 제가 다시 고백하겠습니다."

제 품에서 빠져나가려는 아네트를 더욱 꽉 끌어안으며, 하이너는 눈을 감았다. 그의 입에서 한 자 한 자 무거운 감정을 눌러 담은 고백이 흘러나왔다.

"당신을 좋아하고 있습니다."

기도문을 읊조리듯, 어딘가 간절하게 들리는 음성이었다.

"저와 정식으로 교제해 주십시오, 아네트."

그녀가 조심스레 팔을 그의 등 뒤로 둘러 왔다. 맞닿은 온기가 부드러웠다. 영원히 지나지 않았으면 하는 순간 속에서, 하이너는 무너지듯 생각했다.

아네트, 나는 당신 인생의 수많은 좋은 것 중 하나에 불과하겠지만…….

나는 아니야.

내게 당신은 그렇지 않아.

당신은 내 인생에 유일하게 남은 좋은 것이야. 유일하게 소중한 것이야.

원래라면, 나 따위는 감히 마주 설 수도 없는 여자지. 그 사실에 나는 열망과 만족감과 절망감과 가학심을 동시에 느껴.

내가 당신에게 별것도 아니듯이, 내게도 당신이 별것도 아니라면 좋았을 텐데.

당신을 망가뜨리고 싶어. 밑바닥까지 끌어내리고 싶어. 세상의 모든 질 나쁜 것들을 처절히 알게 만들고 싶어.

그 누구도 당신을 더는 원하지 않게 되도록.

나조차도.

나조차도 당신을 사랑하지 않게 되도록.

AU 716년. 공장 노동자들을 중심으로 1차 혁명이 일어났으나 진압되었다. 디트리히 후작은 여론을 의식하여 아네트 로젠베르크를 평민 출신의 장교인 하이너 발데마르와 결혼시켰다. 이 결혼의 대가로 하이너 발데마르는 혁명군에 관한 거짓 정보를 디트리히 후작에게 넘겨주었다. 하이너 발데마르는 이중 스파이로 활약하며, 디트리히 후작의 명을 받아 혁명군에 침투한 것처럼 위장했다.

AU 717년 2월. 학생들을 중심으로 2차 혁명이 일어났으나 진압되었다.

AU 717년 9월. 무장 혁명군을 중심으로 일어난 3차 혁명이 성공하며 지배 세력이 교체되었다. 자유 정부가 들어서고 군부 세력은 분리되었다. 혁명군 주요 인사인 하이너 발데마르가 총사령관 자리에 올랐다.

AU 718년. 서더레인 섬 안에서 자행되었던 가혹한 양성 과정이 드러났다. 훈련생들의 재사회화와 인권 보호를 위해 명단은 비공개 처리되었다.

AU 719년. 공화파가 왕정 청산법을 발의하며 왕정의 잔재를 처분하는 문제가 다시 논란거리에 올랐다.

AU 720년. 총사령관 부부가 이혼했다.

7장

더 나은 사람

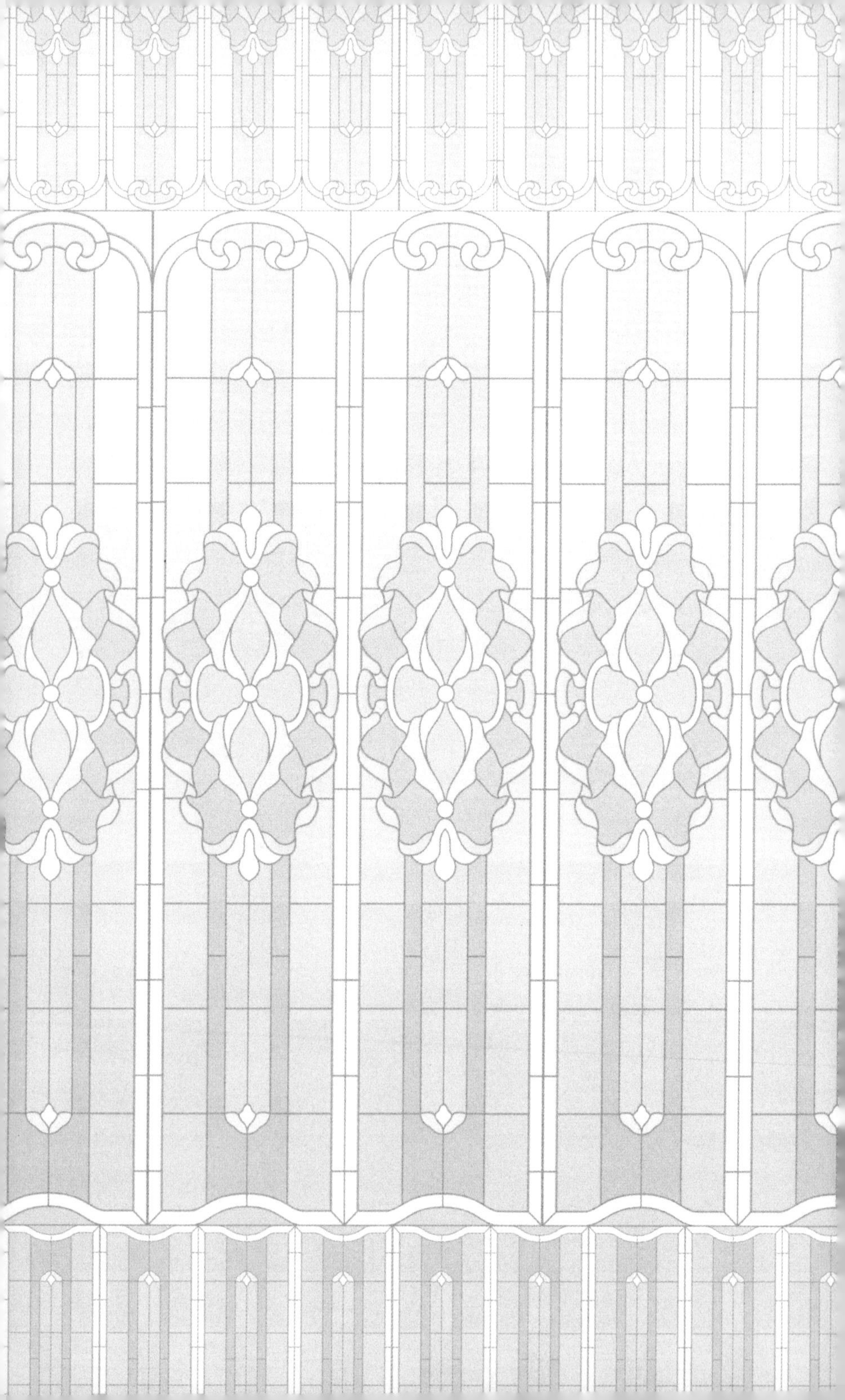

"아시다시피 이번 겨울이 예년보다 춥지 않았었잖아요. 원래 열매들이 다 작게 생산된 거라니까."

"그래도 이런 거를……."

"그럼 포도를 킬로그램당 2페니 깎아 드릴게. 어때요?"

"제가 결정할 수 있는 게 아니라서요. 지금 주인이 잠깐 자리를 비워서, 오면 상의해 보시겠어요?"

"에이, 아가씨가 예뻐서 싸게 주는 건데. 어디 가서 이렇게 싸게 물건 못 받아요."

"하하……."

"그런데 우리 전에 어디서 본 적 없어요? 얼굴이 묘하게 익숙한데."

"아뇨, 전."

문득 안쪽에서 아기 울음소리가 들려왔다. 아네트는 대화를 끊고 몸을 돌렸다.

"잠시만요."

달칵. 문을 열고 작은 전등을 켜자 노란 불빛이 들어왔다. 잠에서 깨어난 아기가 칭얼거리며 울고 있었다. 아네트는 아기를 안아 들었다. 막 잠에서 깨어난 작은 몸은 녹아내리는 마시멜로처럼 부드럽고 뜨거웠다. 그녀는 아기의 등을 토닥이며 달랬다.

이윽고 울음이 천천히 잦아들었다. 아네트는 여전히 훌쩍이는 아기를 안은 채 문가에 기대어 섰다.

"거기 조금만 앉아서 기다리시겠어요? 곧 주인이 올 거예요."

"그러죠. 당신이 몇 달 전 들어왔다는 사람이죠? 그녀의 친구예요?"

"……네, 뭐."

"어디서 만났어요?"

"수도에서요."

"수도? 당신 수도 사람이에요?"

"네."

"나도 수도에 가 본 적 있는데. 어느 쪽에 살았어요?"

"그냥…… 브리타니 광장 근처에."

"브리타니 광장? 그 근처 지대가 어마어마하지 않아요? 아가씨 혹시 부잣집 딸내미?"

남자는 스스로가 굉장히 재미있는 농담을 한 것처럼 으하하 웃었다. 아네트는 대답 없이 괜히 아기의 얼굴만 살폈다.

"그런데 정말 우리 본 적 없어요? 내가 그냥 하는 말이 아니고 진짜로 익숙해서 그래."

"없어요."

"아닌데……. 아, 내가 아가씨처럼 예쁜 사람을 잊어버릴 리가 없는데. 진짜 어디서 봤지? 아가씨 혹시……."

"한— 스—!"

별안간 점포 안을 울리는 노성에 한스가 어깨를 커다랗게 들썩였다. 그는 어색하게 웃는 얼굴로 삐걱삐걱 뒤를 돌아보았다. 브루넷 머리의 여자가 가게 입구에서 그를 노려보고 있었다. 그녀는 성큼성큼 안으로 걸어 들어오며 사납게 말했다.

"내 가게에서 무슨 얼토당토않은 수작이야?"

"에이, 수작이라니, 난 단지 얼굴이 너무 익숙해서……."

탕! 여자가 바구니를 부술 것처럼 탁자 위에 내려놓았다. 한스는 곧바로 입을 닥쳤다.

"저번에 우리 직원한테도 자꾸 그래서 애가 얼마나 불편해했는데! 네가 여자 손님들 쫓아내는 주범인 거 알아, 몰라?"

"아니, 내가 오면 얼마나 자주 온다고……."

전적이 있는 한스의 말끝이 기어들어 갔다. 여자는 더 이상의 반박은 받지 않겠다는 단호한 태도로, 빠르게 가격 협상을 끝냈다.

"킬로그램당 32페니. 이 이상은 안 돼."

결국 한스는 처음보다 조금 더 내려간 가격으로 영수증을 쓴 뒤에야 가게를 나설 수 있었다. 마지막까지 아네트한테 슬금슬금 눈길을 보내는 것도 잊지 않았다.

한스가 나간 후, 여자는 고개를 흔들며 머리를 짚었다.

"미안해요. 우리 남편 어릴 때 알던 동생인데, 애가 크면서 이상한 것만 배워 가지고……."

"아니에요."

"가게는 볼 만했어요? 이제 맡겨도 되나?"

"그럼 정산 때 돈이 빌지도 모르는데."

"그럼 본인이 채워야지, 뭐."

아네트는 작게 웃었다. 등을 토닥이던 손길이 멈추자 품속의 아기가 다시 칭얼거리기 시작했다.

"아, 이제 저한테 주세요."

여자가 두 팔을 뻗었다. 아네트는 죄라도 지은 사람처럼 서둘러 그녀에게 아기를 넘겨주었다. 여자는 아기를 익숙하게 안아 들고 선 얼렀다.

"우리 딸, 잘 잤어? 엄마 보고 싶었어?"

아기는 엄마 품에서 금세 칭얼거림을 그치고 안정을 되찾았다. 다시 가물가물 잠드는 얼굴이 이따금 배냇짓을 했다.

"아네트, 이거 보세요."

"어머……."

"어제는 막 잠꼬대도 하더라니까요."

"아기들도 꿈을 꿀까요?"

"꾸지 않을까요? 무슨 꿈이려나?"

여자는 사랑이 뚝뚝 떨어지는 눈으로 아기를 바라보며 중얼거렸다. 더없이 평온하고 행복해 보이는 광경이었다. 아네트는 한 발자국 떨어진 곳에서 그 모습을 조용히 눈에 담았다.

한참 아기를 도닥거리던 여자가 작은 목소리로 말했다.

"참, 아네트. 남편이 내일 가구점에 가자는데…… 혹시 필요한 것 있어요? 같이 보러 가지 않을래요?"

"저는 괜찮아요."

"그래도 방이 너무 휑한데. 책이라도 좀 꽂으면 나으려나?"

"그러면…… 혹시 작은 책장을 하나 들여놔도 될까요?"

"물론이죠. 얼마만 한 크기로요?"

"음, 이만한……? 정확한 치수는 조금 이따가 재 보고 다시 알려드릴게요."

"그래요. 필요한 것이 있으면 언제든 말해요."

여자가 대수롭잖은 듯 말했다. 아네트는 두 손을 맞잡은 채 제 발치를 응시하다가, 속삭이듯 대답했다.

"……고마워요, 카트린."

하이너와 이혼한 후, 근처 공원 벤치에 앉아 죽음을 생각하던 아네트를 찾아온 것은 카트린 그로트였다.

"여기서 뭐 하세요?"

"……."

"갈 곳은 있어요?"

"……네."

"어디로 가시는데요?"

"……."

"……따라오세요."

"아뇨, 전……."

"어서요."

그러고서도 한참을 머뭇거리던 아네트는 거의 반강제적으로 카트린을 따라갔다.

그들은 걷는 내내 말이 없었다. 카트린이 향한 곳은 기차역이었다. 그녀는 신시어로 향하는 두 장의 표를 끊었다.

아네트는 도무지 카트린의 의중을 알 수가 없었다. 아네트가 알고 있던 그녀의 주소는 마차로 40분 거리인 웨스턴 로드였다. 그러나 아네트는 먼저 묻지 않았다. 사실 어디로 가는 것이든, 설령 카트린이 제게 나쁜 마음을 품은 것이어도 상관없었다. 되레 그로써 그녀의 마음이 풀린다면 족하다고 생각했다.

카트린은 기차가 출발하고 나서야 입을 열었다.

"얼마 전에 신시어로 이사했어요. 수도는 워낙 번잡스러워서."

카트린은 이사에 대한 별다른 이유를 덧붙이지 않았다. 하지만 아네트는 아마 자신 때문이리라고 짐작했다.

그녀의 남동생이 사람을 죽이려고 했다. 전후 사정이야 어찌 되었든 온 동네에 소문이 퍼졌을 게 뻔했다. 설령 그들은 개의치 않는다고 하더라도, 곧 태어날 아이 문제를 걱정하지 않을 수 없었을 테고…….

물론 과민한 추측일지도 몰랐다. 다른 여러 이유가 있을 수 있었다. 그러나 지금의 아네트로서는 사고 회로가 그렇게밖에 굴러가지 않았다.

기차에서 내린 그들이 향한 곳은 한 구시가지 거리였다. 카트린은 그곳에서 과일 가게를 다시 한다고 했다. 수도는 번잡하다던 카트린의 말을 뒷받침하듯, 신시어는 웨스턴 로드보다 조금 더 정돈된 분위기였다. 건물들도 수도의 것보다 더 최근에 지어진 듯했다.

카트린은 가게 근처 작은 저택에 거주하고 있었다. 아네트를 제 집으로 데려간 그녀가 위층의 방 하나를 보여 주며 말했다.

"방이 좀 작긴 한데, 집 자체가 크지 않아서 어쩔 수 없어요."

그때까지도 아네트는 카트린의 말을 정확히 이해하지 못했다.

"여기를 왜……."

"뭐가요?"

"여기를, 왜 저한테."

"부인이 지낼 곳이니까요."

"저는…… 여기에 머물 생각이 없어요."

"그럼 어디로 가시려고요?"

"……전, 그냥……."

"또 죽기라도 하실 건t가요?"

아네트는 말문이 막혔다. 카트린이 잠시 무표정하게 그녀를 바라보다가, 방 안으로 들어서며 마저 설명했다.

"청소는 다 해 뒀어요. 짐은 우선 안쪽에…… 음, 풀 짐도 없어 보이기는 하는군요. 일단 옷은 제 걸로 입으세요. 배가 이렇게 나와서 어차피 원래 옷들은 못 입고 있거든요. 식사는 1층에서……."

아네트는 여전히 혼란스럽고 꺼려졌으나 더 이상 거절의 말을 꺼낼 수가 없었다. 그저 지친 얼굴로 눈을 내리깔고 있을 뿐이었다.

그날부터 아네트는 그로트 가의 집에 머무르기 시작했다.

만삭의 임산부인 카트린은 작은 과일 가게를 운영했고, 남편 브루너는 마차를 몰았다. 그로트 가는 넉넉하진 않아도 큰 경제적 걱정 또한 없는 가정이었다. 카트린은 그녀에게 딱히 월세나 생활비 같은 것을 요구하지 않았다. 다만 이따금 소일거리를 도와줄 수 있느냐고 물었고, 마음이 불편하던 아네트로서는 되레 반가운 소리였다. 아네트는 카트린을 도와 과일을 손질하거나 가게의 장부를 작성했다. 집안일을 시도해 보기도 했지만 거기엔 영 재주가 없었다.

고요하고 평온한 생활 속에서— 여전히 아네트는 때때로 죽음을 생각했다. 그러나 왠지 관저에서처럼 실행에 옮길 엄두는 나지 않았다.

'또 죽기라도 하실 건가요?' 아네트는 카트린이 그 일에 대해 물을 것이라고 생각했다. 하지만 카트린은 다시는 그 이야기를 꺼내지 않았다.

카트린이 묻지 않은 것은 그뿐만이 아니었다. 의탁할 곳이 정말 아무 데도 없는지, 이혼하며 분할 받은 재산은 없는지, 앞으로의 계획은 무엇인지…… 그녀는 그중 어느 것도 묻지 않았다. 그저 아무렇지 않은 듯 아네트에게 일상적인 대화를 건넬 뿐이었다.

죽은 오빠에 대해 말하던 응접실에서의 인상 때문인지, 아네트는 카트린이 다소 차갑고 조용한 사람이라고 여겼었다. 생각과 달리 카트린은 수다스럽고 활달한 성격을 가지고 있었다. 몇 년간 부쩍 말수가 적어진 아네트와는 상반되었다.

그러나 아네트와 카트린은 깊은 이야기를 나누지는 않았다. 한집에 살게 되었음에도 그들 사이에는 여전히 보이지 않는 벽이 존재했다. 그들은 결코 그들의 관계에 존재하는— 원론적인 이야기를 꺼내지 않았다. 이를테면 데이빗 버켈에 관한 이야기나, 아네트의 유산 사실이나, 카트린의 방문 이후에 일어난 자살 시도 같은 것들…….

10년, 20년을 함께 산다고 해도 이 벽을 깰 수는 없을 것이다. 아네트는 그렇게 생각했다.

아네트는 깨끗이 씻은 과일의 껍질을 깎아 칼로 조각낸 후, 작게 썰었다. 카트린과 브루너가 놀리던 칼질도 점차 나아지고 있었다. 물론 여전히 느린 것은 매한가지였다. 그녀는 아무 생각 없이 집중할 수 있는 소일거리들을 좋아했다. 칼날에 온 신경을 쏟다 보면 머릿속을 산란하게 어지럽히는 상념들이 사라지곤 했다.

"아네트, 다 잘랐으면 이쪽으로 놔 줄래요? 나머진 내가 할게요."

"아, 네. 여기……."

카트린은 직접 만든 과일 주스를 가게에서 함께 판매하고 있었다. 아네트의 칼질 솜씨도 주스 만드는 것을 돕다 보니 늘게 된 것이었다.

한참 말없이 일에 열중할 무렵, 잠금쇠가 돌아가는 소리와 함께 현관문이 덜컥 열렸다. 카트린의 남편, 브루너였다.

"으으으. 이제 날이 쌀쌀하네. 다들 굿 이브닝."

브루너는 모자를 벗으며 몸을 부르르 떨었다. 곧장 카트린의 타박이 날아들었다.

"겉옷 좀 입고 다니라니까. 어쩜 저렇게 지 몸 챙길 줄을 몰라."

"낮엔 아직 덥잖아."

"그걸 변명이라고 하고 있어. 밤엔 춥잖아. 낮에는 잠깐 벗어 놓는 게 그리 어려워?"

"그래, 그래, 그래, 알았어. 내일부터 챙길게. 어후, 아네트, 이 사람 낮에도 이렇게 잔소리가 심해요?"

아네트는 대답 없이 미소만 지었다. 카트린은 아네트가 잔소리할 데가 어디 있느냐며, 당신이 잔소리를 하게 만드는 거라며 구박을 늘어놓았다. 부부가 아웅다웅하는 동안 아네트는 마저 과일을 잘랐다. 그러나 방금처럼 수월하게는 되지 않았다. 그녀는 손을 느릿느릿 움직이며 조용히 생각에 잠겼다. 부친과 전남편도, 제게 비슷한 소리를 했었다. 그녀는 너무 잔소리가 많다고.

아네트는 주변을, 그러니까 정확히는 '제 사람들'을 챙기는 편이었다. 사소한 것 하나하나 신경 써야 마음이 편했다. 그게 그녀가 애정을 표현하는 방식이었다.

언제부터 그러지 않게 되었더라…….

"올리비아는?"

"자고 있어."

"우리 공주님은 계속 잠만 자네. 아빠 섭섭하게."
"애가 자기 아빠 닮아서 잠이 많아."
"나만큼 부지런한 사람이 어디 있다고."
카트린은 혀를 차며 부엌으로 들어갔다. 브루너가 자는 딸의 얼굴이라도 보러 아기방에 들어가 있는 동안, 그녀는 저녁 식사를 준비했다. 아네트는 제가 도울 것이 있나 기웃거리다가 과일이나 마저 끝내라며 쫓겨났다. 그러나 그녀는 식사가 시작될 때까지도 일을 끝내지 못했다.
세 사람은 음식이 차려진 식탁에 앉았다. 브루너가 간단히 식전 기도를 올린 후, 다들 식기를 들었다. 식사하며 그들은 하루의 삶을 나누었다. 아네트는 간간이 질문에 대답하거나, 동의하거나, 말을 덧붙이는 정도로만 입을 열었다.
"요즘 분위기가 싱숭생숭해."
"전쟁 때문에 그러지? 우리도 참전하는 거래?"
"글쎄. 명분이 문제지만…… 명분이야 만들어 내면 있는 거니."
아네트는 수저질을 잠시 멈추었다. 전쟁에 관한 기사를 신문에서 얼핏 본 것도 같았다. 그녀는 길에서 주워들은 이야기를 조심스레 물어보았다.
"다들 전쟁을 원하고 있다던데…… 정말인가요?"
"그런 분위기죠, 아무래도. 교전국에 대한 적대심도 하늘을 찌르고……."
근래 들어 민족이라는 개념은 거의 종교적인 의미와도 같게 되었다. 전쟁은 그들의 민족주의를 공고화하는 동시에 남성성을 증명하는 수단이기도 했다. 전쟁 지도자의 역할을 중요시하는 구지배층은 물론, 수많은 지식인과 예술가들 또한 전쟁을 환영했다. 그건 몹시 기이한 현상이었다.

"정말 파다니아도 전쟁을 하게 될까?"

"거의 그렇다고 봐야 하지 않겠어."

"당신은 입대 안 할 거지?"

"내가 아내랑 딸 두고 어딜 가. 심지어 딸이 아직 갓난쟁인데."

"갓난쟁이 두고 전쟁 나가는 남자들이 얼마나 흔한데."

"그건 직업 군인들이지."

"일반인 중에서도 흔하거든요."

"아무튼 난 아니야. 무슨 그런 걱정을 하고 있어."

"강제로 입대시키면 어떡해?"

"요즘은 못 그래. 시대가 어느 시댄데. 왕도 끌어내렸는데, 강제로 입대시켰다간 어떤 일을…… 아."

말도 안 된다는 듯 줄줄 내뱉던 브루너가 손으로 제 입을 가렸다. 순식간에 분위기가 싸해졌다. 혁명에 관한 이야기는 그들에게 있어서 일종의 불가침 영역이었다. 아네트가 그들에게 그 이야기를 하지 말라 한 것도 아니었고, 꺼림칙한 티를 낸 적도 없었건만, 그들은 언급조차 하지 않았다. 또한 그들은 그제야 아네트의 전남편이 군의 총사령관이라는 사실을 깨달았다. 전남편에 관한 것도 그들에겐 금기어였다.

아네트는 스튜를 삼키고선, 예의 미소 짓는 얼굴로 브루너에게 동조했다.

"브루너의 말이 맞아요. 왕정 시대도 아니고, 국민을 강제할 수는 없어요. 걱정하지 말아요, 카트린."

"하, 하하. 거봐. 그렇다니까. 뭘 그렇게 걱정을 하고 그래……."

"뭐…… 그렇다면 다행이지만."

"그보다 내일 가구는 같이 보러 가는 거야? 아네트, 뭐 필요한 것 있어요?"

"작은 책장이 필요하대. 크기는 대충 이만한 거."

금세 주제가 넘어갔다. 가라앉았던 분위기는 다시 띄워졌으나 묘한 껄끄러움이 먼지처럼 남아 있었다. 아네트는 혁명에 관한 일이 언급되는 것이 진심으로 아무렇지도 않았다. 다만 그 뒤에 찾아오는 이러한 상황이 불편할 뿐이었다.

나름대로 화기애애한 분위기 속에서 식사가 끝났다. 때맞추어 깨어난 올리비아가 방에서 칭얼거렸다. 서둘러 딸을 보러 간 부부를 대신해 아네트는 식탁을 정리했다. 그녀는 접시를 들어 올리다, 문득 제 손이 미약하게 떨리고 있다는 사실을 깨달았다. 아네트는 꾹 주먹을 쥐었다가 폈다. 그러고선 마저 식탁을 정리했다. 뒤늦게 온 브루너가 제가 설거지를 하겠다며 그녀를 쫓아냈다.

약간 남은 과일을 마저 손질하자, 어느새 밤이 깊어 있었다. 아네트는 뒷정리를 끝낸 후 거실로 나왔다.

"전 조금 빨리 올라가 볼게요. 잘 자요, 브루너. 잘 자요, 카트린."

"응, 잘 자요, 아네트. 좋은 밤 되길."

아네트는 카트린의 품에 안긴 올리비아에게 다가갔다. 가까워진 얼굴에선 분 냄새가 났다. 사랑으로 배부른 뺨은 보드랍고 통통했다. 올리비아는 아네트를 빤히 쳐다보며 커다란 눈을 끔뻑거렸다. 아네트가 아기의 뺨에 키스하며 중얼거렸다.

"잘 자, 올리비아."

"아네트도 잘 자."

카트린이 올리비아를 흉내 내어 대답했다. 아네트는 살짝 웃고선 손을 흔들어 보였다.

씻고 옷을 갈아입은 아네트는 읽다 만 책장을 폈다. 회색을 띠는 책장 위로 노란빛 조명이 일렁거렸다. 아네트의 시선이 활자를 따라 천천히 움직였다. 그러나 그 시선은 움직이다 말고, 잠시 끊겼다가, 다시 이전으로 돌아갔다가, 또다시 끊기기를 반복했다. 결국 아네트는 한숨을 내쉬며 책을 덮었다. 마음속이 술렁거려서 활자가 눈에 들어오지를 않았다. 그녀는 텅 빈 제 손을 바라보았다. 떨림은 멎어 있었으나 이유 모를 불안감은 지속되고 있었다.

"정말 파다니아도 전쟁을 하게 될까?"

전쟁에 관한 이야기를 들어서인가. 하지만 전쟁은 아직까지 아네트에게 피부로 와닿지 않는 이야기였다. 심지어 그녀는 전쟁이 무엇인지 잘 알지도 못했다. 정말 파다니아가 전쟁에 참전하게 된다면, 그게 실질적으로 그녀나 카트린의 가정에 미치는 영향이 어떠할지도 가늠하기 어려웠다.

불현듯 우습다는 생각이 들었다. 총사령관의 부인으로 관저에서 몇 년을 살았는데, 이토록 아무것도 모를 수가 있나. 자신은 대체 어디까지 한심해질 셈인 걸까.

자조하던 아네트는 뒤늦게 제 불안감의 이유를 어렴풋이 깨달았다. 총사령관. 하이너 발데마르…… 그녀의 전남편.

전쟁과 그 남자는 떼려야 뗄 수 없는 존재였다. 만일 파다니아가 전쟁에 참전한다면, 당연히 그가 주요 결정권자가 될 것이다.

'……이젠 나와 아무 상관 없는 이야기지만.'

아네트는 건조하게 생각했다.

그가 전장의 최전선에 있든 최후방에 있든, 어떤 결정을 내리든, 어떤 공을 세우든, 이제 그들에게 남은 연결점이라곤 파다니아라는 나라 하나였다. 파다니아의 총사령관과 파다니아의 국민. 딱 그 정도의 관계가 된 것이다.

이 사실에 서글픔이라든가 그리운 감정은 들지 않았다. 이전에도 이미 알고 있던 사실을 조금 더 분명하게 깨닫게 되었을 뿐이었다. 아네트는 그에 대해 남은 마음이 무엇인지 정확히 정의할 수 없었다. 그녀는 자신 스스로에 대한 마음조차도 추스르기 버거운 상태였다.

다만 아네트는 그를 서서히 잊어 가고 있었다. 이전에는 하루에 백 번 그를 생각했다면, 이제는 하루에 열 번 그를 생각했다. 그리고 계속해서 잊어 나갈 수 있을 것이다.

세상이 그녀를 잊어 가고 있는 것처럼.

새삼 그게 다행이라는 생각이 들었다.

아네트는 약간 낡아서 보풀이 일어난 케이프 숄을 걸치고 검은색 보닛을 깊숙이 눌러썼다. 모자 그림자 아래로 코끝과 입만이 드러나 보였다.

그녀는 손자국이 군데군데 나 있는 전신 거울 앞에 서서 매무새를 점검했다. 종려나무로 만든 장바구니까지 들자 여느 평범한 집안의 여자처럼 보였다. 그 누구도 이 차림의 자신을 로젠베르크의 외동딸이라고는 생각하지 않을 것 같았다. 아네트는 구겨진 치맛자락을 툭툭 털고선 집을 나섰다.

가을에 완연히 접어든 계절이었지만 한낮의 햇볕은 아직 따스했다. 무연한 하늘 아래로 상점가가 줄줄이 이어졌다.

"이 정도는 어때? 상태가 정말 괜찮아."

"그럼 한 바구니엔 얼마예요?"

"이거 수선하고 싶은데……."

거리가 제법 시끌시끌했다. 아네트는 챙이 깊은 보닛 그림자 아래에 제 얼굴을 파묻은 채 걸음을 옮겼다.

수도를 떠나온 지도 벌써 반년이 훌쩍 넘어갔다. 그녀는 평화로운 신시어에서의 생활에 적응해 나가고 있었다. 처음 카트린의 집에 머물게 되었을 때, 아네트는 한동안 거의 외출을 하지 못했다. 특히 사람이 많은 곳은 아예 발도 들일 수 없었다. 자신을 알아본 누군가가 총사령관의 전 부인이라며 수군거릴 것만 같았다. 더러운 귀족의 핏줄이라며 돌을 던질 것만 같았다. 군부 대장의 딸이라며 총구를 들이밀 것만 같았다.

모순적인 마음이었다. 죽기를 바라면서, 죽음을 두려워하다니.

무력함, 두려움, 그리고 자괴감에 휩싸인 채 집 안에서만 몇 달을 보냈다. 그런 그녀에게 카트린과 브루너는 전혀 눈치를 주거나 독촉하지 않았다. 고요하고 단조로운 생활 속에서 아네트는 천천히 안정을 되찾았다. 카트린의 배가 점점 불러 오기 시작했을 즈음엔 외출을 시도하기도 했다.

반년이 되었을 무렵엔 시장도 나다닐 수 있게 되었다. 여전히 얼굴을 가리고 다니기는 했지만, 많은 발전이었다.

딸랑.

"어서 오세요."

한창 수다를 떨던 원단 가게 주인이 다소 건성으로 인사를 해 왔다. 아네트를 향해 고개만 돌렸을 뿐 눈길조차 주지 않았다. 아네트로서는 무관심이 도리어 기꺼운 일이라, 신경 쓰지 않고 조용히 원단을 둘러보았다. 그녀는 올리비아의 옷을 만들어 줄 생각이었다. 엉망이 되었던 자수 실력이 최근 거의 돌아온 터였다.

'아직 아기니까 순면이 나으려나? 아니면 서큘러 니트도…… 만들기가 좀 까다로울 것 같기는 한데…….'

아네트가 천을 고심하는 동안, 가게 주인은 상대와 열띤 대화를 나누었다.

"라틀랜드 다음은 아슬라니아 아니면 우리라니까."

"라틀랜드야 그 지방에 프란체인들이 많이 사니까 그렇다 쳐. 우리랑은 명분이 없잖아."

"에이, 프란체계의 해방을 요구하는 것도 사실상 구실일 뿐이지. 그냥 땅을 달라는 거 아니겠어."

"그건 그렇지……. 선전포고도 없이, 야만인 놈들. 우리한테도 눈독 들일 게 뻔해."

"이전처럼 빌빌거리며 뺏길 거 다 뺏기고 평화를 유지하느니, 전쟁하는 게 백배는 낫지."

"말도 말아. 왕실이고 귀족들이고 무능한 데다 비겁하기까지 했으니 원……."

"이젠 그나마 다행이야. 전쟁이 나든 어찌 됐든, 군 지휘권은 총사령관이 맡을 거 아니야."

천을 만져 보던 아네트의 손이 잠시 멈칫했다.

"마침 얼마 전에 웨이트리스와 그…… 무슨 조약도 체결했다잖아. 동맹 같은 거. 되네 마네 하더니, 총사령관 작품이라던데."

"아무리 혁명군 출신이라지만 왕실군에 오래 있었던데다 너무 젊고 잘생겨서 걱정했는데, 일 하나는 참 잘해."

그러자 여자가 웃음을 터트리며 가게 주인의 어깨를 때렸다.
"잘생겨서 걱정한 건 또 뭐래."
"잘생기면 얼굴값을 한다잖아."
"그건 여자들 후릴 때나 쓰는 말이지. 그나저나 총사령관은 재혼 안 하나?"
"이혼한 지 얼마 안 되지 않았어?"
"그, 권터 의원 딸 있잖아. 민병대였던. 그 여자랑 약혼한다는 말이 있었지 않아?"
"그랬던 것 같기도 하고……. 근데 지금 시기가 시기라 재혼하기엔 좀 그렇지. 상황이 끝나면 하지 않으려나."
아네트는 그들의 대화를 신경 쓰지 않는 척, 최대한 자연스럽게 발걸음을 돌렸다. 정체를 들킨 사람처럼 심장이 쿵쿵 뛰었다. 가게를 가로지르는 내내 그들은 총사령관의 재혼 문제를 이야기했다. 아네트의 걸음이 조금 더 빨라졌다. 금방이라도 그들의 입에서 제 이야기가 나올 것 같았다.
가게 문을 닫고 나온 후에야, 그녀는 참고 있던 숨을 뱉을 수 있었다.
"이렇게 반씩 섞으면 얼마……."
"……걸로 될까요?"
거리의 소란이 유독 어지럽게 느껴졌다. 장바구니를 든 손이 미약하게 떨려 왔다. 아네트는 초조한 듯 두 손을 꽉 맞잡았다가 뗐다.
'혹시 내 정체를 알고, 일부러 그 이야기를 꺼낸 건가……?'
지나치게 과민한 생각이라는 걸 알면서도 불안감은 사그라들지 않았다. 아네트는 우두커니 선 채 눈을 감았다. 머릿속에 웅성거리는 말소리들이 서서히 차올랐다.
그 순간 외침 소리가 장내에 울려 퍼졌다.

"호외요!"

놀란 아네트가 고개를 들었다. 종이들이 나풀나풀 거리로 떨어지고 있었다. 동시에 그녀의 앞으로 자전거가 따르릉거리며 지나갔다. 신문팔이 소년이 크고 시커멓게 제목을 단 호외를 뿌려 대고 있었다.

"호외요! 호외!"

사람들이 웅성거리며 호외를 주워 읽었다. 잠시간 멍하니 있던 아네트도 한 장을 주워 들었다. 상단에 박힌 크고 굵은 제목이 가장 먼저 눈에 들어왔다.

「라틀랜드 패전, 항복문서 서명」

급하게 발행된 호외는 핵심적인 내용만을 간략히 담고 있었다. 아네트의 눈동자가 기사 줄글을 따라 움직였다.

「레드 라인 전쟁에서 라틀랜드의 120만 병력 전멸. 막대한 배상금과 주요 항구 임대를 포함하는 항복문서에 서명. 프란체의 아슬라니아 영토 교환 요구 예상…….」

아네트는 한 손으로 입을 틀어막았다. 몇 번이고 다시 읽어 보았으나 결론은 같았다. 라틀랜드가 패전했다. 예상보다도 더 빠르고 허무한 결과였다. 아무도 이렇게까지 라틀랜드가 손쉽게 항복하리라고는 생각하지 못했었다.

충격에 빠진 사람들이 수군거리기 시작했다.

"그럼 이제 어떻게 되는 거야?"

"우리도 선전포고를 하지 않을까요? 동맹국인데……."

"이제 정말 우리도 참전하는 건가?"

"당장은 아닐 겁니다. 선전포고가 진짜 군사적 움직임으로 언제 이어질지는 모르는 거니까……."

"어쨌든 참전은 예정된 거잖아요. 오, 주여!"

"어차피 언젠가는 벌어질 일이었어요. 다들 겁먹지 말고, 피하지 말고, 애국으로 우리 아들들을 입대시켜야 해요!"

주변이 금세 소란스러워졌다. 전쟁에 대한 열기를 내비치는 이들도 있었고, 충격과 근심에서 벗어나지 못한 이들도 있었다. 장성한 아들을 두었을 만한 중년 여자 몇은 눈물을 터트리기도 했다.

아네트는 입을 막았던 손을 천천히 떼어 냈다. 떨리는 숨이 함께 흘러나왔다. 라틀랜드의 패전 소식을 접하자 전쟁이 정말로 실감되었다.

파다니아의 참전이 눈앞으로 다가오고 있었다.

"프란체는 대륙으로 통하는 길을 열기 위해, 반도 3국을 세력권으로 편입시키려는 계획입니다."

"저지해야 합니다!"

"당장은 아닙니다! 이들을 도와주면서 입을 인적, 물적 손실이 너무 큽니다. 추후 본토 침공을 방어할 물자를 대비해 두어야 합니다."

"무슨 소리요! 이를 가만히 두면 파다니아로 향하는 발판을 만들어 주는 꼴이나 다름없소! 당장 몸을 보존하자고 더 큰 피해를 만들 셈이오?"

흥분한 참모들이 책상을 탕탕 치며 논쟁하기 시작했다. 하이너는 홀로 상석에 서서 팔짱을 낀 채 지도를 조용히 응시했다.

"전쟁이 막 끝난 참이라 프란체도 전력을 다할 수는 없을 겁니다. 지금이 기회입니다!"

"어차피 이걸로는 완전히 저지할 수도 없다니까 그러네! 본토 침공에 대비하는 게 훨씬 효율적이오!"

라틀랜드의 패전, 그것도 처참한 전멸 소식에 다들 초조한 상태였다. 수차례 논박이 오가며 분위기가 점차 험악해졌다.

하이너는 지도에서 눈을 떼지 않은 채 팔짱을 풀었다. 토론이 말싸움으로 번져 갈 즈음, 그가 책상 위를 양손으로 탕 짚었다.

"의견들 잘 들었습니다."

나직하지만 힘 있는 목소리에 거짓말처럼 장내가 조용해졌다. 얼마간 정적이 흘렀다. 그동안 지나치게 과열되었던 분위기가 서서히 가라앉았다. 하이너는 여전히 지도에 시선을 고정하고선, 느리게 입을 열었다.

"사실상 세력권 편입은 우리가 결정할 문제가 아닙니다. 3국은 전쟁을 원하지 않을 수도 있으니. 자발적이든, 비자발적이든……. 우리가 당면한 문제는."

하이너의 검지가 지도 위를 느리게 쓸며 지나갔다.

"여기. 테라로사."

그가 가리킨 곳은 아슬라니아의 한 남부 지방이었다.

"최대의 곡창 지대고 엄청난 양의 자원이 매장되어 있는 곳입니다. 프란체는 분명 영토 교환을 요구할 거고, 아슬라니아가 불복한다면 기갑부대를 대거 편성하여 테라로사로 투입할 겁니다. 아주 오랫동안 눈독 들였던 땅이니."

"하지만 그 시기가……."

"불분명하지요. 우리도 당장 움직일 수는 없습니다. 우선 참전은 공식화합니다."

선전포고의 의미였다. 참모들이 숨을 죽였다. 모두 예상하던 것이지만, 총사령관의 입에서 나오는 것은 그 무게가 달랐다.

"군사적 행동 개시는— 아슬라니아가 지원 요청을 할 경우."

하이너는 고개를 들었다. 폭격 이후의 잿더미 같은 회색 눈동자가 날카롭게 빛났다.

"우리는 그동안 파다니아 서부전선의 방어 요새 구축을 완성할 겁니다."

「……따라서 파다니아가 연합군으로서 전쟁에 참전할 것을 의회에서 선언해 주시길 바랍니다.」

문장 끝에 마침표가 찍혔다. 하이너는 잠시간 그 마침표를 바라보았다. 수많은 희생의 기점이, 고작 그가 쓴 문장 하나에서 시작되고 있었다.

하이너는 서류들을 모아 비서에게 건넨 후 자리에서 일어섰다. 피로한 눈가를 문지르자 눈앞이 흐릿해졌다가 다시 선명해졌다.

그는 외투를 걸치며 복도로 나섰다. 차갑고 어두운 복도에 구둣발 소리가 뚜벅뚜벅 울려 퍼졌다.

"근데 그런 거였으면…… 3년 전에 말을 해 주지."

본관으로 들어설 무렵, 돌연히 걸음이 멈추었다. 하이너는 무심코 제 귓가로 손을 가져다 대려다 말았다.

"당신 목표 다 이루고 이제 날 속일 필요가 없게 되었을 때, 말을 해 주지."

또.

또 이런 식이었다. 아무런 전조도 없이, 시도 때도 없이. 그녀의 흔적과 기억들은 망상이나 이명처럼 불현듯 나타나 그를 괴롭혔다.

"나는 그런 줄도 모르고……."

하이너는 주먹을 꽉 쥐었다. 그러고선 다시 걸음을 내디뎠다.

"……3년이나 당신을 더 사랑했잖아요."

그의 눈이 짙게 가라앉았다. 나직한 중얼거림이 차가운 숨처럼 흘러나왔다.

"거짓말."

당신은 날 사랑한 적이 없어. 당신에게 남은 사람이 나밖에 없었을 때도, 당신은 날 사랑하지 않았었어. 옛날엔 가벼운 유흥이었을 테고, 그때는 절박한 동아줄 정도였을 테지. 새삼스럽지도 않아. 아주 오랫동안 절감하던 사실이니까. 당신 같은 여자가 날 사랑할 리 없잖아.

"……하."

하이너는 작게 실소했다. 이미 한참 전에 끝난 이야기에 대고 혼잣말하는 스스로가 우습기 짝이 없었다.

점점 미쳐 가는 것 같았다. 이런 정신머리로 총사령관직을 유지할 수 있는지 의문이 들 정도였다.

애초부터 그 여자 하나 때문에 쌓아 올린 성이었다. 정작 그 여자는 없는데, 성벽만이 덩그러니 남아 있었다.

하이너는 커다란 창 앞에 멈추어 서서 바깥 정원으로 시선을 돌렸다. 하얗고 거대한 분수대가 눈에 들어왔다. 아네트가 종종 벤치에 앉아 바라보던 분수대였다.

과거 하이너는 이 복도를 오가다, 이따금 거기 앉아 있는 그녀를 발견하곤 했다. 그러면 그는 바쁜 발걸음을 멈추고 얼마간 그녀를 지켜보았다. 비록 이곳에서는 벤치의 뒷모습밖에 보이지 않았지만, 그는 마치 기밀을 캐내는 스파이처럼 아주 기민하고 섬세하게 그 여자를 관찰했었다. 과거의 한때를 더듬던 하이너의 눈동자가 흐려졌다. 저 벤치에 앉아 있던 그녀의 얼굴이 어떠했을까, 하는 생각이 문득 들었다.

행복하거나 평화로운 얼굴은 도무지 그려지지 않았다. 지난 3년간 그가 보아 온 그녀의 모습은 온통 어두운 색채로 물들어 있었다.

시야를 당기자 어두운 창에 비친 제 얼굴이 보였다. 표정 없는 낯은 마치 죽은 거목 같았다. 그는 소리 없이 입술을 달싹였다.

당신은 이제 행복해?

라디오에서는 온종일 전쟁에 관한 방송이 흘러나왔다. 프란체가

선전포고 없이 빠른 기동전으로 아슬라니아의 서부전선을 침공했다는 이야기였다. 파다니아는 아직까지 명확한 군사적 움직임을 보이지 않는다고 했다.

세상이 혼란스러운 것과 별개로, 아네트의 생활은 큰 변화 없이 흘러갔다. 그녀는 여전히 칼질에 미숙했고 집에는 아기 냄새가 났으며, 근처 시장은 언제나처럼 소란했다.

그러나 파다니아도 곧 전쟁에 본격적으로 개입할 것이라는 말들이 돌았다. 아네트는 어렴풋이 이 생활의 끝을 예감하고 있었다.

아네트가 빨래를 개던 도중, 열쇠를 돌리는 소리가 났다. 아직 이른 저녁 시간대였다. 그녀는 의아하게 문 쪽을 바라보았다. 들어온 이는 카트린이었다. 왜인지 평소와 달리 약간 초조한 낯이었다. 아네트가 의아한 얼굴로 일어났다.

"카트린? 벌써 온 건가요?"

"아, 음, 일이 좀 빨리 끝났어요."

이상한 변명이었다. 정시까지 운영하는 과일 가게에서, 일이 빨리 끝날 게 뭐가 있단 말인가.

"그래요……?"

아네트는 더 캐묻지 않고 자리에 앉았다. 카트린이 외투를 벗으며 눈알을 굴렸다.

"올리비아는 자나요?"

"네, 좀 전부터."

"봐 줘서 고마워요. 음, 오늘 따로 외출은 안 했었죠?"

"온종일 집에 있었어요."

"내일도 따로 나갈 일 없나요?"

"아마……. 잠시 나가 있을까요……?"

집을 비워야 하는 일이 있는 건가 싶어, 아네트는 긴가민가하며 물었다. 그러나 카트린은 눈에 띄게 당황하더니 손을 내저었다.

"아뇨, 아뇨. 집에 있으라는 이야기였어요. 아무래도 전쟁 때문에 분위기도 흉흉하고, 아무튼 좀 위험하니까."

"카트린, 무슨 일이 있어요?"

"일? 아뇨, 일은 없는데. 전쟁 때문에 좀 불안하고 그렇잖아요. 선전포고도 했다고 하고."

횡설수설하던 카트린은 "옷부터 갈아입어야겠어요." 하고 중얼거리더니 방으로 들어갔다. 아네트는 걱정스러운 눈으로 그녀의 뒷모습을 바라보았다.

빨래를 다 개었을 무렵, 옷을 갈아입은 카트린이 다시 거실로 나왔다. 카트린은 목이 마른 듯 부엌에서 물을 들이켰다. 아네트는 다 접은 빨래를 가지런히 모아 둔 후 그녀를 불렀다.

"카트린."

"네?"

"무슨 일이 있죠?"

"그런 거 없다니까요."

"나에 관한 건가요? 혹시 날 알아본 사람이 있었나요?"

물잔을 든 카트린의 손이 흠칫했다. 그 반응에 아네트는 확신했다.

"……있군요?"

"아뇨, 아네트, 그것 때문이 아니라—."

"일부러 숨겨 줄 필요 없어요. 어차피 언젠가는 알게 될 사실인 거잖아요."

아네트는 담담하게 말했다. 말문이 막힌 듯 입술을 달싹이던 카트린이 이내 한숨을 내쉬었다.

"그게, 한스 그 자식이 입만 가벼워선……."

한스라면 전에 과일 가게에서 만났던 남자였다. 카트린이 자리를 비웠던 그 잠깐 하필 방문하는 바람에, 얼굴을 가릴 새도 없이 마주쳤었던. 얼굴이 익숙하다며 아리송해하더니, 기어코 누구인지 떠올려 낸 모양이었다.

사실 아네트는 이 상황이 그리 놀랍지도 않았다. 그간 그녀의 얼굴은 수도 없이 신문과 잡지에 실렸었다. 지금까지 소문이 나지 않았던 게 오히려 이상한 수준이었다. 애초부터 자신을 들인 카트린이 이해가 되지 않았다. 평생 집 안에 숨어 살 게 아니라면 언젠가는 벌어질 일이었다.

"카트린, 사람들에게 당신과 내가 어떤 관계인지 말해요."

아네트는 차분하지만 단호하게 말했다.

"무슨……."

"자칫하면 당신이 날 돕는 것으로 오해를 살 수도 있어요. 그러니까, 날 돕는 건 맞지만— 그것과는 별개로 당신은 피해자고, 당신의 오빠는 혁명군이었잖아요. 당신은 애초에 나나 귀족과는 연관이 없는 사람이었어요."

"그걸 말한다고 해서 아네트에게 도움이 되지 않아요."

"내가 아니라 카트린과 카트린의 가족에겐 도움이 되니까요. 저야 어떤 말을 듣든 상관없지만, 카트린은 아니잖아요. 장사에 피해가 갈 수도 있고."

"아네트가 어떤 말을 듣든 왜 상관이 없어요?"

"전 정말 괜찮아요. 이미 익숙해요."

"익숙하든 어쨌든, 왜 상관이 없냐고요……!"

카트린의 목소리가 약간 높아졌다. 아네트는 당황해선 그만 입을 다물었다. 하지만 여전히 의문은 풀리지 않았다. 사람들이 자신에 대해 뭐라고 하든, 그녀가 상관할 바가 아니었다.

알 수 없는 얼굴로 아네트를 바라보던 카트린이 휙 몸을 돌렸다.

"……아무튼 당분간 나가지 말아요."

아네트는 전화 교환기 앞에서 한참을 망설였다. 명함 위의 번호로 다이얼을 돌렸다가 그만두기를 몇 번을 반복했다.

마침내 결심한 그녀가 다이얼을 돌렸다. 수화기에서 규칙적인 신호음이 울렸다. 아네트는 아랫입술을 잘근잘근 물며 전화가 연결되기를 기다렸다.

[전화 받았습니다. 세인트 변호사 사무실입니다.]

"아, 안녕하세요. 예전에 세인트 변호사님 통해서 이혼 진행했던 의뢰인입니다. 여쭤볼 것이 있어서 전화드렸어요."

[성함이 어떻게 되시죠?]

"아네트…… 로젠베르크입니다."

이름을 말하자 건너편에서 아, 하는 소리가 났다.

[잠시만 기다려 주세요. 변호사님 바꿔 드릴게요.]

"……네."

아네트는 조마조마하며 변호사를 기다렸다. 반신반의하며 전화했는데, 그래도 진행이 되는 것 같아서 다행이었다.

오래지 않아 전화 너머로 익숙한 목소리가 들려왔다.

[파비안 세인트입니다. 오랜만에 인사드리는군요, 로젠베르크 양. 잘 지내고 계십니까?]

"안녕하세요, 세인트 씨. 잘 지내고 있어요. 여쭤볼 것이 있어 전화드렸어요. 괜찮으실까요……?"

[잘 지내고 계신다니 다행입니다. 물론이고말고요. 편하게 물어보세요.]

"다름이 아니라 제가 이혼 후 관저를 나올 때, 위자료 지급과 관련된 은행 서류 같은 것들을 전부 놓고 왔었는데요…… 이게 여전히 제게 지급될 수 있는지, 그러니까 여전히 권리가 유효한지…… 궁금해서."

아네트는 손가락으로 전화선을 꼬며 초조하게 물었다.

버리듯 던져두고 나온 재산이었다. 그걸 다시 찾는 일은 꽤 체면을 구기는 일이었지만, 지금은 자존심보다 중요한 게 있었다.

[흐음……. 법적으로 권리는 유효합니다만, 시간이 꽤 지난 터라 상황에 따라 권한 포기로 간주될 수도 있어서……. 우선 전남편분 측에 확인을 해 봐야 할 듯한데, 괜찮으시다면 잠시 기다려 주시겠습니까? 곧 다시 전화드리겠습니다.]

"네…… 감사합니다."

아네트는 전화를 끊고서도 자리를 뜨지 않았다. 전화 교환기를 빤히 쳐다보다가, 팔짱을 끼고 벽에 기대어 섰다가, 다시 주변을 서성거리기를 반복했다.

따르릉—.

전화가 울리자마자 아네트는 수화기를 집어 들었다.

"전화 받았습니다. 아네트 로젠베르크입니다."

[파비안 세인트입니다. 로젠베르크 양, 말씀드린 대로 확인해 보았는데, 여전히 위자료 지급이 유효하다고 합니다.]

"아……."

아네트는 안도했다. 사실 하이너 측에서 거절하지 않을까 예상했기 때문이다.

법적으로 권한이 있다 한들, 그녀는 소송까지 가기 어려운 처지였다. 또 만일 소송까지 간다고 해도 총사령관의 지위와 인맥을 상대할 수 있을 리가 없었다.

"그럼 제가 관저로 위자료를 받으러 가면 될까요? 아니면 변호사님의 사무실로 방문해야 하나요?"

[아, 그 부분은 전남편분 측에서 해결하시겠다고 합니다.]

"해결이라면……?"

[이번 주 중으로 그쪽에서 사람이 올 겁니다. 사시는 곳으로요. 방문 전날에 미리 연락드리겠다고 하십니다.]

"직접이요?"

예상하지 못했던 상황이었다. 아네트는 어떤 식으로든 그의 사람과 다시 마주치거나 엮이고 싶지 않았다. 그녀는 잠시 고민하다 조심스레 물었다.

"혹시 실례가 안 된다면, 변호사님께서 위자료를 맡아 주실 수 있을까요? 제가 사무실로 가지러 갈게요. 사례비는 드리겠습니다."

[아, 그게, 그러지 않아도 제가 먼저 그렇게 제안드렸었습니다. 사례비를 떠나 아무래도 제가 부인의 변호사였으니 끝까지 대리하는 게 맞을 것 같아서요. 한데…….]

변호사가 말끝을 약간 늘였다. 아네트는 불안한 마음으로 이어질 말을 기다렸다.

[서류상으로 저와 부인의 계약은 끝이 났고, 위자료를 남의 손에 맡길 수 없다고 하셔서요. 당사자가 직접 전달을 원하시니 저로서

도 더 주장하긴 어렵습니다.]

"……아니에요. 끝까지 감사합니다, 세인트 씨."

[천만에요. 더 물어볼 것이 있으시면 편히 전화 주시고요.]

아네트는 바닥난 사교성을 쥐어 짜내어 다시 한번 인사한 후 전화를 끊었다. 여전히 머릿속은 복잡한 상태였다.

그러나 가장 큰 위자료 문제를 해결해서 다행이었다. 이만하면 보상금으로도, 또 이별 선물로도 나쁘지 않을 듯했다.

아네트는 교환기 앞에서 호흡을 정리했다. 희미하고 아득하기만 하던 모든 것들이 아주 조금씩 분명해지는 기분이었다.

이제 떠날 자리를 정리하는 것에는 익숙해졌다.

그녀에게 유일하게 남은 재주라면 재주였다.

다음 날부터 카트린은 가게를 열지 않았다. 가게에는 일주일간 쉰다는 종이가 나붙었다. 몸이 좋지 않다는 핑계였지만 그 이유가 무엇인지는 뻔했다. 아네트는 구태여 더 따지거나 캐묻지 않았다. 어차피 카트린이 그에 대해 회피할 게 분명했다.

함께 사는 동안, 그들은 언제나 이런 식이었다. 표면적으로는 웃고 떠들되 결코 그 아래로 내려가지는 않았다. 깊이 파고들수록 서로의 상처만 헤집는 꼴이라는 것을 알기 때문이었다.

모유 수유를 하는 카트린 곁으로 아네트가 다가가 앉았다. 아네트는 부드러운 눈으로 올리비아를 바라보았다. 토실토실한 얼굴이 열심히 움직이고 있었다. 아네트는 참지 못하고 그 사랑스러운 뺨을 손끝으로 건드려 보았다. 부드럽게 눌리는 살이 못 견디게 귀여웠다.

"잘 먹네요."

"살찐 아기 고양이 같죠?"

"되게 세게 빠는 것 같은데, 아프지 않아요?"

"좀 아파요. 가끔은 엄청 아프고. 이가 다 나면 나는 이제 큰일 났어."

"그때는 이유식을 먹여야죠."

"아네트가 만들어 주려고요?"

카트린의 물음에 아네트는 대답 없이 미소만 지었다. 그 순간 올리비아가 재채기했다. 작고 하찮기 짝이 없는 재채기 소리에 둘은 까르르 웃음을 터트렸다.

천천히 웃음이 잦아들 무렵, 아네트는 조심스레 용건을 꺼냈다.

"……저, 카트린. 오늘 오후 중으로 사람이 올 것 같은데, 물건 하나만 대신 받아 줄 수 있어요?"

"그럼요. 그런데 뭐 때문에요?"

"전남편한테 받을 물건이 있어서……."

"아아, 알았어요. 직접 나가기 껄끄럽긴 하겠네."

"혹시 아는 얼굴일까 봐요."

당연한 말이지만, 하이너의 측근이나 수행원들은 아네트의 얼굴을 알고 있었다. 그들을 다시 마주하는 건 꺼려지는 일이었다.

"물건만 받으면 되는 거죠?"

"네. 혹시 모르니 제 신분증과 대리 증명서는 맡겨 둘게요."

"알았어요."

"고마워요, 카트린."

카트린이 뭐 이런 걸 가지고 감사 인사를 하느냐며 웃었다. 아네트는 말없이 따라 웃었다. 그녀에게 고마웠다. 언제나.

관저에서 사람이 찾아온 건 꽤 늦은 저녁 시간이었다.

아네트는 저녁 식사를 마치고 방에 들어가 바느질을 하던 중이었다. 창밖으로 마차가 멈추어 서는 것을 보고 사람이 왔다는 걸 알았다.

그녀는 바느질감을 든 채 창가 쪽 침대로 당겨 앉았다. 마부가 마차 뒷문을 열어 주었다. 열린 문밖으로 긴 다리가 뻗어 나왔다. 검은 롱코트에 모자를 깊게 눌러쓴 남자가 마차에서 내렸다. 멀리서도 눈에 띌 만큼 키와 골격이 커다란 남자였다. 회색 군용 모자나 롱코트 아래로 보이는 군화가 아니더라도, 단단한 체격과 각진 움직임이 군인 같다는 느낌을 주었다. 엄격하고 차가운 분위기의…….

아네트는 바느질을 멈춘 채 눈을 가늘게 떴다.

익숙한 인영이었다. 몹시, 몹시 익숙한 인영이었다. 심지어 저런 체격을 가진 남자는 결코 흔하지 않았다. 그러나 설마 하는 가정 때문에 머릿속이 제대로 돌아가지 않았다. 이어 남자가 장갑을 낀 손으로 모자를 벗었다. 제 눈을 의심하고 있던 아네트는, 그 얼굴을 확인하는 순간 저도 모르게 입을 벌렸다.

"하이너……?"

멍한 중얼거림이 흘러나왔다. 손에 들려 있던 바느질감이 무릎 위로 툭 떨어졌다.

하이너는 특유의 보폭이 넓고 딱딱한 걸음걸이로 문에 다가섰다. 아네트의 시야에서는 더 이상 그가 보이지 않았다.

문 두드리는 소리가 위층까지 전해져 왔다. 아네트는 기도하듯 두 손을 가슴에 모았다. 긴장인지 두려움인지 모를 감정 속에서 그녀는 의문했다.

'대체 왜?'

당연히 대리인을 시킬 거라고 여겼다. 그가 온다는 가정은 애초에 조금도 하지 않았었다.

론체스터에서 신시어까지는 기차로 편도 세 시간이 걸렸다. 아주 먼 거리는 아니지만, 그렇다고 가까운 거리도 아니었다. 더군다나 지금은 파다니아가 프란체에 선전포고를 한 상황이었다. 총사령관인 그가 구태여 여기까지 걸음을 할 여유가 있을 리 없었다.

'어디에 사는지 직접 보러 온 건가? 얼마나 잘살고 있는지? 아니면 위자료를 다시 찾으려는 게 괘씸해서?'

의문만이 두서없이 떠오를 뿐, 명확한 해답은 나오지 않았다.

혼란에 빠져 있는 동안 문이 열렸다. 카트린이 먼저 짧게 무어라 말하고, 이어 하이너가 대꾸했다. 아래에서 그들은 대화를 나누는 듯했으나 아네트가 있는 곳까지는 들리지 않았다. 아네트는 주먹 쥔 손을 입술에 가져다 댄 채 숨을 죽였다. 물건만 전해 받으면 끝나는 일인데, 둘은 꽤 길게 이야기를 주고받았다. 체감상 오랜 시간이 흐른 후에야 문이 닫혔다.

아네트는 고정되어 있던 자세 그대로, 눈만 들어 창밖을 바라보았다. 그는 뒤돌아 마차로 걸어가고 있었다. 거리 위를 구르던 낙엽들이 가을바람에 한차례 휘돌았다. 그의 롱코트 끝자락이 함께 흔들렸다. 그녀는 커튼 뒤에 반쯤 얼굴을 숨긴 채 그 뒷모습을 응시했다.

문득, 그가 뒤를 돌아보았다.

찰나 시선이 비껴갔다.

아네트는 반사적으로 커튼 뒤로 몸을 숨겼다. 적에게 위치를 들킨 병사처럼 호흡이 떨렸다. 그가 저를 보았는지 아닌지, 눈이 마주쳤는지 아닌지 알 수 없었다. 아네트는 그의 눈이 향하고 있는 곳을 다시 확인하고 싶었다. 하지만 차마 커튼을 걷어 볼 수가 없었다.

아주 짧은 시간 본 그의 얼굴은 수척해져 있었다. 조금 마른 듯도 했다. 그러나 스치듯 본 것에 불과한 터라 긴가민가할 뿐이었다.

아네트는 마른 입술을 축였다. 머릿속이 혼란스러웠다.

'왜 이렇게…….'

왜 이렇게 긴장하고 있지, 내가.

가슴에 얹은 손바닥 위로— 제 심장이 뛰는 감각이 선명했다. 아네트는 미끄러지듯 그 손을 떨어뜨렸다.

아네트는 그에게 가진 감정을 정의 내릴 수 없었다. 한때는 사랑이었지만, 지금은…… 너무나 복잡했다. 적어도 그녀가 아는 사랑은 이런 느낌이 결코 아니었다.

생각해 보면 그런 일이 있었던 사람을 여전히 사랑하는 것도 멍청한 짓이었다. 설령 여전히 사랑이라 해도, 아네트는 더 이상 거기에 감정을 할애할 여력이 없었다. 그녀는 스스로의 마음을 돌보는 것만으로도 벅찼다. 그리고 실은 그조차도 제대로 해내지 못하고 있었다.

뭐가 됐든 이제 남이라는 사실은 변하지 않지만.

상념이 길어질 즈음, 마차가 출발하는 소리가 들렸다. 아네트는 그제야 커튼을 살짝 걷고 창밖을 내다보았다.

남자가 서 있던 거리는 텅 비어 있었다.

전쟁의 양상은 점차 장기전으로 변해 갔다. 파다니아는 아슬라니아의 지원 요청에 따라 동부전선으로 지원군을 파견했다.

파다니아의 도움으로 아슬라니아는 동부전선을 사수할 수 있었으나, 서부전선은 프란체에 내주어야만 했다.

반으로 갈라진 아슬라니아의 서쪽은 프란체에 점령되었다. 이다음은 파다니아의 본토 침공일 것이라는 예측이 유력하게 나돌았고, 자원입대자의 수가 늘어났다.

식량값이 폭등했고 사람들은 허리띠를 졸라맸다. 카트린의 가게도 사람들의 발길이 뜸해졌다. 브루너 또한 수입이 부쩍 줄었고, 어떤 날은 아예 허탕을 치기도 했다. 생활에 무리가 갈 정도는 아니었으나 이전보다 빠듯해진 것은 사실이었다.

늦은 밤, 아네트는 천 가방 하나를 들고 거실로 내려왔다. 예상대로 카트린은 아직 자지 않고 소파에서 가계부를 작성하고 있었다.

아네트의 기척 소리에 카트린이 고개를 들었다.

"어머, 아네트? 안 자고 뭐 해요?"

"카트린이야말로 요즘 계속 늦게 자네요."

"나야 뭐. 가게에서 매일 졸아서 밤에 잠이 안 오는 거죠."

그건 가게에 손님이 없다는 뜻이기도 했다. 아네트는 탁자 위에 가방을 내려놓으며 그녀의 옆에 앉았다. 카트린이 고개를 갸웃했다.

"이게 뭐예요?"

"카트린에게 줄 거요."

"나한테? 선물인가? 나 아직 생일 멀었는데?"

"선물은 맞는데, 생일 선물은 아니에요."

아네트는 가방 안에서 자그마한 옷을 하나 꺼냈다. 올리비아를 위해 만든 아기 옷이었다.

"이건 먼저…… 올리비아 옷이에요. 그냥 자수 정도만 놓다가 제대로 옷을 만드는 건 처음이라, 어떨지 모르겠어요."

"어머나."

카트린이 두 손으로 입을 가리더니, 옷을 받아 들었다. 그녀는 옷을 이리저리 살펴보며 활짝 웃었다.

"세상에, 귀여워라. 처음 만드는 것 맞아요? 어쩜 이렇게 재주가 좋아요."

"조금 더 일찍 줬어야 했는데…… 예상보다 오래 걸려서."

"무슨 소리예요. 계절도 지금에 딱 맞는데. 정말 좋아요. 너무 고마워요."

"좋아해 주니 다행이에요. 그리고……."

"그리고? 또 뭐가 있어요?"

아네트는 가방에서 봉투 하나를 꺼내 카트린에게 내밀었다. 카트린이 의아한 얼굴로 봉투를 받아 열었다. 그 안을 확인한 그녀의 얼굴이 약간 굳어졌다.

"……이게 뭐예요?"

"전남편에게 받았던 위자료예요."

아네트는 은행 서류를 받자마자 들어 있는 돈을 전부 수표로 바꾸었다. 처음부터 그녀가 위자료를 되찾으려고 했던 것도, 카트린에게 주기 위함이었다.

이혼한 지 반년도 넘게 지나서야 처음으로 확인한 위자료의 액수는 상상 이상이었다. 그녀가 결혼 생활에 기여한 것은 전무한 수

준임에도. 그간 카트린의 집에서 지내며 배운 물가로 예측해 보건대, 이만한 돈이면 4인 가족이 평생 먹고살 수 있었다. 정확하진 않더라도 어쨌든 카트린에겐 충분한 금액일 것임이 분명했다.

수표의 금액을 확인한 카트린이 곧장 아네트에게 도로 내밀었다. 하지만 아네트는 고개를 저었다.

"당신 거예요."

"이걸 왜 나한테 주는 거예요, 아네트?"

"음, 당신에게 주고 싶으니까요?"

"난 이런 거 받을 만한 일을 한 기억이 없어요."

"카트린은 나한테 많은 걸 해 줬어요. 나 때문에 이곳에서의 생활도 힘들어졌고. 이만한 돈이면 다른 곳에 더 좋은 가게를 차릴 수 있을 거예요."

"그동안의 당신 생활비 다 합쳐도 이거의 백 분의 일, 아니 천 분의 일도 안 돼요. 손 떨리니까 빨리 가져가요."

아네트는 재미있는 농담을 들은 것처럼 작게 웃었지만, 카트린은 전혀 웃지 않았다. 카트린이 아네트의 다리 위에 봉투를 올려놓았다. 아네트는 그것을 다시 탁자 위에 두었다.

잠시 침묵이 흘렀다. 아네트는 여전히 웃음기가 남아 있는 얼굴로, 조용히 입을 열었다.

"그날, 제가 이혼했던 날…… 카트린이 날 데리고 가지 않았다면 나는 그냥 죽었을 거예요."

"……."

"죽을까, 생각했었거든요."

아네트는 평범한 일상을 이야기하듯, 단조로운 어조로 말했다.

"이혼하기 전에도 몇 번인가 죽으려고 했었어요. 카트린, 당신도 궁금했던 것이겠지만…… 솔직히 말하자면, 그래요. 처음 당신을 만난 후에 나는 죽어야겠다고 생각했어요."

"……."

"도피라고 생각해도 좋아요. 하지만 카트린에게 책임을 전가하려는 건 절대 아니에요. 오히려 당신에겐 고맙게 생각해요."

카트린은 숨도 쉬지 않는 사람처럼 딱딱하게 얼어붙은 채 아네트의 이야기를 들었다. 아네트는 그녀의 얼굴을 마주 볼 자신이 없어, 시선을 느슨하게 내리며 말을 이어 나갔다.

"카트린, 나는 그냥…… 더 살아갈 수가 없었어요. 내가 너무 부끄러워서. 내 삶이 너무 부끄러워서요. 아마 나는 은연중에 내 아버지와 나를 완벽히 분리하고 있었던 것 같아요. 나는 다르다고. 나는 좀 더 괜찮은 사람인데, 하필 태어나길 아버지의 딸로 태어나서…… 운이 조금 나빴던 거라고."

"……."

"그게 아니라는 걸, 당신을 만나고서 깨닫게 됐어요."

뒤늦게 돌이켜 보건대, 자신에겐 늘 다른 선택지가 있었다. 제 처지를 돌아볼 선택지. 타인의 처지를 돌아볼 선택지. 부친의 행위를 직시할 선택지. 판단할 선택지. 행동할 선택지.

그 피아노 리사이틀에서…… 카트린의 이야기를 들어 볼 선택지. 그녀의 오빠를 구하기 위해 노력해 볼 선택지.

언제나 무수한 선택지들이 있었다. 그녀 스스로, 그것들을 선택하지 않았을 뿐이었다.

"그런데, 죽으려고 했던 내 시도가…… 당신에게 또다시 상처를 준 건 아니었을까. 늘 그 점을 걱정했었어요. 혹시라도 그로 인해 괜히 죄책감을 느꼈으면 어쩌나 하고…… 당신은 착한 사람이니까요."

"나는 착하지 않아요."

카트린은 가까스로 한마디를 내뱉었다. 아네트는 부드럽게 미소 지으며 그 말을 부정했다.

"당신은 착해요. 내가 이곳에 있는 것부터 그걸 증명하고 있어요."

"난……."

카트린이 무슨 말인가를 더 하려고 했지만, 아네트는 가로막듯 다시 입을 열었다.

"야전 병원에 가려고 해요. 인력이 많이 부족하다고 들었어요."

"……무슨 말이에요? 야전 병원? 거기서 아네트가 무슨 일을 한다는 거예요?"

"이미 예전에 종군 간호사로 지원서를 넣었었어요. 내일 아침에 떠나야 해요."

"뭐? 아침이요?"

카트린은 밤중인 것도 잊고 비명을 지르듯 말했다. 아네트는 황급히 올리비아가 있는 방을 돌아보았다. 다행히 울음소리는 나지 않았다.

카트린은 목소리는 낮추면서도 여전히 공격적인 어투로 물었다.

"……대체 그게 무슨 소리예요? 종군 간호사? 아침에 떠나다뇨?"

"들은 그대로예요. 처음부터 언젠가 떠나야 한다고는 생각하고 있었어요. 지금이 시기일 뿐이에요."

"미쳤어요? 거기가 어디라고 가요? 그런 일을 해 본 적이나 있어요?"

"종군 간호사의 대부분이 저 같은 민간인이에요. 그리고 투입 전에 교육을 받을 거래요."

"그런 사람들이랑 당신이랑 같아요? 당신은……!"

"같아요."

나직하지만 단호한 대답에 카트린이 멈칫했다. 이

"그 사람들이나 나나 같아요."

"……."

"나와 당신이 같은 것처럼, 나와 브루너와 그리고 올리비아가 같은 것처럼……. 그런 세상을 만들려고, 당신 오빠가 노력하신 거잖아요."

카트린의 입술이 파르르 떨렸다. 그녀는 흔들리는 동공으로 아네트를 바라보았다. 아네트는 천천히 고개를 들었다.

"나는 여전히 내가 싫어요. 여전히 살고 싶지 않고."

비로소 둘의 시선이 마주쳤다. 가까이에서 본 카트린의 눈동자는 회색이 섞인 갈색이었다. 아네트는 눈을 접어 웃어 보였다.

"그러니 내가 좀 더 나은 사람이 될 수 있도록 해 줘요."

신시어 역은 이른 아침부터 사람들로 바글바글했다. 아네트는 한 손에 짐가방을, 한 손에는 기차표를 든 채 인파 가운데 서 있었다.

카트린은 역까지 배웅하겠다고 우겼으나 아네트가 만류했다. 다만 갑작스러운 이별에 대한 사과와 작별 인사를 담은 편지를 브루너에게 전해 달라고 부탁했다. 걱정과 근심이 많은 브루너라면 무슨 수를 써서든 가지 못하게 막았을 터였다. 또 이 문제에 관련해서는 카트린이 아네트의 심정을 더 잘 헤아려 줄 것 같았다. 카트린에게만 직접 말한 것은 이 때문이었다. 아네트는 그들이 자신의 문제로 과히 마음을 쓰지 않았으면 했다.

좋은 사람들이었다. 그들이 진심으로 행복하기를 바랐다.

얼마 후, 요란한 증기 소리와 함께 멀리서부터 기관차의 모습이 보이기 시작했다. 기차가 역에 정차하기도 전에 사람들이 앞으로 다가섰다.

"이 열차는 베르나올로 향하는 파병 수송 열차입니다! 다시 안내드립니다! 이 열차는 베르나올로 향하는……."

기차가 완전히 멈추어 서고, 문이 열렸다. 사람들이 우르르 입구로 몰렸다. 아네트는 인파에 휩쓸리듯 기차에 탑승했다. 안은 앉을 틈 없이 빽빽했다. 그녀는 유리 없이 뚫린 창가에 기대어 선 채 밖을 내다보았다. 얼마간의 정차가 끝난 후, 기관차가 다시 연기를 내뿜었다. 칙칙 소리와 함께 바퀴가 돌아가기 시작했다.

금색 머리카락이 바람에 서서히 흔들렸다. 아네트는 눌러쓰고 있던 모자를 벗었다. 시야가 환하게 트였다. 그녀는 눈을 감고 창 안으로 쏟아져 들어오는 바람을 느꼈다.

기차가 덜컹거리며 역에서 멀어져 갔다.

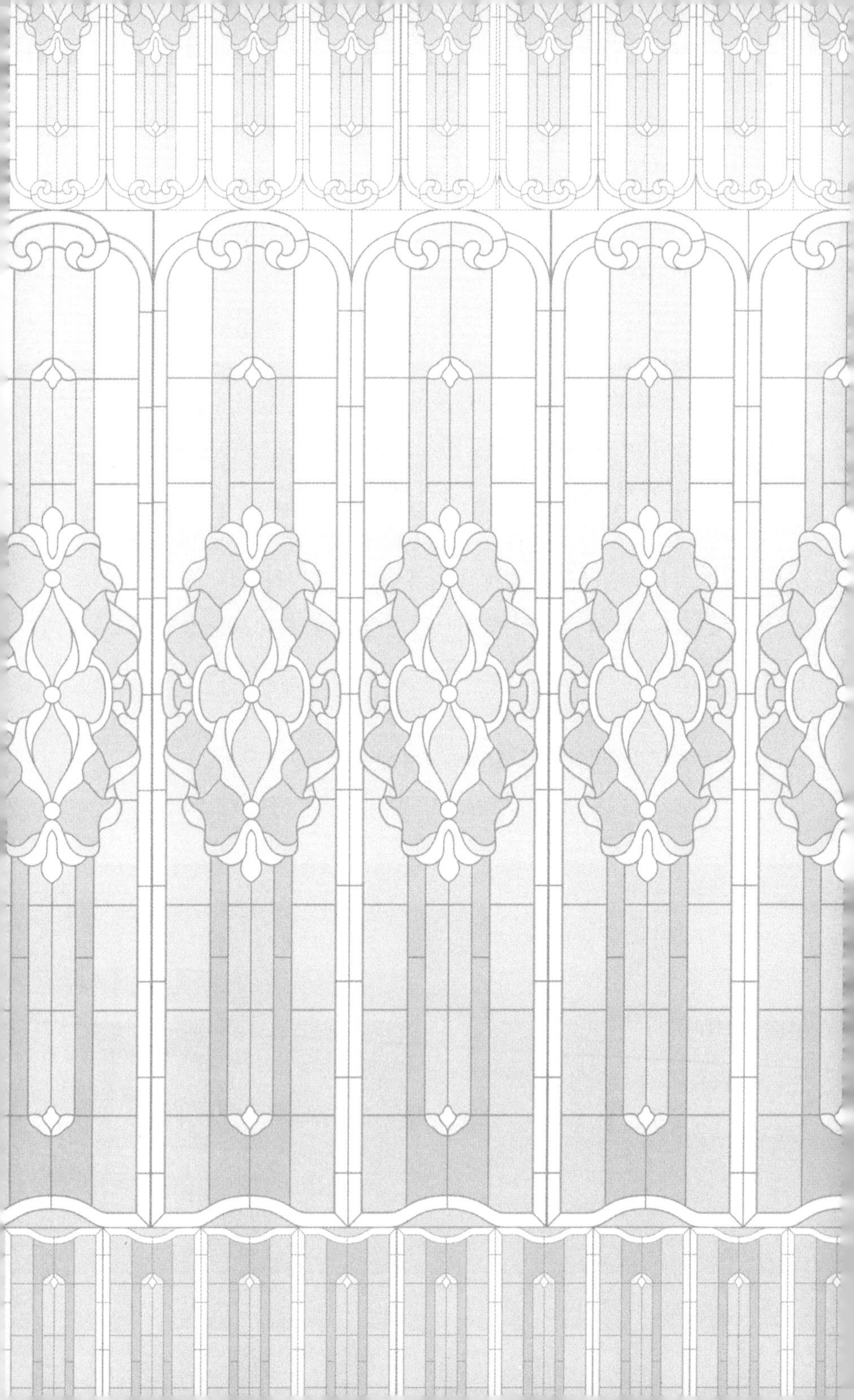

8장

각자의 자리

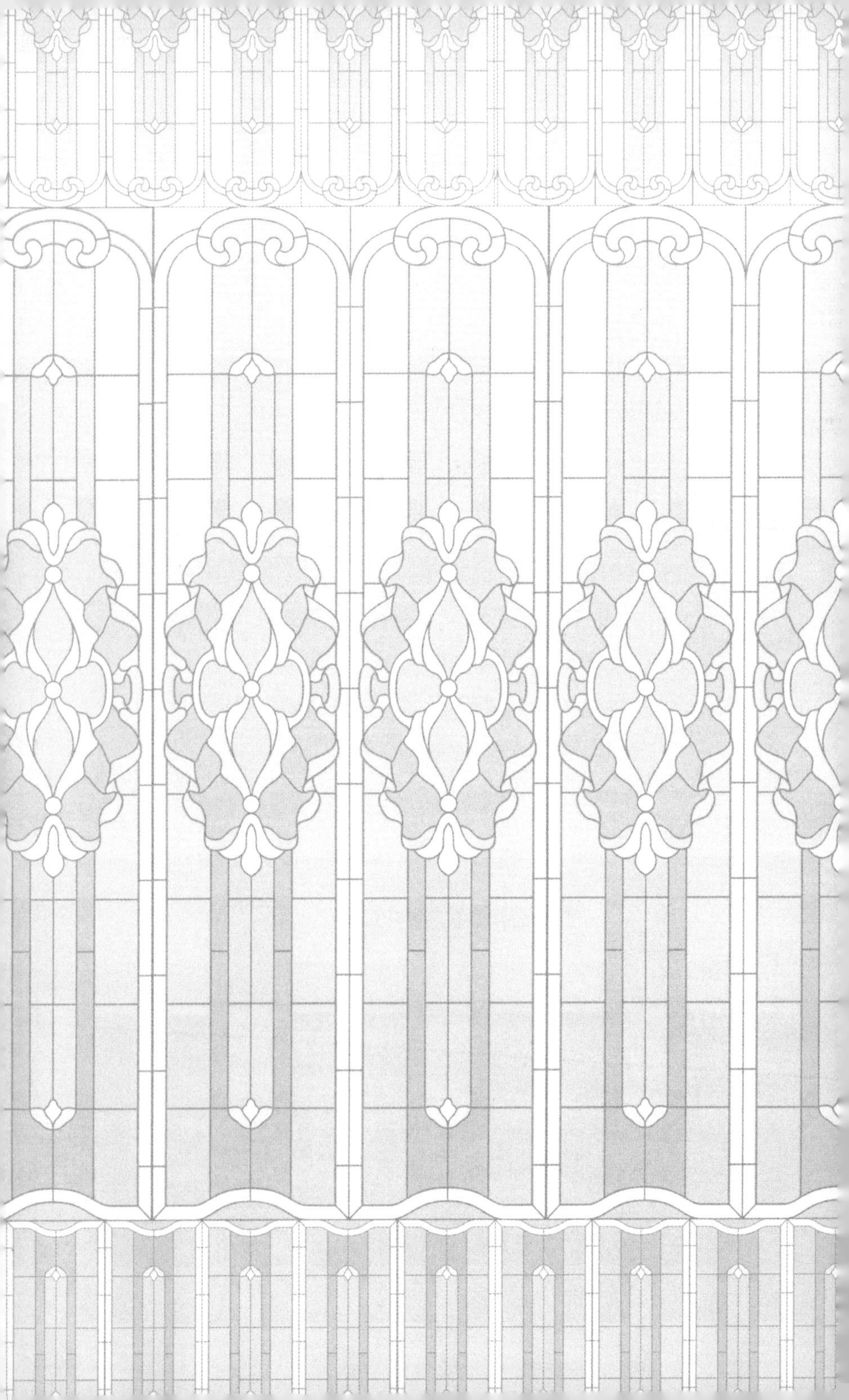

하이너는 어둠 속을 걷고 있었다.

한 치 앞도 보이지 않는 암흑 속에서, 그는 방향을 잃은 채 발이 닿는 대로 걸었다. 하이너는 빛을 찾기 위해 헤매고 또 헤맸지만 사위는 온통 어둠뿐이었다. 죽음 같은 침묵만이 가득한 공간. 그는 주체할 수 없이 몸을 떨었다. 그럼에도 걸음을 멈출 수는 없었다. 걷는 것을 멈추는 순간 이 거대한 암흑에 집어삼켜질 것만 같았다.

생각해 보면, 자신은 늘 한 생을 떨며 살아왔던 것 같다.

언제나 공포와 두려움에 휩싸인 채…….

하이너는 끊임없이 다리를 움직여 심연으로 들어갔다. 중심부로 들어서자 그제야 미약하게나마 빛이 보였다. 그는 걸음을 더욱 빨리했다.

가장 깊숙한 곳, 그의 모든 나약한 감정을 자아내는 어둠의 근원에는, 작은 여자아이가 있었다. 그녀는 장미꽃밭 한가운데 앉아 있었다. 하이너는 차마 다가서지 못하고 꽃밭의 경계선에 멀거니 선 채 그녀를 바라보았다. 아이는 점차 성장했다. 눈 깜짝할 새에 키가 크고 몸이 자라 성숙한 여자가 되어 있었다. 하이너는 그제야 그녀를 향해 발을 뗐다.

몇 걸음도 채 가지 못해, 별안간 주변이 크게 일렁거렸다. 붉은 장미 꽃잎들이 하나둘 바닥으로 떨어졌다. 곧 바닥이 온통 붉게 변했다. 당황하여 바닥을 바라보던 하이너가 다시 고개를 들었다. 어느샌가 그녀의 손에는 권총이 들려 있었다. 그녀는 천천히 손을 들어, 총구를 제 머리에 겨누었다. 하이너의 눈이 커졌다. 그는 입을 열어 그녀의 이름을 외쳤으나 목소리가 나오지 않았다. 다급히 바닥을 박차며 그쪽으로 달려갔다. 발밑이 철퍽거렸다. 꽃잎으로 무성한 바닥은 마치 핏물처럼 보였다. 어쩌면 정말 핏물일지도 몰랐다. 철컥 장전하는 소리가 들렸다. 하이너는 안 돼, 하고 외쳤지만 제 말은 여전히 묵음으로 맴돌 뿐이었다.

그녀의 입이 천천히 열렸다.

'나는 이제…….'

한없이 연약하게 떨리는 목소리가 흘러나왔다. 그녀는 우는 듯 웃는 듯한 표정으로 흐느끼듯 말했다.

'나는 이제 그만 살고 싶어…….'

방아쇠에 걸린 그녀의 손가락이 움직였다.

하이너는 그녀를 향해 손을 뻗었다.

탕!

"헉!"

하이너는 발작적으로 소파에서 일어났다. 초점이 잡히지 않아 어렴풋한 시야가 깜빡깜빡 점멸했다. 거친 숨이 폐부를 가득 채웠다가 빠져나가기를 반복했다. 등 뒤가 온통 식은땀으로 젖어 있었다. 하이너는 떨리는 손으로 제 얼굴을 감싸듯 쥐었다. 여전히 호흡이 진정되지 않은 상태였다. 그는 한 손에 얼굴을 파묻은 채 한참을 숨만 몰아쉬었다.

오랜 시간이 흐른 뒤에야 몸의 떨림이 서서히 가라앉았다. 숨소리보다 공기의 흐름이 더욱 선명해졌다. 그제야 그는 얼굴을 감싸고 있던 손을 느리게 떨쳐 냈다.

이젠 진저리가 날 만큼 익숙해진 악몽이었다. 근래 악몽의 형상은 대개 비슷했다. 그녀가 죽음을 택하는 방식만이 다를 뿐이었다.

하이너는 안개가 낀 것처럼 짙게 가라앉은 눈으로 주변을 둘러보았다. 그는 이불도 덮지 않은 채 소파 위에 누워 있었다. 막사 안에는 조도가 낮은 램프 하나만이 켜져 있었다. 하이너는 눈을 길게 감았다가 떴다.

어젯밤 어쩌다가 침대도 아닌 이곳에서 잠이 든 것인지 기억이 나질 않았다. 정확히는, 상황은 기억이 나는데 당시의 감정이 불분명했다. 새삼스러운 일도 아니었다. 그녀의 목소리를 입은 상념들에 사로잡혀 있다 보면, 자신이 무얼 하고 있는 것인지조차 인지하기 어려워졌다.

하이너는 소파에서 일어나, 의자에 대충 걸쳐 둔 재킷 쪽으로 걸어갔다. 주머니를 뒤져 시가를 꺼냈다. 그는 기름 라이터로 시가에 불을 붙이며 막사 밖으로 나갔다. 바깥은 여전히 어둠이었다. 시가 끝이 지직거리며 붉게 타들어 갔다.

끊었던 시가를 다시 피우게 된 지 꽤 되었다. 아네트가 떠난 시기와 대충 맞물리는 듯했다. 애초에 시가를 끊은 것부터가 그녀 때문이었으니, 이젠 금연을 할 이유도 없었다. 하이너는 시가를 깊게 빨아들였다. 천천히 숨을 내뱉자 뿌연 연기가 공기 중으로 흩어졌다.

시가를 거의 다 피워 갈 즈음엔, 산란한 마음은 제법 가라앉았지만 도리어 텅 빈 것처럼 공허해졌다. 건조하게 말라붙은 회색 눈동자가 움직임 없이 제자리에 붙박여 있었다.

"사랑은 나를 더 나은 사람으로 만들어."

이제는 얼굴도 잘 기억나지 않는, 죽은 동료의 목소리가 연기와 함께 떠올랐다가 사라졌다.

하이너는 시가를 비벼 끈 후 실소하듯 중얼거렸다.

"개소리."

우기가 끝나고 겨울이 찾아왔다. 총사령관의 예상대로, 젖은 땅이 마르자 추축국이 파다니아의 서부전선을 밀고 들어왔다.

지상이 얼어붙는 계절— 겨울 전쟁이 시작되었다. 70만 병력과

2,200여 대의 전차, 항공기 800대에 달하는 대규모 공세가 파다니아의 전선으로 밀려들었다. 파다니아는 남부전선에 대한 동시 방어 때문에 추축국의 3분의 2 정도의 병력에 불과했다. 하지만 철통 같은 방어 요새가 전선을 지키고 있었다. 우기 동안에도 쉬지 않고 구축한 결과였다.

추축국은 90개의 사단을 둘로 나누어 하나는 파다니아의 방어 요새로, 하나는 기갑사단을 중심으로 요새 위편의 삼림지대를 향해 진격했다. 울창한 삼림지대는 기갑사단이 침투하기 어려운 지역이었다. 요새를 구축할 수 없는 곳이기도 했다. 프란체는 파다니아의 착각을 유도하기 위해 남부 집단군은 예상대로 요새로 보내고, 위로는 몰래 북부 집단군을 투입시킨 것이었다. 파다니아 사령부 내에서는 이에 대한 의견이 분분했었다. 프란체가 삼림지대로 침투해 올 것이다, 대비해야 한다. 혹은 침투할 리가 없다, 병력을 요새에 집중시켜야 한다.

"기계화부대는 삼림지대를 통과할 수 없습니다. 이곳에 전력을 배치하는 것은 낭비입니다."

"지난 전투 때문에, 프란체의 모든 부대가 정원도 다 채우지 못했습니다. 심지어 척탄병까지 투입했다고 합니다. 이런 공세를 펼칠 만큼의 여력이 프란체에게는 없습니다."

이러한 주장이 우세하여 후자로 기울어졌던 결정은, 전투 직전 총사령관에 의해 뒤집혔다. 프란체에서 활동하던 스파이가 가져온 정보를 통해 총사령관은 프란체의 기계화, 차량화 전력이 삼림지대를 돌파할 수 있을 만큼 발달했다고 판단했다. 또한 그는 해독한 몇 개의 암호와 프란체 사령부 참모들의 공세 사상을 조합하여 고려했다. 그리고 프란체가 집단군을 둘로 나눌 것이라 결론지었다.

총사령관의 판단력과 실행력은 프란체의 진격 속도보다 빨랐다. 그는 연합국 사령부에 보고조차 하지 않은 채, 요새의 전력을 새로 나누어 북부에 배치했다.

"서부 요새의 13개 사단을 즉각 이동시켜 방어선에 배치한다. 프란체의 기갑군은 레오몰드에서 레닌 강을 도하할 것이다. 우리는 이 교두보에서 적을 섬멸한다."

총사령관의 지령에 따라, 즉각적으로 북부에 병력이 배치되었다. 그렇게 추축국의 기밀 공세 작전은 파다니아의 반격으로 돌아왔다. 그러지 않아도 병력이 부족한 상태로 보급로를 뚫기 위해 진격했던 프란체는, 전선에서 눈에 띄게 밀리기 시작했다. 결국 프란체 사령부는 3주 만에 작전 중지 명령을 내리고 퇴각했다. 파다니아의 승리였다.

실질적으로 프란체의 주 병력에 큰 피해를 입히지는 못했기에 대승을 거둔 것은 아니었다. 그러나 본토에서 일어난 첫 전투의 승리는 국민에게 커다란 안도를 안겨 주었다.

서부 요새에서의 승리가 대대적으로 신문과 라디오에 보도되었다. 특히나 승전의 주요 기여자인 총사령관에게 온갖 수식어가 붙었다.

그즈음 하이너는 수하에게서 한 가지 소문을 전해 들었다. 치열했던 첫 전투가 이제 막 끝난 서부전선에서 돌고 있다는 이야기였다.

"……방금 뭐라고 했나?"

"서부전선에서 들리는 말들입니다만, 사실은 정확하게 확인을 해야."

하이너는 수하의 말을 끝까지 듣지도 않고 되물었다.
"전선에 누가 있다고?"
"발데, 아니 로젠베르크 양이…… 최전선 야전 병원에서 종군 간호사로 계신다는 소문입니다."
하이너의 손아귀에 들려 있던 서류가 약간 구겨졌다. 그는 잠시 침묵을 지키다가, 서늘하게 가라앉은 목소리로 명령했다.
"사실 확인해 봐."
수하가 집무실을 나가자마자 하이너는 곧장 전화기를 들었다. 그는 번호를 따로 확인하지도 않고 익숙하게 교환기의 다이얼을 돌렸다. 호출음이 길게 이어졌다. 하이너는 책상을 검지 끝으로 툭툭 두드리며 연결이 되기를 기다렸다.
꽤 오랜 기다림 끝에 전화가 연결되었다. 약간 숨이 가쁜 듯한 남자 목소리가 들려왔다.
[……네, 브루너 그……. 으악! 올리비아! 그거 만지면 안 돼!]
"……."
[여보세요, 잠시만요!]
수화기 너머에서 우당탕 소리가 났다. 하이너는 표정 변화 없이 건너편의 기나긴 소란을 인내했다. 몇 번의 수선이 지나간 후에 다시 남자가 전화를 들었다.
[휴, 죄송합니다. 브루너 그로트입니다. 누구십니까?]
"하이너 발데마르입니다."
[아, 각하! 오랜만에 말씀 나누네요. 잘 지내고 계십니까? 승전 소식 들었습니다. 정말 대단하십니다, 하하! 왜 제가 다 영광이던지…….]
"감사합니다. 아네트 일 관련해서 물을 것이 있는데 통화 가능

하십니까?"

하이너는 지극히 사무적으로 대답하고 물었다. 브루너가 아, 하더니 약간 망설이는 어조로 말했다.

[그러면 카트린을 바꿔 드릴까요? 아네트에 관련해선 아내가 저보다 더 잘 알 듯하여…….]

"그러면 감사하겠습니다."

감사라곤 전혀 느껴지지 않는 목소리였지만, 브루너는 딱히 아랑곳하지 않고 이번 승리에 대한 축하 인사와 감사 인사를 몇 마디 더 건넸다.

[아내가 위층에 있어서, 잠시만 기다려 주십시오.]

하이너는 수화기를 든 채 벽에 붙은 지도를 바라보았다. 그의 시선은 서부전선이 위치한 몬티올레 지역에 머물러 있었다. 카트린을 기다리는 동안 그는 수하의 말을 곱씹었다. 최전선. 야전 병원. 종군 간호사……. 잇새로 헛웃음이 새어 나왔다. 후방도 아니었다. 최전선이라고 했다.

최전선. 그 여자가 최전선에 있다니. 식어 빠진 농담도 못 되는 소리였다.

병원이나 치료소 엠블럼이 그려진 건물을 공격하는 행위는 도의적으로 금지되어 있었다. 그러나 어디까지나 국제적 도의일 뿐, 공식적인 협약이나 국제법으로 지정된 것은 아니었다. 또 설령 그곳을 공격할 의사가 없었다고 한들, 포탄은 야전 병원만을 피해 가지 않는다. 최전선은 총알이 쏟아지고 투하된 폭탄이 여기저기서 터지는 지옥도였다. 민간인도 마구잡이로 죽어 나가는 판에 군대를 쫓아다니는, 그것도 최전선의 종군 간호사는 그 위험도가 더했다. 한데 그 여자가 거기 있다고.

[전화 바꿨습니다. 카트린 그로트입니다.]

"……하이넙니다. 본론부터 말하겠습니다. 내가 이야기를 하나 들었는데."

카트린을 기다리는 것을 끝으로 인내심을 전부 소진한 하이너가 서늘하게 물었다.

"아네트가 종군 간호사로 서부전선에 있다는 소식이더군요. 부인에게 따로 전달받은 것은 없는 것 같은데 말입니다."

수화기 너머에선 침묵만이 건너왔다. 하이너의 턱에 힘이 들어갔다. 그는 음산한 목소리로, 경고하듯 재차 물었다.

"제가 들은 게 맞습니까?"

[…….]

"지금, 아네트 집에 있습니까?"

[아네트는 집에 없어요.]

카트린은 대단히 심상하게 대꾸했다.

[전선에 있겠죠. 들으신 대로.]

"당신……."

기가 막힌 나머지 입이 벌어졌다. 하이너의 목에 핏대가 섰다. 그는 수화기를 부술 것처럼 쥔 채 외쳤다.

"당신, 미쳤습니까?"

[…….]

"그 여자가 거기로 들어가는 걸 눈 뜨고 보고 있었습니까? 그렇게 됐으면 내게 곧장 보고했어야지! 내가 분명……!"

[각하.]

하이너와 상반되는, 침착하지만 결연한 음성이 귓가를 맴돌았다.

[그 사람 인생이에요.]

순간적으로 말문이 막혔다. 카트린은 차분하게 말을 이었다.

[어떤 인생을 살든 그 사람 몫입니다. 제가 그간 아네트에 대해 각하께 보고를 드렸던 건 그럴 필요성이 있다고 판단해서였습니다. 아네트의 불안정한 상태나, 혹시 모를 신변의 위협 같은 것에 대비해서요.]

"신변의 위협? 지금 아네트가 최전선에 나가 있는 건 신변의 위협이 아닙니까?"

[그녀의 선택이었어요.]

"그렇게 따진다면 그 여자가 죽으려고 했던 것도 그녀의 선택이었어……!"

[아뇨, 각하. 아네트는 죽으러 간 게 아니에요.]

잠깐의 간격 후에, 카트린은 아주 중요한 기밀을 보고하는 사람처럼, 느리고 분명하게 명시했다.

[그녀는 살기 위해 간 거예요.]

하이너는 소리 없이 거친 숨을 내뱉으며 책상 위를 짚은 손을 그러쥐었다. 힘이 잔뜩 들어간 손등에는 핏줄이 불거져 있었다. 얼마간 정적이 흘렀다.

"그 여자가……."

그는 반쯤은 말도 안 된다는 듯, 그리고 반쯤은 진심으로 궁금하다는 듯 반문했다.

"아네트가…… 살기 위해, 거기에 갔다고요."

[네. 살기 위해서요.]

"그럴 리가 없습니다. 그럴 리가……. 그럴 용기가 없는 여자라고. 그러니까 살 용기도, 살기 위해 그런 선택을 할 용기도……."

다소 횡설수설하던 말이 끝으로 갈수록 흐려졌다. 하이너는 스스로 말하면서도 확신할 수가 없었다.

늘, 나약한 여자라고 생각했었다. 죽을 용기도, 그렇다고 제대로 살 용기도 없는 여자. 저를 떠받치던 권력과 부 없이는 아무것도 하지 못하고 그저 무력하게 생을 흘려보내던 여자. 그렇기에 단 한 번도 끝을 가정한 적이 없었다. 그녀를 발밑으로 끌어내리면서도, 그녀가 죽음을 택하리라는 생각 같은 건, 단 한 번도, 해 본 적이 없었다.

"진심으로, 단 한 번도 이런 결론을 생각해 본 적이 없었다고요."

단 한 번도…….

"당신은 나를 제대로 된 인간으로 보지 않았던 거네요."

당신이 그런 사람이라는 걸…….

[아네트는 자기 선택에 책임을 질 줄 아는 사람입니다. 각하께서는 아직 그걸 잘 모르시는 것 같네요.]

"……."

[떠나기 전, 아네트가 제게 이렇게 말했었어요. 자신이 좀 더 나은 사람이 될 수 있도록 도와달라고.]

왜인지 토할 것 같은 기분이었다. 그는 저도 모르게 책상을 짚었던 손을 들어, 입술 위에 손등을 눌렀다.

[저는 각하와 아네트 사이에 어떤 일들이 있었는지 정확히 알지는 못합니다. 그러나 감히 판단하자면…… 각하께서는 어쩌면, 그녀를 사랑하시는 것 같군요.]

사랑?

사랑이라고?

이딴 건 사랑이 아니었다. 하이너도 제가 가진 마음이 얼마나 저열한 것인지 알고 있었다. 스스로 생각하기에도 정상적인 범주에서 벗어난 무언가였다.

이딴 게 사랑일 리 없었다. 아네트가 그에게 가진 감정이 사랑이 아니었듯, 그가 아네트에게 가진 감정도 사랑이 아니었다.

[각하, 정말 아네트를 사랑하신다면, 아니, 적어도 인간 대 인간으로서.]

이건 아주 오래되어 썩어 버린, 찌꺼기 같은 마음들이 덕지덕지 뭉쳐진 덩어리일 뿐이었다.

[그녀의 선택을 존중해 주세요.]

그저 더럽고 추한…….

그런 무언가였다.

"앤."

"왜?"

"너는 네가 네 애인을 사랑한다는 걸 어떻게 알지?"

"뭐야, 뜬금없이. 하이너, 너 여자 생겼어?"

"긴가민가해서."

"뭐야, 진짜 여자라도 생긴 거야? 야, 안 돼. 벌써 여자가 불쌍해."

"어떻게 아느냐니까."

"음…… 뭘 어떻게 알아. 그냥 좋으니까 좋은 거지."

"구체적으로 어떻게 좋다는 걸 아는데?"

"구체적으로? 그냥 뭐, 그 사람이랑 있으면 기분이 좋고, 옆에 있으면 내가 좀 더 괜찮은 사람이 된 것 같고, 함께하면 세상이 아름다워 보이고. 뭐 그런 거 아니겠어, 으하하."

"듣기만 해도 멍청해 보이는군."

"이게 왜 또 시비야. 근데 누군가를 사랑하게 되면, 멍청한 짓을 많이 하게 되기는 해."

"그런데도 계속하고 싶은 건가?"

"응."

"왜?"

"뭐, 그냥……."

"……."

"사랑은 나를 더 나은 사람으로 만들어."

2층 창 안으로 금색 머리카락이 언뜻언뜻 비쳤다. 하이너는 뒤돌아 고개를 든 채, 한참을 멈추어 서 있었다. 싸늘한 겨울바람이 옷깃을 파고들었다.

멍청한 짓이었다.

구태여 여기까지 직접 걸음 할 이유가 없었다. 위자료 전달 따위 다른 이를 시켰어도 되는 일인데. 아니, 그래야 했던 일인데. 정말이지 시간 낭비였다. 시기가 시기인 만큼 더욱 그랬다. 심지어 그 여자는 직접 나와 보지조차 않았다.

'그래도…….'

금색 머리카락을 응시하는 눈동자가 조금씩 짙어졌다. 그의 입술

사이로 하얀 입김이 흘러나왔다. 창에 스쳐 지나간 얼굴을 한순간이나마 보았으니— 족하다 여기는 스스로는 또 얼마나 멍청한지.

하이너는 당장에 집 안으로 뛰어 들어가려는 제 다리를 간신히 붙들어 맸다. 한번 실행하는 순간 돌이킬 수 없을 것임을 알았다. 그에게는 돌아가야만 하는 곳이 있었다.

곧 하이너는 최전선 근처의 지휘 사령부로 향해야 했다. 그는 제 빈손을 잠시 내려다보았다. 이 손아귀에 셀 수도 없는 이들의 목숨줄이 쥐어져 있었다. 그는 꽉 주먹을 쥐며 다시 고개를 들었다. 가슴 한편이 욱신거리는 것처럼 아파 왔다. 차라리 이대로 시간이 멈추어 버렸으면 했다.

당신은 그저 거기에 있고.

나는 그저 이렇게 당신을 향해 서 있고.

어린 소년이 먼발치에서 애태우며 바라보던, 그 언젠가의 순간처럼…….

비록 이것이 사랑은 아닐지라도.

"근데 누군가를 사랑하게 되면, 멍청한 짓을 많이 하게 되기는 해."

"……적어도 한 가지 같은 건 있군."

하이너는 씁쓸하게 중얼거렸다. 어느새 창가에는 그녀의 그림자조차 보이지 않았다.

얼마간 망설이던 그가 천천히 발걸음을 돌렸다. 떠나간 자리엔 차고 건조한 공기만이 잔설처럼 맴돌았다.

레오폴드 전투가 끝난 후, 대부분의 인력이 교체되거나 후방으로 이동했다. 이송이 어려운 상태의 병사들과 야전 병원의 소수 의료진은 여전히 최전선에 남아 있었다. 아네트도 남은 이들 중 하나였다.

어젯밤 새롭게 내린 눈이 발밑에서 뽀득뽀득 밟혔다. 아네트는 침구를 품에 가득 안은 채 천막으로 향했다. 줄줄이 이어진 천막들의 입구에는 말라붙은 핏자국이 군데군데 남아 있었다. 한창 정신 없을 때는 인지조차 하지 못했던 것들이었다.

야전 병원의 벽과 바닥에서는 언제나 피 냄새와 흙냄새, 그리고 철 냄새가 뒤섞여서 났다. 그 광경은 마치 병원이 아닌 도살장을 연상케 했다. 치열했던 전투가 남긴 흔적이었다. 전투 중 일어난 포격으로 인해 병원 시설 두 곳을 잃고 의료진 일곱 명이 사망했다. 이것도 최전선의 야전 병원치고는 상당히 양호한 피해라고 했다.

천막 안으로 들어선 아네트는 빈 침대의 시트를 갈기 시작했다. 여기저기서 신음 소리와 기침 소리가 이어졌다.

세 번째 시트를 갈 무렵, 옆 침대에서 꽉 졸린 목소리가 흘러나왔다.

"……저기…… 무…… 물 좀……."

병사는 문장을 다 끝맺지도 못하고 쿨럭쿨럭 기침을 토해 냈다. 사람의 것이라고 생각하기 어려울 정도로 거칠고 쉬어 버린 목소리였다. 아네트는 커튼을 걷고 상대를 확인했다. 참호에서 독가스를 마신 신병이었다. 독가스가 살포되었을 당시, 마스크를 너무 빨리 벗어 버렸다고 했다.

"잠시만 기다리세요."

그녀는 물 한 잔을 가지고 와 그의 입에 조금씩 흘려 넣어 주었다. 병사는 그것을 생명수처럼 받아 마셨다. 열심히 목을 축이던 병사가 다시 거칠게 기침했다. 그의 입에서 나온 작고 검은 조각이 아네트의 뺨에 튀었다. 아네트는 손등으로 그것을 쓱 닦아 냈다. 며칠 동안 그는 타 버린 폐를 기침과 함께 뱉어 내고 있었다. 독가스의 후유증으로 앞도 보이지 않는 상태였다. 군의관은 그가 곧 죽을 것이라고 했다.

"쿨럭, 쿨럭! 허억, 쿨럭……!"

"물을 더 드릴까요?"

간신히 기침을 멈춘 병사가 고개를 저었다. 대신 그는 힘겹게 입을 움직여 말했다.

"가지 말고…… 옆에, 쿨럭, 있어 줄 수 있어요?"

"그렇게 할게요."

병사가 무어라 웅얼거렸다. 고맙다는 말인 듯했다. 전투가 끝났기에 가능한 이야기였다. 한창 격전지에서 부상병들이 산처럼 실려 올 때는, 제대로 된 치료를 할 시간조차 없어 군의관이 부상당한 팔다리를 그냥 절단해 버릴 때도 있었다.

"손을 잡아 줄까요?"

"씻지 않아서……."

"괜찮아요."

병사는 아무런 대답도 하지 않았다. 아네트가 병사의 손을 잡자, 그는 약간 숨을 들이켜더니 작게 중얼거렸다.

"부드럽네요."

아네트의 손은 전혀 부드럽지 않았다. 오늘만 해도 수십 개의 시트를 빼느라 거칠거칠한 상태였다.

"쿨럭쿨럭, 미안해요. 원래, 이런 목소리는 아닌데……."

녹슨 쇠가 끼릭거리는 것처럼 듣기 싫은 목소리였지만, 아네트는 아무런 표정 변화 없이 그의 손을 약간 힘주어 잡았다.

"괜찮아요."

"마스크를, 참호 위에 있던…… 사람들이 벗었길래, 쿨럭, 그래도 되는 줄 알고…… 헉."

"운이 나빴어요. 당신 실수가 아니에요."

"쿨럭, 그……래서."

병사는 무엇인가 더 말하려는 것처럼 보였으나 숨이 죄는 듯했다.

"힘들면 말하지 않아도 돼요."

"……지……."

"가지 않고 여기 있을게요."

아네트는 그의 손을 잡은 채, 자신이 이곳에 처음 왔을 때 얼마나 미숙하고 멍청했는지에 대해 이야기했다. 이따금 과장을 섞기도 했다. 그녀의 이야기를 들으며 병사는 간간이 웃었다. 통증으로 계속 눈을 찡그리는 탓에 웃음인지 고통인지조차 구분하기 힘들었지만, 그의 입가에는 옅은 미소가 떠올라 있었다.

"당신……을……."

"네?"

"……이……."

병사는 계속해서 무언가를 말하려고 시도했다. 호흡에서는 쇳소리가 났다. 아네트는 눈을 가늘게 뜬 채 그의 입 모양을 읽었다.

이름을.

검게 변한 입술이 그렇게 물었다. 아네트는 나머지 한 손으로 그의 손을 마주 잡았다. 그러고선 속삭이듯 대꾸해 주었다.

"……아네트."

병사의 흐릿한 눈이 약간 커졌다. 그의 입이 벌어졌다. 그가 소리 없이 중얼거렸다.

아, 당신이…….

그 대화를 끝으로 병사의 상태는 급격히 나빠졌다. 아네트는 한참 동안 그의 손을 잡은 채 손등을 토닥여 주었다. 장기를 토해 낼 것처럼 기침하던 병사의 눈꼬리에 눈물이 맺혔다. 동맥이 팽창한 관자놀이를 타고 눈물이 주룩 흘러내렸다.

어머니가 보고 싶어요.

병사는 병적으로 숨을 헐떡이며 그렇게 속삭였다. 이윽고 그가 느리게 눈을 감았다. 여전히 호흡은 있었다. 잠든 것인지 의식을 잃은 것인지 불분명했다. 아네트는 얼마간 자리를 지키고 있다가, 병사의 손을 배 위에 가지런히 포개 주고선 일어났다. 남은 일을 마무리해야 했다. 이곳에 계속 있을 수는 없었다.

해가 지평선으로 서서히 기울어질 즈음, 일을 끝낸 그녀는 부상병 천막으로 돌아왔다. 천막 안은 몇몇 신음성을 제외하면 고요했다. 아네트는 커튼을 걷고 병사에게 다가갔다. 파리한 얼굴을 확인한 그녀의 손이 잠깐 멈칫했다.

병사는 아까와 같은 자세로 평온히 눈을 감고 있었다. 그는 더 이상 기침하지 않았다. 쉰 듯한 숨소리도 앓는 신음도 없었다.

그의 호흡을 확인한 아네트가 이불을 머리끝까지 올려 주었다.

“아네트!”

의료 폐기물 봉투를 들고 가던 아네트가 옆을 돌아보았다. 라이언이 환하게 웃으며 그녀에게 손을 흔들고 있었다.

“춥죠? 와서 불 좀 쬘래요?”

라이언은 제 동료들과 옹기종기 모여 앉아 불을 쬐며 시가를 태우고 있었다. 아네트는 고개를 저었다.

“괜찮아요. 일하러 가야 해서요.”

“그거 버리러 가는 거예요? 도와줄게요. 같이 가요.”

아네트가 대답하기도 전에 라이언이 벌떡 일어났다. 그와 함께 앉아 있던 이들이 킥킥대며 웃었다. 한 명은 그의 엉덩이를 퍽 치며 의미심장한 미소를 날렸다.

라이언은 그를 대충 걷어차 주고선 아네트에게로 헐레벌떡 달려왔다.

“이리 줘요.”

“괜찮아요.”

“엄청 커 보이는구만. 빨리 줘요.”

라이언이 낚아채듯 봉투를 가져갔다. 순식간에 손이 빈 아네트가 얼떨떨하게 감사 인사를 했다.

“고마워요. 무거울 텐데…….”

“무, 무겁기는요. 봐요. 한 손으로도 들잖아요.”

라이언은 한 손으로는 봉투를, 한 손으로는 시가를 들고 있었다. 아네트가 말없이 미소 지으며 그를 올려다보자, 그의 귓불이 약간 붉어졌다. 괜히 시가를 입에 가져다 대던 라이언이 불현듯 헉, 하고 숨을 들이켰다.

"맞다, 연기 싫어하죠?"

"아뇨, 괜찮은……데."

말이 채 끝나기도 전에 그는 시가를 바닥에 버리더니 비벼 껐다. 아네트가 작게 덧붙였다.

"정말 괜찮은데. 익숙해졌어요."

"이런 거에 익숙해지면 어떡해요."

"피 냄새에도 익숙해지는데, 이런 거야 뭐."

"정말요? 피 냄새에 완전히 익숙해졌어요?"

"……사실 완전히는 아니고."

라이언이 하하 웃었다.

"그래도 아네트는 대단해요. 나야 원래부터 군인이었지만, 아네트는 이런 거랑은 전혀 거리가 멀었잖아요."

"제가 가장 적응이 늦었을 거예요. 처음엔 피를 보자마자 토했는걸요."

"에이, 당연히 그럴 수 있죠. 원래 귀하게 살았잖아요."

약간 당황한 아네트는 어색한 웃음만 흘렸다. 라이언이 빈정대거나 비꼬려고 한 말이 아니라는 건 알았다. 그는 담백하고 솔직한 성격이었다.

사실상 라이언이 그나마 스스럼없이 대해 주는 편이었다. 동료 간호사를 포함한 모든 이들이 그녀를 어려워했다. 심지어 장교라도 마찬가지였다. 그렇다고 그들이 그녀를 괴롭힌다거나 하는 것은 아니었다. 다만 이전의 신분도 신분일뿐더러, 총사령관의 전 아내라는 위치가 주는 거리감이 어마어마하기 때문이었다.

군대 안에서 직급이란 절대적이었다. 그게 파다니아 군 지휘 계통의 정점에 있는 이라면 더욱 그랬다. 아무리 총사령관이 공명정대하기로 유명한 위인이고 그들 부부가 불화로 이혼했다지만— 어찌 될지 모르는 게 사람 일이었다. 아네트도 그들 마음을 충분히 이해했다.

"그나저나 아네트는 후방으로 이동할 생각 없어요?"

……이 중사가 조금 이상한 거였다.

아네트는 차게 얼어붙은 손을 매만지며 잠시 고민하다가, 짧게 대꾸했다.

"필요하다면 가야 하지 않을까요."

"인력이 필요한 곳이야 당연히 최전선이죠. 당신 의견을 물은 거예요."

"라이언은 어떻게 할 건가요?"

"저야 까라는 대로 까야 하는 신세라. 다음 병력과 교대하지 않을까 싶은데……. 윗분들 명령은 워낙 예측할 수가 없어서 말이죠."

"어서 후방으로 가요."

"어라, 저랑 빨리 헤어지고 싶어서요?"

"네? 아뇨, 아뇨, 그게 아니라, 어서 안전한 곳으로 가라는……."

"알아요, 알아요."

라이언은 뭐가 그렇게 재밌는지 크게 소리 내어 웃었다. 약간 어리둥절한 듯한 아네트의 표정을 확인한 그가 큼큼 헛기침했다.

"……조만간 여기서 다시 전투가 벌어질 거예요. 그때도 여기에 있을 건가요?"

"제가 필요하다면요."

"가만 보면 아네트는 자기 의견이 없네요. 원한다면 후방으로 지원할 수 있잖아요. 이곳에 남고 싶은 거예요?"

"……저는……."

말끝을 흐린 아네트가 주저주저 대답했다.

"아마도…… 네."

"왜요? 여긴 위험하잖아요."

라이언이 무구하게 물어 왔다. 아네트는 입술을 달싹이다가, 저도 모르게 멍하니 그를 바라보았다. 별것 아닌 질문인데 이유가 생각나질 않았다.

그러게, 왜일까.

왜 자신은 최전선에 남으려고 하는 것일까.

고민하는 사이 그들은 폐기물 소각장에 도착했다. 라이언이 봉투를 폐기물 더미에 대충 던져 놓았다. 소각장 건너편에서 또 다른 불꽃이 피어오르고 있었다. 적군의 시체를 불태우는 듯했다. 점차 어두워져 가는 하늘로 연기가 솟아올랐다.

그 연기를 가만히 응시하던 아네트가 입을 열었다.

"뭐라고 말해야 할지 잘 모르겠지만…… 저는…… 용서를 구하고 싶은 사람들이 있어요."

"용서요? 누구에게요?"

"모르겠어요. 그 대상이 누구인지, 몇 명인지조차……. 그래서 여기에 왔어요. 속죄……인 것 같아요. 제가 할 수 있는 게 이것뿐이거든요. 나는 이제 줄 게 아무것도 없는 사람이라서."

아네트는 쓰게 웃으며 고개를 떨어뜨렸다.

"최전선에 남으려는 건, 글쎄요, 그게 조금 더 죄책감을 덜 수 있기 때문인가."

처음으로 내놓는 마음이었다. 심지어 그녀 스스로조차, 입 밖으로 말하고 나서야 비로소 제대로 된 이유를 깨달았다. 어쩌면 자신은 이것을 말할 상대가 필요했는지도 몰랐다.

"당신 아버지에 대한 속죄인가요?"

"……꼭 그런 건 아니에요."

"그렇다면 아네트는 충분히 했어요. 여기 있던 사람들 모두가 당신을 정말 대단하다고 생각하고 있어요."

"위로해 줄 필요 없어요."

"위로가 아니라 진짜인데."

라이언이 툴툴거렸지만 아네트는 한 귀로 듣고 한 귀로 흘렸다. 불현듯 그가 막사로 돌아가던 걸음을 멈추어 세웠다. 아네트도 얼떨결에 함께 멈췄다.

"한창 이곳에 포격이 빗발칠 때."

그는 더없이 진지해진 얼굴로 아네트를 내려다보며 말을 꺼냈다.

"우리가 전부 땅에 얼굴이나 처박고 있을 때…… 당신은 부서진 다른 막사로 뛰어나가서 구급약과 붕대를 가져왔었죠. 총상을 입었던 제임스에게 붕대를 감아 주면서, 당신은 계속 괜찮을 거라고 말해 줬어요."

"……그 사람은 결국 죽었어요."

"당신이 가져온 물품들로 많은 이들이 살았고요."

아네트는 대답 없이 난감한 얼굴을 했다. 라이언이 입꼬리를 올려 미소 지었다. 험악하게 보이던 인상이 약간 펴졌다.

"나는 시키는 거나 해 왔던 사람이라 세상 돌아가는 일엔 무지해요. 당신에 대해서도 어렴풋이 들어 봤을 뿐이었고. 그래서 전쟁터 밖에서의 당신이 어떠했는지는 정확히 모르겠지만."

"……."

"적어도 이곳에서의 아네트는 정말로 괜찮은 사람이에요. 모두 당신을 대단하다고 생각한다는 건 빈말이 아니에요."

눈가가 약간 데워졌다. 아네트는 입술을 작게 달싹였다. 목이 잠겨서 말이 잘 나오지 않았다.

"그러니까 스스로를 너무 몰아붙일 필요 없어요."

정말로, 정말로 아주 오랜만에…… 들어 보는 말들이었다.

"……고마워요. 그렇게 말해 줘서."

그녀는 간신히 속삭였다. 해가 지평선 너머로 완전히 가라앉았다. 지면이 어둠에 잠겨 들었다.

천막 안에 모여 앉은 간호사들이 부목과 삼각포 등의 간호 용품을 만들었다. 그들은 이런저런 이야기를 하며 지루함을 달랬다.

아네트는 가장 구석에 앉아, 바다 위에 뜬 기름처럼 섞이지 못한 채 조용히 손만 움직였다.

"헤일리의 약혼자는 귀환장을 얻었다면서요?"

"네. 저도 곧 돌아가야죠."

"그럼 돌아가자마자 결혼하는 건가요?"

"아마도……."

헤일리가 수줍게 대답했다. 간호사들이 좋을 때라며 까르르 웃음을 터트렸다.

"프러포즈는 꼭 제대로 받고 결혼해야 해요. 난 얼렁뚱땅 결혼했는데, 두고두고 얼마나 아쉽던지."

"그래도 반지가 너무 예쁜데요. 남편분이 신경 써서 골랐나 보다."

"뭐…… 그랬다고는 하더라고요."

그녀는 무심한 척 대답하면서도 으쓱한 표정을 숨기지는 못했다.

그들의 이야기를 조용히 듣던 아네트는 문득 제 왼손 약지를 바라보았다. 오랫동안 반지가 끼워져 있던 부분만 유독 살이 매끄럽고 창백했다.

대화 중에 간호사 한 명이 천막 안으로 들어왔다. 그녀는 한 사람 한 사람에게 추가로 제작 재료를 나누어 주었다.

"여기, 이것 좀 받아 줘요."

"어후— 해도 해도 끝이 없네."

"아직 저기 산더미처럼 남아 있는데. 시간이 조금이라도 날 때 해 둬야죠, 어쩌겠어."

간호사는 재료를 가득 안은 채 고개를 돌려 대꾸했다. 그녀가 아네트의 자리까지 온 순간, 품에서 물품 몇 개가 후두두 떨어졌다. 아네트는 그것들을 잡기 위해 급하게 손을 들었다. 동시에 왼팔이 어딘가에 걸리는 느낌과 함께, 천이 찢어지는 소리가 났다. 순간적으로 아네트의 팔이 허공에서 뚝 굳었다. 미처 잡지 못한 물품들이 테이블과 바닥 위로 떨어졌다.

아네트는 어정쩡하게 팔을 든 채 찢어진 부분을 확인했다. 왼팔의 소매가 끝부터 쭉 찢어진 채 너덜거리고 있었다. 아무래도 테이블의 나뭇결이 갈라져 튀어나온 부분에 걸린 듯했다. 아주 짧은 새였지만 주변의 공기가 미묘해졌다. 의아하게 고개를 돌리려던 그녀는, 뒤늦게 손목의 흉터를 자각했다.

아네트는 급히 팔을 내렸다. 그러나 이미 간호사들의 얼굴은 경직된 상태였다. 손목을 보지 못한 몇몇만이 의아하게 눈치를 살필

뿐이었다.

거북한 정적 속에서, 누군가 어색하게 말문을 뗐다.

"옷…… 옷이 찢어졌네요. 어디 다치진 않으셨어요?"

"그러게요. 날카로운 부분이 있었나……."

"어떡해요. 제가 꿰매 드릴까요?"

"그래, 얘 바느질 실력 진짜 좋아요."

그들은 짐짓 아무렇지 않은 척 말했다. 하지만 아네트는 도저히 자연스럽게 맞받아치기가 힘들었다.

"아뇨, 괜찮아요."

딱 잘라 나온 대답에 간호사들이 "아, 네……." 하며 말끝을 흐렸다. 아네트는 떨어진 물품들을 주워 테이블 위에 올려놓은 후, 고개를 숙이고 마저 작업을 이어 나갔다. 그러나 미묘해진 공기는 그대로였다. 잠시 서로의 눈치를 보던 이들이 일부러 다른 주제의 이야기를 꺼냈다.

"아, 발리헨의 총통이 다른 정당을 다 해산시켰다는 소식 들으셨어요?"

"맞아요. 듣기로 능력은 꽤 좋아도 고집이 엄청 세다던데……."

"능력이 좋다기보다는 그냥 말을 엄청나게 잘하는 거래요."

아네트는 고개를 숙인 채 조용히 작업에 집중했다. 아까와 달리 간호사들의 이야기가 귀에 잘 들어오지 않았다.

사실, 구태여 숨겨야 하는 것도 아니었다. 그녀가 자살을 시도했었다는 건 진작 신문과 잡지에 보도된 일이니까. 그러나 스스로도 이상할 만큼 격렬한 거부감과 껄끄러움이 들었다. 바깥의 사람들 전부가 자신이 어떤 사람인지 안다고 해도, 이곳에서만큼은 들키고 싶지 않았다. 그게 비록 눈을 감고 귀를 막고 자위하는 것이라고 해도, 이곳에서만큼은 그냥 평범한 사람이고 싶었다.

'이곳은…… 현실 세계와 분리된 느낌이라서 그런 걸까.'

전선은 그 어디보다 생사의 현실과 가장 맞닿아 있는 곳이었다. 역설적으로, 그렇기에 가장 현실감이 없는 곳이기도 했다.

문득 왼손에 힘이 풀렸다. 천을 놓치기 직전에 간신히 다시 쥐었다. 아네트는 천천히 숨을 들이쉰 후, 계속해서 손을 움직였다.

지평선에서부터 해가 떠오르기 시작하는 이른 아침이었다. 병력 교체가 한창인 터라, 오가는 차량과 사람들로 인해 분주했다.

대기 상태에 있던 라이언도 곧 후방으로 옮겨 간다고 했다. 그는 아네트에게 함께 이동할 것을 집요하게 권유했으나 끝내 그녀는 거절했다.

상비 물품을 옮기던 아네트는 문득 허공께를 바라보았다. 손을 뻗으면 얼음 조각이 만져질 것처럼 희고 차가운 공기였다. 겨울의 한가운데를 지났음에도 날은 여전히 풀리지 않고 있었다. 정말이지 지독한 겨울이었다. 전쟁 중 동상자가 몇 명이나 나왔는지를 되짚어 본다면 더욱 그랬다.

한기가 어깨를 감싸 왔다. 아네트는 상체를 약간 움츠린 채 종종걸음을 옮겼다. 치료소 막사로 들어서려던 그녀를 불현듯 누군가가 불러 세웠다.

"로젠베르크 양!"

아네트의 몸이 부자연스럽게 멈칫했다. 순간적으로 소름이 등줄기를 훑어 내린 까닭이었다. 아네트는 그 자리에서 굳은 채 눈동자만 약간 굴렸다. 로젠베르크 양. 그 호칭은 더없이 이상하고 해괴하게 들렸다.

보통 이곳에서는 직급이나 이름을 불렀다. 성 뒤에 호칭을 붙이는 건 바깥세상에서나 하던 것이었다. 더군다나 '로젠베르크'라는 성은 그녀에게 있어서 낙인이나 마찬가지였다. 이곳에선 단 한 번도 그 이름으로 불려 본 적이 없었다.

"로젠베르크 양, 맞으시죠?"

아네트는 천천히 뒤를 돌아보았다. 테가 둥근 안경을 쓰고, 수첩과 펜을 든 남자가 반가운 얼굴로 그녀에게 다가왔다. 어느 면으로 보나 영락없는 기자였다.

"만나서 반갑습니다, 로젠베르크 양. 저는 프리 진의 편집장인 지크 아르노라고 합니다."

"……."

"로젠베르크 양께서 전선에서 종군 간호사로 계신다는 소식을 전해 듣게 되어서, 만나 뵙고 이야기 나누고자 찾아왔습니다. 혹시 잠깐 시간 되실까요?"

남자가 입매를 올려 매끄럽게 웃어 보였다.

아네트는 품에 안긴 짐이 제 방패라도 되는 양 꽉 끌어안았다. 손이 가늘게 떨려 왔다.

기자라면 지긋지긋할 정도로 겪은 그녀였다. 이쯤 되면 익숙해질 법도 한데, 스스로가 얼간이처럼 느껴질 정도로 공포감은 여전했다. 사실 이곳에서의 제 존재가 언제까지고 수면 아래에 가라앉아 있을 거라는 기대는 하지 않았다. 애초에 전선에서 복무하는 대부분이 그녀를 인지하고 있는 상태였다. 한창 전시일 때는 전선 내에서 말이 도는 정도였는데, 전쟁이 끝나니 슬슬 본국까지 퍼져 나간 모양이었다.

"그러고 보니 명함도 안 드렸네요. 여기, 정식으로 다시 소개를……."

"피, 필요 없어요."

기자가 품속으로 손을 넣은 순간, 아네트는 고개를 저으며 거절했다. 한쪽 눈썹을 치켜올린 기자는 이내 사람 좋게 미소 짓더니 마저 명함을 꺼냈다.

"그러면 보기만 하시겠습니까? 그래도 신분을 확실하게 확인시켜 드리는 것이 좋을 것 같아서요."

기자가 아네트의 눈앞에 명함을 내밀었지만 그녀는 거들떠보지도 않았다. 기자는 한 점의 악의도 없다는 얼굴로, 부드럽게 그녀를 설득했다.

"로젠베르크 양께서 힘든 시간을 보내셨던 걸 압니다. 세상엔 특종에만 미쳐 있는, 양심 없는 기자들이 너무 많지요. 하지만 저는 절대로, 신께 맹세컨대, 로젠베르크 양께 악의적이거나 해가 되는 기사를 쓰려고 온 게 아닙니다."

아네트는 입을 꾹 다문 채 눈을 내리깔았다. 명백한 대화 거부 표시에도 기자는 아랑곳하지 않고 열심히 제 목적을 설파했다.

"로젠베르크 양께서 여기서 이렇게 종군 간호사로 복무하며 나라를 위해 힘쓰고 계신데, 제가 왜 그런 기사를 쓰려고 하겠습니까? 오히려 저는 로젠베르크 양의 헌신을 세상에 알리고 싶어서 찾아뵙고자 했던 겁니다."

"……."

"로젠베르크 양도 과거를 청산하고 싶지 않으십니까? 제가 도와드릴 수 있습니다. 정말로요. 사실 로젠베르크 양께서도 이곳에 오신 이유가 있으실 것 아닙……."

"아뇨."

아네트는 한 걸음 물러나며 완강하게 말했다. 그러나 목소리가 잔뜩 떨려 나온 탓에 그저 겁먹은 동물처럼 보일 뿐이었다.

"필요 없어요. 좋은 기사든 나쁜 기사든 원하지 않아요."

"하지만 로젠베르크 양, 지금 하고 계신 일은 이미지 회복을 위해 정말로 좋은 기회입니다……."

"그 어떤 기사도 원하지 않는다고요. 비켜 주세요."

"저도 로젠베르크 양의 헌신에 진심으로 감탄하고 있습니다. 후방도 아닌 이곳 전선에서 복무하셨다고……."

"원하지 않는다고 하잖아요!"

별안간 터져 나온 날카로운 음성에 기자가 움찔하며 입을 닫았다. 잠시간 정적이 흘렀다. 아네트의 어깨가 부들부들 떨렸다.

그녀는 지금껏 기자를 포함한 모든 이들을 원망하지 않기 위해 부단히 애를 써 왔었다. 스스로를 몰아붙이고 세뇌하며, 정말이지 그러지 않기 위해 노력했다. 자신에겐 원망할 자격이 없다고 생각했기 때문이다.

"제가, 원하지 않는다고, 계속……."

그러나 지금은 원망스러웠다.

"계속 말을 하는데……."

이곳까지 따라온 기자가 끔찍했고 징그러웠다. 과거를 끌고 오는 일에서 비롯된 감정이 아니었다. 도리어 오직 유리된 한 세계에 대한, 당장 발을 딛고 선 곳에 대한 감정이었다.

어째서.

어째서 이 일이 저 스스로의 오롯한 의지일 수가 없는 것인지.

어째서 그 의지가 부정당해야만 하는지.

어째서 자신은, 이렇게 여전히 겁이 많고 나약해서…….

"……불쾌하게 해 드렸다면 죄송합니다, 로젠베르크 양. 하지만 정말 저는 로젠베르크 양의 변화된 삶을 조명하고 세상에 알려, 로젠베르크 양께 도움이 되길 바라는 마음에—."

"이봐요!"

기자와 아네트는 동시에 놀라며 옆을 돌아보았다. 한 간호사가 허리에 양손을 올린 채 기자를 노려보고 있었다. 그녀는 성큼성큼 이쪽으로 걸어오더니 냅다 쏘아붙였다.

"바빠 죽겠는데 지금 뭐 하시는 겁니까? 여기 허락은 받고 출입했습니까?"

"아, 저는 종군 기자 자격으로……."

"종군 기자면 바쁜 사람 붙잡고 반강제로 인터뷰 요청해도 되는 겁니까? 어디 소속입니까? 어디 신문사 기자가 자기 기사 하나 쓰겠다고, 부상병들의 생사가 오가는 곳에서 소란 피웠다고 보고해도 되는 거죠?"

"아니, 저는 강제로 요청한 게 아니라……."

"비키라는데 안 비키고 거기서 그러고 있는 게 강제가 아니면 뭡니까? 권유도 한두 번 해야 권유인 거지!"

속사포처럼 쏟아지는 비난에 기자가 쩔쩔맸다. 아네트가 말할 때는 귓등으로도 듣지 않고 제 할 말만 하더니, 보고하겠다는 이야기에 잔뜩 겁이 난 모양이었다.

"사람들 불러서 쫓아내기 전에 얼른 가십시오. 이거 관련해서 이상하게 기사 내면, 군 병원 차원에서 정식으로 항의할 거니까 그렇게 아시고요."

그녀의 말에는 어폐가 있었다. 아무리 전문 병원 출신의 인력이라고 해도, 일개 종군 간호사의 말 몇 마디로 정식 항의가 들어가기는 어려웠다. 기자는 거기에 대해 반박하려고 했으나 뒤늦게 주변에 보는 눈이 많음을 깨달았다. 치료소 막사 근처라, 간호사들이 모인 채 그들을 보며 수군거리고 있었다. 심지어 언짢은 얼굴을 한 병사들도 몇몇 보였다.

기자는 당황해선 주춤했다. 만일 한둘도 아닌 여러 명이 군에 보고한다면, 이는 정말 공식 항의로 이어질 수도 있었다. 그렇게 된다면 자신은 모가지였다.

"뭐, 더 할 말이 있으십니까?"

간호사가 고개를 까닥거리며 말했다. 병사 두엇이 이쪽을 향해 발을 뻗으려는 순간, 빠르게 판단을 마친 기자가 재깍 입을 열었다.

"소란을 피울 생각은 아니었는데 정말 실례했습니다. 로젠베르크 양, 방해해서 죄송합니다. 그럼 보던 일을 마저…… 좋은 하루 되십시오."

빨리 감기 한 테이프처럼 다다다 말한 기자가 몸을 돌렸다. 그는 순식간에 아네트에게서 멀어졌다. 거의 도망에 가까웠다.

아네트는 그 뒷모습을 멍하니 바라보았다. 뭐가 어떻게 돌아가는지 제대로 인식하기가 어려웠다. 기자를 마주하는 순간부터 뇌가 둔해진 것 같았다.

"드디어 쫓아냈네. 괜찮으세요?"

후, 숨을 내뱉은 간호사가 아네트를 돌아보며 물었다. 아네트는 대답 없이 그녀의 얼굴을 눈에 담았다. 사담은 해 본 적이 없지만, 아네트도 알고 있는 여자였다. 며칠 전 함께 물품을 제작했던 이들 중 하나이기도 했다.

"제가 괜히 쫓아낸 건 아니죠? 인터뷰 의사가 없으신 것 같아서……."

"아니에요. ……감사해요."

"저런 놈 오면, 그냥 공식 항의 운운하세요. 그럼 알아서 꺼져주니까."

"그럴게요. 괜히 소란을 일으켜서 죄송……."

"아니 아니 아니, 왜 죄송해하고 그러세요. 저 인간이 이상한 거죠."

아네트는 대답할 말을 찾지 못해 짐만 꽉 끌어안았다.

저 기자가 끝이 아닐 터였다. 당사자 인터뷰를 얻기 위해 왔을 정도면, 정황에 관한 기사는 이미 여러 군데 났을 테니까. 그 어떤 기사도 원치 않는다고 말했지만 실상 그건 불가능한 일이나 다름없었다.

"저, 혹시 기사에 관해서 말인데…… 따로 도움이 필요하세요?"

"……네?"

아네트는 그녀의 질문을 이해하지 못해 되물었다. 어떤 도움을 말하는 것인지 전혀 감도 잡히지 않을뿐더러, 애당초 그녀가 도움을 줄 이유 같은 것도 전혀 없었다.

간호사는 잠시 망설이더니 머뭇머뭇 대답했다.

"그러니까, 기자들이 혹시 기사를 이상하게 쓰거나 그러면…… 저희가 반박 인터뷰라도 도와드릴 수 있지 않을까, 싶어서. 사람들도 기자보단 같이 일했던 저희 말을 더 믿을 테니까요."

아네트는 그녀의 말을 전혀 알아듣지 못한 사람처럼 눈만 깜빡였다.

"기자가 저 사람만 온다는 보장도 없고……. 그리고, 그…… 알고 계시는지 모르겠는데, 사실 이미 신문에 몇 번 실린 모양이더라고요. 아, 절대 나쁜 쪽은 아니고요. 그냥 그렇다더라는 식으로……."

간호사는 아네트의 눈치를 살피며 매우 조심스럽게 말을 골랐다. 아네트로서는 그녀가 대체 왜 저런 이야기를 하는 것인지 도무지 의중을 파악하기가 어려웠다.

아까부터 상황을 지켜보고 있던 다른 간호사들이 몇 발자국 다가왔다. 개중 누군가가 헛기침을 하며 말했다.

"그 정도는 할 수 있어요."

"특별히 편을 드는 게 아니라, 그냥 있는 사실만 말하는 거라면, 뭐……."

모두가 그저 이름과 얼굴만 알 뿐인, 단 한 번도 사적으로 대화해 본 적 없는 이들이었다. 아네트가 원치 않았고 그들 또한 원하지 않았었기에.

조용히 그들을 바라보던 아네트가 나지막이 입술을 뗐다.

"저는……."

괜찮아요.

나는 도움이 필요하지 않아요.

나는 당신들의 도움을 단 한 번도 기대한 적이 없고, 앞으로도 그럴 거예요.

"만약."

"……."

"그래 주실 수 있다면."

참지 못한 흐느낌처럼 툭 하고 내뱉어진 말은 더 이어지지 않았다. 하고 싶은 말이 너무 많아서인지, 아니면 할 말이 전혀 없어서인지 스스로도 알지 못했다.

아네트가 느리게 고개를 떨구었다. 차게 언 땅은 힘껏 밟으면 깨질 것처럼 위태로워 보였다. 그녀는 아랫입술을 지그시 물었다.

문득 속삭이는 듯한 음성이 귓가를 파고들었다.

"그럼요."

태양이 비스듬히 떠올랐다. 빛이 그들이 선 곳까지 잠식해 들어왔다. 밤새 얼어붙은 지면에서 올라오던 찬 공기가 무게추를 단 것처럼 가라앉았다.

"도와드릴게요."

채 끝맺지 못한 말에도 누군가 그렇게 대답했다.

프리 진의 기자가 다녀간 후에도 아네트의 일상은 크게 달라진 것이 없었다. 그녀는 여전히 전쟁 외의 기사를 보지 않았고, 간호사들과도 업무적인 이야기만을 할 뿐 사적으로 따로 친하게 지내지 않았다.

다만 아네트는 이따금 그들과 안부 인사를 주고받았다. 대화라기에도 민망할 정도로 형식적인 것에 가깝긴 했지만, 이전과 달라졌다면 달라진 점이었다.

아네트는 여전히 바쁜 일상을 보내고 있었다. 종일 부족한 의료물품을 제작하고, 물자를 관리하고, 부상병을 돌보았다. 몸이 두 개라도 모자랄 지경이었다. 그러나 포탄이 터지는 곳에서 부상병들을 처치할 때보다는 훨씬 여유로운 것이 사실이었다. 심리적 공포감이 어느 정도 옅어진 까닭도 있었다.

1차 전쟁 직후의 열기가 조금씩 가라앉을 무렵, 간호 장교가 아네트를 불렀다. 아네트는 한 번도 간호 장교의 개인적인 부름을 받은 적이 없었다. 그녀는 불안한 마음을 안고 막사를 찾아갔다. 장교가 전달한 내용은 이러했다.

"후방으로 이동하라는 명령이 떨어졌습니다."

"후방……이요?"

아네트는 미간을 좁힌 채 의아하게 되물었다.

군에서 명령이 떨어지는 건 이상한 일이 아니었지만 이건 조금 갑작스러웠다. 더군다나 후방 이동이라니.

'전선의 인력이 부족하면 부족했지, 여유롭지 않은 상황에 구태여 최전선에 남겠다는 간호 인력을 교체시킬 이유가 없는데…….'

간호 장교는 아네트의 의문점에는 전혀 관심이 없는 것처럼 무뚝뚝하게 대꾸했다.

"예. 위에서 내려온 명령입니다."

"저는 후방에 지원한 적이 없습니다. 그런데 갑자기 이동이라뇨?"

"명령을 전달드릴 뿐입니다."

간호 장교도 이게 자연스러운 방식은 아니라는 걸 알고 있을 터였다. 아네트는 약간 고집스럽게 말했다.

"저는 여기에 남고 싶습니다."

"이곳은 군입니다. 명령을 따라 주십시오."

"……어디서 전달된 명령인지 알 수 있나요?"

"윗선의 지시 사항을 자세히 언급하긴 어렵습니다."

딱딱하기 그지없는 답변이었다. 도저히 원하는 정보를 얻어 낼 수 있을 것 같지 않았다. 아네트는 결국 알겠다는 말밖에 할 수 없었다.

간호 장교의 막사를 나와 치료소로 돌아가는 내내 그녀는 골똘히 생각에 잠겼다. 가정에 가정을 거듭할수록 불길한 기분이 들었다.

'혹시 그 사람일까.'

애초에 정보가 제한된 상황에서 떠올릴 수 있는 거라곤 그것뿐이었다. 너무 과민한 생각이라며 부정해 보아도, 한번 떠오른 가정은 쉬이 사라지지 않았다.

'만약 그 사람이라면…… 왜? 내 의도가 의심스러워서? 혹은 내가 이곳에서 괜히 잡음을 만들 거라고 생각해서?'

물론 그가 아닐 가능성도 있었다. 총사령관의 전 부인이라는 이유로 윗선의 누군가가 그녀를 이동시킨 것일지도 몰랐다. 아니면 모종의 어떤 기사가 났다거나.

꼬리를 문 생각들은 결국 물음표로 끝이 났다. 아네트는 차갑게 언 뺨을 쓸어내리며 작게 한숨을 내쉬었다.

별안간 옆에서 익숙한 목소리가 들려왔다.

"아네트!"

"아, 라이언."

라이언은 특유의 억센 웃음을 커다랗게 지은 채 그녀에게 다가왔다. 아네트도 미소로 반가움을 표했다.

"잘 지내요?"

"좋아요. 고마워요."

"오늘은 기자 놈들이 안 찾아왔어요?"

"그 뒤로는 없어요."

라이언은 '그 개자식'의 무례함과 재수 없음에 대해 긴 욕을 늘어놓았다. 아네트도 군인들의 이런 언사에는 익숙해진 터라 능숙하게 동조했다.

"아, 그보다 라이언, 저 후방으로 옮겨 가게 될 것 같아요."

"어라? 정말요? 후방으로 지원한 거예요?"

"그건 아닌데, 위에서 명령이 떨어졌대요."

"명령? 간호부에 전달된 명령이에요?"

"아뇨, 그냥 제게 개인적으로 하달된 것 같아요."

"개인적으로 하달되었다고요? 아네트가 후방에 지원한 것도 아닌데?"

"이상하죠?"

"이상하네요."

라이언은 턱을 매만지며 흐음 하는 소리를 냈다. 무언가를 고민하는 듯하던 그가 조심스럽게 말문을 열었다.

"아네트, 혹시……."

"네?"

"지금 전남편과 어떤 사이예요?"

훅 들어온 질문에 아네트는 약간 당황했다. 돌려 말하는 법을 모르는 사내란 건 알았지만 이렇게 다짜고짜 물어 올 줄은 몰랐다.

"……전남편은 왜요?"

"아네트를 굳이 후방으로 옮길 사람이라고 하면, 혹시 그분인가 싶기도 해서. 핫, 저 무례했습니까?"

"아니에요. 그냥……."

아네트는 약간 어색한 듯 제 손을 매만지며 말을 이었다.

"그냥, 어떤 사이라고 할 것도 없어요. 이혼한 뒤론 만난 적도 연락한 적도 없고. 이제는 타인이죠."

"아, 그런가요."

라이언의 얼굴이 약간 밝아졌다. 그는 즉각 그 가정을 접었다.

"그러면 아니겠네요."

"사실 저도 그 생각을 안 한 건 아닌데, 아니라고 여기기로 했어요. 아닐 가능성도 높고요."

"그럼 제가 괜한 소릴 했나 봅니다. 그냥 잊으세요! 신경 쓰지 말고. 아무튼 아네트가 후방으로 간다니, 저한텐 좋은 소식이네요. 후방에서 만날 수도 있겠다, 하하."

라이언이 약간 과장되게 웃었다. 그러나 얼굴에는 진심으로 기쁜 기색이 가득했다. 아네트는 그런 그를 관찰하듯 물끄러미 바라보았다.

"곧 여긴 다시 위험해질 거예요. 겨울의 막바지에 접어들고 추위가 조금 가시면, 다시 전쟁이 시작될 거라는 말이 있어서."

"다시……. 그렇다면 이번처럼 서부 요새로 침공해 오는 건가요?"

"그건 모르겠어요. 지휘부에서 판단할 일이니, 뭐. 이런저런 가능성이 있기는 해요. 병력을 보충해서 여기로 다시 올 수도 있고, 아니면 지난번 된통 깨졌으니 다른 경로를 찾을 수도 있고, 남부 바다로 상륙해 올 수도 있고."

"어찌 되었건 본토 침공이군요. 수도를 점령하려는 걸까요?"

"수도도 수도지만, 우선 거점을 확보하려고 할 것 같아요. 아니면 물자를 지원받을 수 있는 영토나. 사실 수도는 상징적인 의미가 강하니까요."

"그런가요……."

아네트는 착잡하게 중얼거렸다. 물론 예상했던 일이었지만, 말로 전해 듣는 것은 그 기분이 달랐다.

그들은 종전한 것이 아니었다. 잠깐의 휴전일 뿐이었다.

"이동 부대!"

돌연 무기고 건너편에서 외침 소리가 들려왔다. 화들짝 놀란 라이언이 아네트 쪽으로 숙이고 있던 상체를 곧추세웠다.

"소집이라 가 봐야겠어요. 나중에 후방에서 찾아갈게요. 그때까지 몸조심하고 있어요!"

"네, 라이언도 몸조심해요."

고개를 끄덕인 라이언이 헐레벌떡 달려갔다. 그는 가다 말고 중간에 뒤를 한번 돌아보았다. 아네트는 그에게 계속 손을 흔들어 주었다. 멀리서 그가 미소 지은 것도 같았다.

시야에서 라이언이 완전히 사라진 후, 아네트는 걸음을 옮겼다. 그녀도 떠날 채비를 해야 했다.

종렬로 선 군인들이 척척 공터를 가로질러 걸어갔다. 조금도 흐트러지지 않은 일렬 반듯한 움직임이었다. 그들의 앞에는 보병 전차가 느리게 움직이고 있었다.

아네트는 짐가방을 든 채 수송차 앞에 줄을 섰다. 몇몇 낯익은 얼굴들이 함께 선 것이 보였다. 근처를 지나가던 몇몇 간호사들이 아네트를 발견하고 멈추어 섰다. 그들과 눈이 마주친 아네트는 가볍게 눈인사만 해 보였다.

마주 눈인사만 하고 지나갈 거란 예상과 달리, 그들은 아네트에게 가까이 다가왔다. 프리 진의 기자 때문에 곤란을 겪을 때 도와주었던 간호사도 보였다.

"후방으로 가신다고요."

"네, 그렇게 되어서……."
"그렇군요."
대화가 끊겼다. 어색한 분위기 속에서 그들은 서로의 눈치를 보았다. 한 간호사가 머뭇거리다가 입을 뗐다.
"이곳에서 정말 수고하셨어요."
찰나 아네트의 눈동자가 흔들렸다. 간호사는 한 걸음 다가서서 아네트를 가볍게 포옹했다. 헤어질 때 흔히 하는 인사였음에도, 아네트는 무척이나 낯설고 기이한 기분을 느꼈다.
"가서도 건강히 지내시길 바라요."
"안녕히 가세요. 인연이 닿으면 다시 만나겠죠."
다른 간호사들도 인사말과 함께 차례차례 아네트를 포옹해 주었다. 아네트는 왜인지 먹먹한 가슴으로 그들을 마주 안았다.
마지막으로 포옹한 간호사가 한 걸음 뒤로 물러나며, 속삭이듯 말했다.
"무운을 빌어요."
아네트의 눈이 약간 커졌다.
무운은 전쟁에서 이기고 지는 운수를 뜻하는 단어로, 으레 참전하는 군인들에게 건네는 말이었다. 그러나 아네트는 그녀의 말이 — 단순히 이곳 전장만을 의미하는 것이 아님을 알았다.
자리를 꽉 채운 수송차가 묵직한 소리와 함께 떠났다. 이어 다음 수송차가 덜컹거리며 들어왔다. 뿌옇고 건조한 흙먼지가 낮게 일었다.
익숙한 전선의 소음 속에서 아네트는 희미하게 미소 지었다.
"당신도…… 무운을 빌어요."
모든 삶의 전쟁터에서.

후방의 야전 병원은 최전선보다 훨씬 깨끗하고 번듯했다. 애초에 최전선의 야전 병원은 부서지고 수리하는 일을 반복하는 것이 일상이니, 제대로 된 시설을 기대하는 것이 어렵기도 했다.

밤늦게 도착한 아네트는 숙소를 배정받고, 다음 날 아침부터 바로 현장에 투입되었다. 그녀는 며칠 만에 시설과 지리를 파악한 후 업무에 착수했다.

이곳의 부상병들은 이전에 있던 곳만큼 심각한 상태는 아니었다. 그러나 이미 전투 불능이 된 병사들이 많았다. 상태가 손쓸 수 없이 악화하면 안치실로 옮겨 갔다.

아네트는 붕대와 소독약 등의 물품이 든 바구니를 팔에 끼고, 줄줄이 이어진 침대 사이를 지나쳤다. 여기저기서 시선이 날아왔고 낮게 수군거리는 소리가 들렸다. 그녀는 애써 눈길을 주지 않은 채 앞만 보고 걸었다.

아네트가 도착한 첫날부터, 죽은 디트리히 후작의 외동딸이자 총사령관의 전 부인이 여기 있다는 소문이 파다하게 퍼져 나갔다. 간호장교를 포함한 모든 이들이 그녀를 불편해하는 분위기였다. 괜히 눈치를 보게 생겼다며 불평을 토하는 말을 본의 아니게 듣기도 했다.

"저 환자는 밀폐 드레싱으로…… 할 줄은 아시죠?"

"……네. 압니다."

"확인차 여쭈어본 거니 마음 상해 마세요. 혹시 모르니까요."

그들은 아네트를 종군 간호사가 아니라 까다롭고 다루기 난감한 여자애라도 되는 것처럼 대했다.

사실 예상했던 상황이었다. 이곳은 최전선과는 달랐다. 최전선의 경우 한창 분초를 다투는 전시였던 터라 누구도 소문에 신경 쓸 새가 없었다. 그리고 전투가 끝난 후엔 이미 서로의 존재에 적응한 상태였다. 병력이 교체된다고 해도, 남아 있는 기존 인력이 꽤 되었기 때문에 자연스레 그들이 주도적인 분위기를 형성했다. 이 때문에 처음 아네트를 보고 놀랐던 이들도 이내 그러려니 하게 되었었다. 하지만 이곳에서 그녀는 완전히 새롭게 적응해야만 했다.

아네트는 배정받은 부상병 중 한 명의 침대로 갔다. 다리에 관통상을 입은 병사였다. 반듯이 누운 그는 기괴할 만큼 눈을 크게 뜬 채 허공을 응시하고 있었다.

아네트가 바구니를 내려놓으며 그에게 말했다.

"붕대 갈아 드릴게요."

"……필요 없어요."

"더러워져서 갈아야 해요."

"필요 없다니까."

"갈지 않으면 상태가 심해질 거예요."

"그러니까 필요……."

짜증스럽게 고개를 돌리던 병사가 아네트의 얼굴을 보더니 멈칫했다. 미간을 좁힌 채 한참 그녀를 관찰하던 그는 멍하니 입을 열었다.

"나 당신, 신문에서 본 적 있어요."

"잠시 이불 젖힐게요."

"당신, 총사령관 부인이지? 그 자식이 나를 마취하라고 보낸 거죠? 당신 같은 여자가 온다고 내가 순순히 당할 줄 알아!"

"소독해야 하니 가만히……."

"마취하고 다리를 자를 거잖아! 내 다리는 절대 못 잘라! 자르면 자살할 거야! 죽어 버릴 거라고!"

별안간 병사가 벌게진 눈으로 발작하기 시작했다. 그는 벌떡 상체를 일으키더니, 아네트를 붙잡으려는 것처럼 팔을 뻗었다. 당황한 아네트가 한 걸음 물러났다. 병사는 다리를 다쳤다는 최소한의 자각은 있는지, 다행히 침대에서 일어나지는 않았다. 다만 그 누구도 가까이 오지 못하게 하려는 것처럼 팔을 마구 휘두를 뿐이었다.

소란을 듣고 몇몇 군인들과 간호사가 달려왔다. 그들은 남자의 팔을 잡고선 짓눌렀다. 그가 마구 비명을 지르며 발악했다.

"씨발! 이럴 줄 알았어! 마취하지 마! 죽여 버릴 거야! 이 개년!"

온갖 상스러운 욕설이 터져 나왔다. 웬만큼 험한 말에 단련된 아네트로서도 당황스러울 만큼 공격적이고 적나라한 욕들이었다. 그를 제압한 병사들이 마구 윽박질렀다.

"야! 진정해, 인마!"

"다리 안 잘라! 안 자른다고! 내 말 안 들려, 미친 새끼야?"

아네트는 소독액 뚜껑을 열며 군인들에게 명령했다.

"잠시만 그대로 잡고 있어 주세요. 거기, 저분 다리 좀 잡아 주시겠어요?"

병사가 울부짖었다. 그의 동공은 소름이 끼칠 정도로 확장되어 있었다. 아네트는 그의 상처에 소독액을 도포한 후, 건조를 기다리는 동안 그를 진정시켰다.

"진정하세요, 마취하지 않을 거예요!"

"……에 꽂아 죽여 버릴 거야! 씨발! 그리고 나도 자살할 거라고!"

"당신 부상은 절단할 정도가 아니에요! 붕대만 갈 거라고요!"

"좆같은 개소리 하지 마! 귀족 새끼들 말을 어떻게 믿어!"

"봐요! 보세요! 저한텐 마취 도구 같은 거 없어요! 그냥 상처를 소독하고 있잖아요!"

수차례의 실랑이 끝에야 병사가 씩씩대며 말을 멈추었다. 그러나 공격적인 기세는 여전했다. 그가 잠시 수그러든 동안, 아네트는 상처에 소독한 거즈를 올린 후 깨끗한 붕대로 감았다. 처치를 끝내고 나자 이마에 땀방울이 맺혀 있었다.

아네트는 고개를 들어 병사를 바라보며, 중얼거리듯 말했다.

"……보세요. 붕대만 감았잖아요."

"……."

병사는 말없이 흰 붕대가 감긴 제 다리로 눈을 떨어뜨렸다. 그의 어깨는 여전히 발작하듯 떨리고 있었다. 한결 진정한 것처럼 보이자 군인들이 그를 놓아주었다. 고요해진 병실 안, 모든 이들의 시선이 이곳에 쏠려 있었다.

"저, 얼굴에……."

그를 붙잡고 있던 군인 한 명이 제 뺨을 가리키며 아네트에게 말했다. 아네트는 반쯤 무의식적으로 뺨을 만져 보았다. 손가락 끝을 확인해 보자 피가 약간 묻어 있었다. 뒤늦게 따끔한 아픔이 느껴졌다. 아까 병사가 휘두른 손에 다친 듯했다.

"괜찮아요."

담담히 대꾸한 아네트는 물품들을 챙겨 나왔다. 흘끗거리는 눈길들이 바늘처럼 느껴졌다. 그녀는 숨을 길게 들이쉬며 눈을 감았다가 떴다. 피곤했다.

아침부터 야전 병원 내가 어수선했다. 총사령관이 부상병과 의료 인력을 격려하기 위해 이곳에 방문한다는 소식이 있었다.

총사령관 지휘부 막사가 이곳에서 가깝다는 이야기가 풍문으로 돌던 차였다. 파다니아 군 최고 지휘관이 온다는 사실에, 장교는 물론 직급이 낮은 군인들까지도 바짝 긴장해 있었다. 병원 인력은 새벽부터 건물을 쓸고 닦고, 물품들을 정리했다. 서류에 오류가 있는지 확인하는 것은 물론이었다.

그 바쁜 와중에도 아네트에 대한 뒷말은 빠지지 않았다. 모두가 그녀의 눈치를 보는 것이 느껴졌다. 아네트는 의식하지 않으려고 애쓰며 주어진 업무를 수행했다. 종일 몸을 움직이자 상념이 조금 사라지는 듯했다.

유독 시간이 빠르게 흘러갔다. 총사령관이 야전 병원에 방문한 것은 오후를 훌쩍 넘긴 시간이었다.

아네트는 내내 안쪽 병실에 틀어박혀 환자들을 돌보다가, 뒤늦게서야 중앙 병동으로 나왔다. 총사령관은 이미 시찰을 거의 끝낸 막바지였다.

철제 파일을 안고 병동으로 들어서려던 그녀가 멈칫했다. 시야 먼 곳에 회색 군복의 무리가 보였다. 검은 외투를 걸친 남자를 중심으로, 양옆과 뒤에 군인들이 정렬해 있었다. 언뜻 보기에도 범상치 않은 직위의 이들이었다. 그 무리 한가운데 선 남자는 풍기는 분위기부터가 여느 이들과 사뭇 달랐다. 단단하게 각이 잡힌 몸가짐이 날카롭게 잘라 놓은 정물 같았다.

총사령관이었다.

그는 벗은 장교모를 한 손에 쥐고, 고개를 약간 숙인 채 무언가를 보고받고 있었다. 간간이 고개를 끄덕이며 무언가를 논의하기도 했다. 야전 병원 특유의 어둑하고 창백한 전구 빛 아래에 선 거대한 남자는— 마치 부상병들의 목숨을 앗으러 온 악마 같았다.

파일을 쥔 아네트의 손끝에 약간 힘이 들어갔다. 그녀가 몸을 돌리려는 순간, 총사령관이 고개를 들었다.

아주 잠시 눈길이 스쳐 간 것도 같았다. 그와 거의 동시에 아네트는 몸을 돌려 문 안으로 들어갔다.

달칵. 등 뒤로 문이 닫혔다.

늦은 밤 숙소로 돌아가려던 아네트를 장교 한 명이 불러 세웠다. 누군가 그녀를 잠시 만나고 싶어 한다는 전언이었다. 간호 장교를 제외하면 높은 계급의 부름을 받을 일이 딱히 없는 터라, 상대의 군복 위에 놓인 별 개수를 확인하자마자 아네트는 직감했다.

총사령관의 부름이었다.

"……어디서 만나길 요청하셨죠?"

"제가 안내해 드리겠습니다."

장교의 태도는 몹시 공손하고 정중했으나, 한편으론 그녀의 의사를 전혀 존중하지 않는 것처럼 보였다.

아네트는 잠시 고민했다. 이대로 요청을 거절하고 숙소로 돌아간다 한들, 무작정 끌고 갈 수는 없을 터였다. 물론 그 후의 일을 장담하기는 어려웠지만…….

대체 그가 무슨 말을 하고 싶은 것인지 가늠도 할 수가 없었다. 이미 끝난 관계였다. 덧붙일 것도, 뺄 것도 없는 관계였다. 그들은 이대로 평행선으로 살아가는 것이 옳았다.

장교는 예의 바른 미소로 그녀의 대답을 기다렸다. 고민을 거듭한 아네트가 조심스럽게 입을 열었다.

"……안내해 주세요."

장교가 안내한 곳은 교회 뒤뜰이었다. 현재 군 인력 미사 장소로 쓰이는 곳이기도 했다.

"안쪽으로 들어가시면 됩니다."

뒷문에서 멈추어 선 장교가 손전등으로 길을 비추며 말했다. 아네트는 원뿔 모양으로 투사되는 희뿌연 빛을 잠시 바라보다가, 그 안으로 발을 내디뎠다.

뒤뜰은 인적이 없고 어두웠다. 정리되지 않아 무성한 풀숲이 옷자락을 간간이 스치고 지나갔다. 좁은 길목을 헤치고 나가자 작은 공터가 나왔다. 달빛이 공터를 어스름히 비추었다. 아네트는 풀숲 그림자의 경계선 안쪽에서 걸음을 멈추었다.

공터 한가운데— 기다란 인영이 창백한 달빛을 받고 서 있었다. 검은 머리칼과 외투의 표면이 희끄무레하게 보였다. 온통 안개에 휩싸인 듯 남자의 모든 선이 불투명했다.

기척을 느낀 하이너가 천천히 고개를 돌렸다. 아네트는 마치 사냥꾼을 마주한 작은 짐승처럼, 제자리에 굳은 채 경계 어린 눈으로 그를 바라보았다.

허공에서 시선이 부딪쳤다.

찰나 그의 표정이 흔들렸다.

착각이었나 싶을 정도로 작은 변화였다. 얇은 한 꺼풀의 표피가 벗겨진 것처럼, 바람에 서서히 침식되어 가는 모래성처럼…….

아주 짧은 순간, 아네트는 그의 안쪽 깊은 곳을 들여다본 것 같은 기분을 느꼈다. 그러나 눈을 깜박이고 나자 그 미묘한 변화는 감쪽같이 사라졌다. 하이너는 본래의 모습 그대로, 예의 그 삭막하고 메마른 낯이었다.

아네트가 제자리에서 움직이지 않자, 그가 먼저 발을 뗐다. 딱딱한 군화 아래로 풀이 바스락 밟히는 소리가 났다. 특유의 넓고 각진 몸이 가까워졌다. 아네트는 낯선 사람을 마주한 것처럼 생경한 얼굴로 그를 올려다보았다.

불현듯 하이너가 천천히 손을 뻗었다. 아네트는 반사적으로 뒷걸음질 치려다 멈칫했다.

그의 손은 그녀에게 닿지 않았다. 하이너는 스스로도 무엇을 하려는지 모르는 사람처럼 허공에 손을 둔 채, 나직이 입을 열었다.

"얼굴에……."

"……."

"뺨에, 상처가."

그의 손끝은 그녀의 왼뺨을 향해 있었다. 아네트는 그제야 오늘 뺨에 난 상처를 자각했다. 상처가 그리 깊지 않아서 약만 발라 둔 상태였다. 아네트는 손등으로 왼뺨을 가리며 한 걸음 물러났다. 그러자 하이너도 손을 거두어들였다. 그녀가 다소 방어적인 태도로 대답했다.

"그냥 긁혔습니다."

"어디에 긁힌 겁니까?"

"일하다가요."

"그러니까 일하다가 뭐 때문에."

"신경 쓰실 필요 없습니다."

하이너는 그녀의 사무적인 태도에 약간 멈칫한 듯했다. 어색한 침묵이 흘렀다. 얼마간 조용히 아네트를 응시하던 그가 막막하게 말했다.

"당신을 여기서 만날 줄은 몰랐는데."

그건 그저 뜻밖이라는 말 같기도 했고, 질책하는 말 같기도 했다. 아네트는 그의 모순을 지적하듯 물었다.

"제가 이곳으로 옮기게 된 것이 각하의 뜻 아니었나요?"

그녀의 입에서 나온 호칭에 하이너의 눈썹이 꿈틀거렸다. 잠깐의 간격 뒤에 그가 되물었다.

"왜 그렇게 생각합니까?"

"민간인 출신 종군 간호사 한 명의 거취에 윗선이 관여할 리가 없으니까요."

"그에 불만이 있다는 것처럼 들리는군요."

"해당 지시를 거두어 주십시오. 적절한 이유가 없다면 돌아가고 싶습니다."

"……돌아가고 싶다?"

"네."

"최전선으로 말입니까?"

"네."

"원하는 게 뭡니까?"

"네?"

갑작스러운 물음에 아네트가 미간을 찌푸렸다. 하이너는 같은 말을 재차 반복했다.

"원하는 게 뭡니까."

"무슨 말씀이신지 모르겠습니다."

"종군 간호사로 지원한 것, 그래, 이해할 수 있다고 칩시다. 하지만 최전선일 이유가 있나? 당신과 이혼하는 조건으로 약속했던 것을 잊었습니까?"

"무슨 약속을 말씀하시는 건가요?"

아네트의 물음을 끝으로 무거운 적막이 내려앉았다. 대화가 이어질수록 점차 굳어 가던 하이너의 얼굴은 이제 흡사 화가 난 것처럼 보였다.

"……살겠다고."

그의 음성은 무언가에 억눌려 있었다.

"살겠다고, 했잖아."

"이혼해 주면, 살겠다고 대답해."

"그렇게 약속했었잖아."

"제발 대답해, 아네트……."

금방이라도 무너질 듯 위태롭던 말마디들이 겹쳐졌다.

그제야 그 약속을 떠올려 낸 아네트의 얼굴에 미묘한 당혹감이 떠올랐다. 그녀는 단 한 번도 그 말을 고려한 적이 없었다. 아니, 애초에 그걸 지켜야 하는 '약속'이라고 생각해 본 적조차 없었다.

이혼한 직후에도 아네트는 죽음을 고민했었다. 심지어 지금은 꽤 시간이 흐른 상태였다. 그가 말하는 약속이란 것은 아네트에게 전혀 유효성이 없었다.

그녀의 애매한 표정에서 그 감정들을 읽어 낸 하이너가 눈을 가늘게 떴다. 이윽고 그는 하, 하고 허탈한 웃음을 뱉었다.

하이너가 씁쓸하게 중얼거리듯 말했다.

"애초부터 그 약속을 당신은 기억조차 하지 않았군."

"……."

"나만 머저리처럼 그걸 믿고 있었지, 또."

아네트는 그가 도대체 어떤 말을 하고 싶은 것인지 알 수가 없었다. 그 약속을 기억하지 않아서 화가 났다기엔, 그들의 관계는 이제 정말이지 아무것도 아니지 않은가. 가슴속이 자꾸만 혼란해졌다. 그녀는 감정적인 사실들을 최대한 배제하고, 객관적인 진술만 내놓기 위해 노력했다.

"각하, 우선 제가 최전선에 자원한 것을 각하께 이해받을 필요는 없다고 생각합니다. 또 저는 그 약속이 유효하다고 생각하지도 않을뿐더러……."

"상호 협의가 된 약속의 유효성을 멋대로 판단하는 건 참 편리한 논리라고 생각하지 않습니까?"

"설령 유효하다고 해도 각하께는 제 생사결정권에 관여할 권한이 없으십니다. 그때도, 지금도요."

"이제 와 내겐 권한이 없다고."

하이너는 기가 막힌다는 듯 낮게 헛웃음 쳤다. 아네트는 무시하고 또박또박 이야기했다.

"또 저는 아직 죽지 않았습니다. 이곳에서 죽으려고 한 적도 없고요. 한데 어째서 제게 그 약속을 지키지 않았다고 말씀하시는 거죠?"

"총탄이 빗발치는 상황에서, 물품을 가져오기 위해 무모하게 혼자 뛰어나갔다고 들었는데."

그에 아네트는 작게 움찔했다. 대체 그가 어디서부터 어디까지 알고 있는 것인지 알 수 없었다.

하이너는 그런 그녀를 비웃듯 말했다.

"적어도 이거 하난 확실하군요. 당신에겐 당신 목숨이 전혀 우선순위가 아니라는 거."

"……이곳에서의 저는 종군 인력이니까요. 나라를 위해 죽음을 각오하는 일을 비난할 수는 없으십니다."

아네트의 말은 명백히 그들 간의 거리를 명시하고 있었다. 총사령관과 종군 인력, 그뿐인 관계로.

"애초에, 각하께서 왜 이런 말씀을 제게 하시는지 잘 모르겠습니다. 제가 죽었는지 살았는지 굳이 아실 필요도 없으시고요. 하실 말씀이 이거였다면 이만 돌아가 보고 싶습니다."

"종군 간호사는 그만두십시오."

"또 별다른 이유가 없다면."

"당신은 충분히 했습니다. 이만 론체스터로 돌아가."

"……이유가 없다면, 제 근무지에 대해 간섭하지 않으셨으면 합니다."

"조만간 다시 전투가 시작될 겁니다."

아네트는 멈칫하며 그를 바라보았다. 하이너는 특유의 예리한 눈매를 단단히 굳힌 채, 고저 없이 말했다.

"서부전선에서 종군한 것, 대단한 일입니다. 상황과는 별개로 당신의 봉사와 헌신에 감사를 표하고 싶습니다. 이제 그만하면 됐으니 돌아가."

"……각하."

"내일 도르난테 방면 수송 열차가 있을 겁니다. 거기 합류하십시오."

"각하."

"기자가 찾아왔었다고 들었습니다. 기사 문제는 당신에게 우호적인 쪽으로 내가 알아서 처리……."

"각하!"

"제발!"

별안간 그에게서 거친 목소리가 터져 나왔다. 가파른 정적이 이어졌다. 둘 다 고집스러운 얼굴로 서로를 노려보았다.

먼저 다시 입을 연 것은 하이너였다.

"제발…… 내 말 좀 들어."

"……."

"내가 당신에게 해가 되는 일을 하라고 하는 것도 아니고, 그냥 안전한 곳으로 가라는 거잖습니까. 뒷수습도 내가 다 하겠다고 말하잖아요. 그러니까—."

"총사령관으로서 하시는 명령이라면 따르겠습니다. 하지만 지금 각하께서 하시는 말씀은 군 상관의 명령으로 보기 어렵군요."

"어느 쪽으로 받아들이든 상관없습니다."

"저를 군 인력으로 대우해 주시길 바랍니다. 아니, 적어도 한 인간으로서 저를 대우하신다면, 이러실 수는 없는 겁니다."

그 말에, 하이너의 얼굴 위로 기묘한 빛이 감돌았다. 아네트는 주먹을 꽉 쥔 채 따져 물었다.

"또 각하께선 계속, 제가 마치 이곳에 죽으러 온 것처럼 말씀하시는군요. 저는 스스로 죽을 생각이 없습니다. 그럼 된 것 아닌가요?"

"난 당신 전적을 봤습니다. 이게 새로운 자살 방법인지 아닌지는 나야 모르지 않습니까."

"……무의미한 논쟁이군요."

아네트가 피곤한 듯 고개를 돌렸다. 차가운 밤공기가 그들 사이로 흘러갔다. 하이너는 무언가가 가득히 들어찬 눈으로 그녀를 응시하며 말했다.

"당신에겐 이게 전부 무의미한가?"

"……."

"아니, 애초에 내가 당신에게 어떤 의미인 적이 있기나 했습니까?"

다소 뜬금없는 물음에 아네트가 고개를 들었다. 달이 흘러가는 구름 뒤로 가려졌다. 하이너의 얼굴은 그림자가 져 어둡게 보였다.

"언제나 난 당신에게 아무것도 아니지. 우리가 가장 괜찮았던 때도, 내가 당신 인생을 망가뜨렸을 때도 그랬습니다."

"각하께서 하실 말씀인가요? 저도 각하께 아무것도 아니었잖아요."

"난 적어도 당신을 증오했어!"

그 문장에는 날것의 감정들이 실려 있었다. 아네트의 눈이 약간 커졌다. 하이너는 스스로를 억누르듯 입을 다물었다가, 반쯤 뭉개진 말을 뱉어 냈다.

"그럼 적어도."

"……."

"적어도…… 당신도 남은 평생 나를 증오하는 게 맞지 않나."

"……."

"어떻게 나는 늘, 이렇게까지…… 아무것도 아닐 수가 있는 건지."

음성의 끄트머리가 미미하게 떨려 나왔다. 그는 아주 오랫동안 행방불명되었다가 돌아온 사람 같았다. 그는 놀란 것 같기도 했고 화가 난 것 같기도 했으며, 슬퍼하는 것 같기도 했다. 아네트는 그 감정들을 헤아려 보려다 관두었다.

입 안에서 맴도는 말들은 모두 지워 버렸다. 더 이상의 군더더기를 만들어서 좋을 것이 없는 관계였다. 아네트는 그에게서 한 발자국 더 물러났다.

"각하, 저는."

왜인지 목이 메서 말이 끊어졌다. 그녀는 가까스로 말을 이었다.

"다시는…… 이런 일로 뵙고 싶지 않습니다. ……이만 가 보겠습니다."

선언하듯 말한 아네트가 곧장 뒤를 돌았다. 빛이 들지 않는 풀숲이 괴괴한 느낌을 주었다. 그녀는 왔던 길로 발을 옮겼다.

몇 걸음도 가지 못해 어깨가 붙잡혔다. 강하지 않으나 완고한 힘에 몸이 돌려세워졌다.

얼떨결에 다시 돌아선 아네트가 흠칫 몸을 굳혔다. 코앞에 그의 얼굴이 다가와 있었다. 회색 눈동자는 포탄이 떨어진 구덩이처럼 어둡고 열기가 있었다. 아네트는 붙잡힌 팔을 빼낼 생각도 하지 못한 채 꼼짝없이 그와 시선을 마주했다. 지척에서 숨결이 뒤섞였다.

풀숲에 바람이 스치는 소리가 났다. 천천히 그의 입이 열렸다.

"아네트."

"……."

"아네트. 당신에게……."

꽉 잠긴 목소리가 드문드문 끊어졌다. 팔을 붙든 손아귀에서 힘이 빠져나갔다. 하이너는 한참을 주저했다.

긴 망설임 끝에 나온 것은 한없이 무력한 고백이었다.

"……당신에게 화를 내려던 건 아니었습니다."

"……."

"이런 식으로…… 당신을 다시 만나려던 건 아니었어."

왜인지 그 말에 숨이 막혔다.

아네트는 조심스럽게 그의 손아귀에서 팔을 빼냈다. 하이너는 소중한 풍선을 놓친 어린아이처럼, 제자리에 멀거니 서서 그녀를 바라보았다.

"……당신의 뜻을 따라 이혼해 줬던 건, 당신이 살겠다고 했기 때문이었습니다. 이런 곳에서 목숨을 버리는 꼴을 볼 거였다면— 절대 보내 주지 않았을 겁니다."

"이미 끝난 이야기군요."

"아네트, 론체스터로 돌아갑시다."

"……그게 무슨 말씀이세요?"

"관저가 아닌 타운 하우스를 사서 거기 머물러도 좋습니다. 모든 일이 일어나지 않았던, 과거의 삶을 돌려주겠다고 약속할 수는 없지만."

그는 할 말을 고르는 듯 입술을 느리게 달싹였다.

"하지만 당신이 원하는—."

"아뇨."

아네트는 그의 시선을 피하며 단호하게 말했다.

"우리는 여기까지인 게 맞아요."

"아네트."

"제게 대체 뭘 원하시는 건지 정확히 모르겠지만, 저는 각하께 더 이상 드릴 것이 없습니다."

"……."

"저희는 만나지 않는 것이 좋겠습니다. 서로에게 상처뿐인 관계니까요."

하이너는 대답하지 않았다. 아네트는 그 침묵 속에서 수많은 행간을 읽어 냈다. 그는 내내 어떤 말을 해야 할지 모르는 사람처럼 굴고 있었지만, 그것은 할 말이 없기 때문이 아니었다. 되레 할 말이 너무나 많기 때문이었다.

아네트 또한 그에게 궁금한 것은 많았다. 왜 다시 자신을 불러낸 것인지. 제게 대체 무엇을 원하는지. 어째서…… 그는 과거의 연인을 붙잡으려는 사람처럼 구는 것인지.

그러나 그녀는 아무것도 묻지 않았다. 그리고 아무것도 묻지 않을 작정이었다.

실상, 헤어진 연인에게 미련이라도 남은 듯한 하이너의 말과 행동들은 그녀에게 하나도 와닿지 않았다.

과거에도 하이너는 그녀를 진심으로 사랑하는 양 굴었었다. 하지만 그가 보여 주었던 모든 것들이 거짓이었다. 그 일에 대해 새삼스레 하이너를 원망한다거나 하는 것은 아니었다. 다만 그가 그녀를 위하는 척 내놓는 말들을 더는 신뢰할 수 없었다. 아무리 하이너가 잔뜩 몸을 숙인 채 무구한 듯 다가와 보았자, 아네트로서는 또 어떤 복수가 남은 건가 싶을 뿐이었다.

"기어코 제대 명령을 내리실 거라면 저로서는 따를 수밖에 없겠지요. 왜 제게 따로 물으십니까? 어차피 좋을 대로 하실 것을."

"……."

"다시는 사적으로 보는 일 없었으면 합니다. 총사령관 각하."

냉담한 어조로 마침표를 찍은 아네트가 다시 등을 돌렸다. 차가운 공기가 뺨을 스쳐 지나갔다. 이번에는 붙잡는 음성도 손길도 없었다.

겨울밤이 깊어 갔다.

언제부턴가 사나운 꿈을 앓듯이 꾸었다.

꿈에서 그 여자를 보아도 그것이 꿈인 줄 몰랐는데, 이젠 그 여자를 보면 꿈이라는 것을 깨닫게 되었다.

아마 그래서였을 것이다. 풀숲 사이에 고요히 서 있는 그녀의 인영이 지독히도 현실감이 없던 것은.

하이너는 매일 꿈속을 헤매며 살고 있었다. 기억조차 제대로 나지 않는 꿈이 대부분이었지만, 원인과 결과는 언제나 명확했다. 끈질기게 이어 온 삶의 원인과 결과가 언제나 명확하였듯이.

우스웠다. 삶이 이러할 수는 없었다. 그의 세상에서 고작 여자 하나를 지우는 일이었다. 이렇게까지 끔찍한 공허감에 허덕거리는 건 말이 안 됐다. 무언가를 송두리째 빼앗긴 기분이었다.

그 여자를 만날 이유가 없다는, 아니 만나서는 안 된다는 걸 머리로 알면서도— 끝내 찾아오고야 만 것은 그 때문이었다.

바람 소리가 천천히 잦아들었다. 세상이 어두운 정적 안에 갇혔다.

하이너는 담벼락에 비척비척 기대어 섰다. 공기 중으로 부옇게 흐르던 달빛이 완전히 유리되었다. 그는 담벼락 그림자 아래에서 숨을 죽였다.

"적어도 한 인간으로서 저를 대우하신다면, 이러실 수는 없는 겁니다."

"……하."

씁쓸한 조소가 흘러나왔다.

카트린 그로트도 같은 말을 했었다. 설령 사랑이 아니더라도 인간 대 인간으로서, 그녀의 선택을 존중하라고.

말도 안 되는 이야기였다. 그 여자가 죽음의 목전에 섰던 것을 두 눈으로 목격했다. 한데 또다시 사지로 기어들어 가는 것을 좌시하라는 말이나 다름없었다.

정말이지 대화를 엉망으로 만들 생각은 아니었다. 다만 그는 두려웠다. 최전선으로 돌아가겠다고 말하는 그 여자가, 살겠다는 약속 따윈 전혀 고려조차 하고 있지 않았던 그 여자가, 이 모든 것을 무의미하다고 치부해 버리는 그 여자가…….

아주 손쉽게, 또다시 생을 놓아 버릴 수도 있을 것만 같아서.

'왜 다시 이렇게 되어 버린 거지.'

그는 텅 빈 눈으로 생각했다.

이동 명령에 대해 아네트가 반발할 수도 있으리라고 생각은 했다. 그러나 대화로 잘 풀어 볼 요량이었다.

물론 그 생각에는 어느 정도의 확신이 깔려 있었다. 하이너는 아네트도 이 생활에 완전히 지쳐 있으리라고 여겼다. 전쟁터는 귀하게 자라 온 귀족 출신의 여자가 버틸 만한 곳이 절대 아니었으니까.

적당한 치하와 함께 다음 전투에 대한 암시를 주고, 제대 권유를 하면 그녀도 못 이기는 척 받아들이리라 예상했다.

"다시는 사적으로 보는 일 없었으면 합니다."

그렇게 예상했었는데…….

"총사령관 각하."

생각해 보면, 그 여자가 제 예상과 들어맞았던 적이 몇 번이나 있었던가.

언제나 하이너는 그녀의 형상 위에 제 오래된 환상과 망상들을 덧씌워 보았다.

우아한 백조. 세상의 모든 귀한 것을 모아 빚은 듯한 고귀한 혈통의 공주님. 이기적인 푸른 피의 습성을 그대로 물려받은— 나약하고 아름다운 여자.

어느 순간부터는 제가 그리는 것이 진짜 그 여자인지 왜곡된 기억인지 구분조차 하지 못하게 되었다.

이제는 정말, 아무것도 알 수 없게 되어 버렸다.

"저희는 만나지 않는 것이 좋겠습니다."

그럼에도 도무지 놓을 수 없는 것은, 제가 단단히 망가진 인간이라서일까.

하이너는 담벼락에 기댔던 몸을 바로 세웠다. 쥐고 있던 장교모를 쓰고 고개를 들었다. 강박적일 정도로 반듯한 몸가짐이었다.

어느새 종전의 흐트러졌던 모습은 깨끗하게 지워져 있었다. 그는 일정한 간격으로 걸음을 옮겼다.

"서로에게 상처뿐인 관계니까요."

"상처……."

하이너는 뒤뜰을 가로지르며 무표정하게 중얼거렸다.

아무런 의미가 없는 말이었다. 원래 제 삶은 온통 상처투성이였으니까. 어차피 불행할 거라면, 그 여자의 옆에서 불행한 것이 나았다.

말뚝에 매인 채 사위를 빙글빙글 도는 개처럼.

주인을 더는 기다리지 않게 될 때까지…….

9장

태연한 순간들 (1)

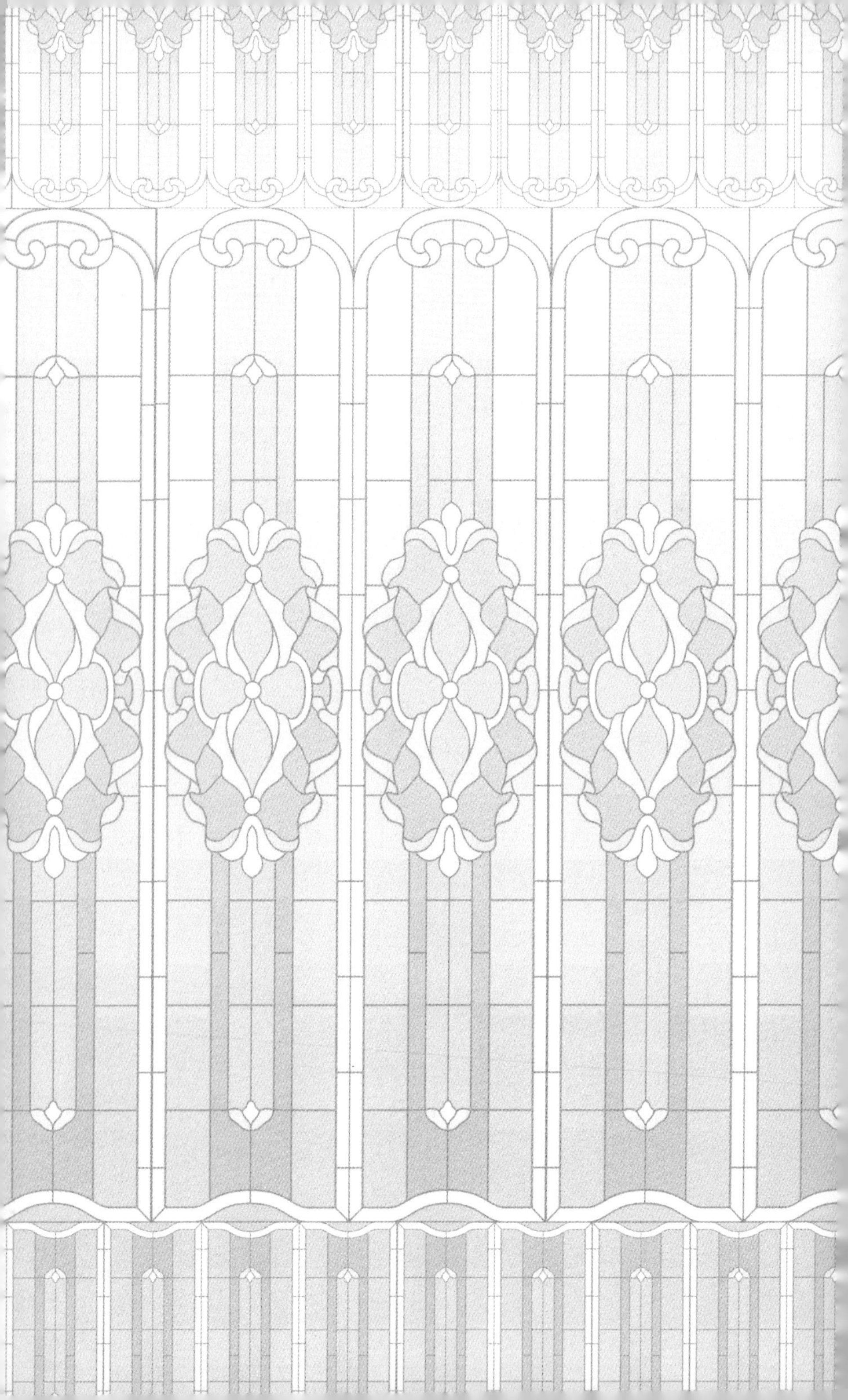

후방으로 배치된 이후 처음 맞는 일요일이었다.

이른 새벽부터 아네트는 얼굴을 씻고 단정한 옷으로 갈아입었다. 일요일 미사에 참석하기 위함이었다. 함께 방을 쓰는 이들 몇몇도 부스스 일어나 나갈 준비를 했다. 고요하던 방 안이 금세 부스럭거리는 소리로 채워졌다.

아네트는 모든 귀족이 그러하듯 본래 종교인이었다. 혁명 이후로는 교회를 거의 나가지 않았지만, 이곳에선 의식적으로 참석하는 편이었다. 그녀가 매주 미사를 드리는 건, 단지 여느 이들처럼 그저 기댈 곳을 찾기 위함이었다. 이제는 신의 존재를 완벽하게 믿지는 않았다. 기도하는 것도 실상 스스로에게 던지는 질문이나 바람에 가까웠다. 오랫동안 속으로 이야기들을 쏟아 내고 나면 조금 후련한 기분이 들곤 했다.

미사 시작 15분여 전, 아네트는 방을 나섰다. 여전히 뒤에서는 룸메이트들이 바쁘게 준비하는 중이었다. 아네트는 최소한의 필요한 말을 제외하곤 그들과 대화해 본 적이 없었다. 애초에 가까워질 수 있을 거라고 기대조차 하지 않았다.

그녀는 방문을 닫았다. 아무래도 상관없는 일이었다.

교회는 숙소에서 멀지 않았다. 어제 하이너를 만났던 곳이기도 했다. 그녀는 지난밤의 대화를 하나하나 지워 나가며 걸었다.

교회 안에는 꽤 많은 사람들이 있었다. 아네트는 맨 뒷자리의 복도 쪽에 앉아, 미사가 시작될 때까지 멍하니 십자가를 바라보았다.

군대에서는 신을 믿지 않는 이들도 꽤 열성적으로 미사에 참석했다. 벼랑 끝에서 붙잡을 곳이 필요하기 때문이었다. 아네트는 신을 찾으며 죽어 가는 병사들을 수도 없이 보았다. 그 신은 그들의 부르짖음을 들었을까. 알 수 없었다.

곧 미사가 시작됨을 알리는 부드럽고 잔잔한 피아노 반주가 시작되었다. 그녀도 익히 아는 찬송가였다. 아네트는 피아노를 멀거니 바라보며, 손가락으로 다리 위를 천천히 두드렸다. 반쯤 무의식적인 움직임이었다.

미사가 시작되기 직전, 온통 검은 옷을 입은 누군가가 옆쪽 시야에 들어왔다. 그는 아네트 바로 옆줄의 복도 끝에 앉았다. 어딘지 익숙한 기척과 향기였다. 머리로 제대로 생각하기도 전, 아네트는 무심코 옆을 돌아보았다. 그리고 곧장 뻣뻣하게 굳었다. 아네트는 최대한 자연스럽게 다시 앞으로 고개를 돌렸다. 그러나 정말 자연스러웠는지 스스로 확신할 수 없었다.

"먼저 기도로 미사를 시작하겠습니다. 우리 가운데 계신 우리의……."

사람들이 기도문을 읊기 시작했다. 아네트도 한 박자 늦게 기도문을 외웠다. 그러나 관성적으로 중얼거리는 것일 뿐, 내용은 전혀 머릿속에 들어오지 않았다.

"……우리 삶의 주관자이자 임종하는 이의 수호자이신 성부의……."

기도문을 외우는 그의 목소리가 작지만 분명하게 들려왔다. 아네트는 눈을 감은 채, 그 목소리를 애써 귀에서 밀어냈다.

성가대의 찬송이 끝나고 미사 설교가 시작되었다. 그때까지도 아네트는 좀체 미사에 집중하지 못했다. 시야 끄트머리에 위치한 그의 인영이 자꾸만 눈에 밟혔다. 자연히 사고도 그에 관한 것으로 흘러갔다.

'우연인가? 아니면 일부러?'

생각해 보면, 후방에 있는 군 교회는 이곳 하나였다. 후방 인력이 정식으로 미사를 드리기 위해서는 이곳에 참석해야만 했다. 그는 종교인은 아니지만 매주 미사에 참석했다. 듣기로 꽤 어릴 때부터였다고 했다. 신을 믿지도 않는데, 왜였을까.

'어릴 때부터…… 훈련생 시절을 말하는 걸까.'

서더레인 섬 훈련소는 아버지인 디트리히 후작의 소관이었다. 독실한 신자였던 아버지의 성격으로 미루어 보았을 때, 훈련생들에게도 교회를 나가게 했을 가능성이 컸다.

훈련생들에게…….

순간 머리를 한 대 맞은 것처럼 멍해졌다.

아네트는 시선을 천천히 떨어뜨렸다. 다리 위에 놓인 두 손이 차가웠다. 그녀는 두 손을 꽉 마주 잡았다.

그간 의식적으로나 무의식적으로나 그것에 대해 생각하기를 회피해 왔었다. 그러니까, 그의 과거에 대해서. 어떤 식으로든 그녀와 연관이 있을 거란 사실은 짐작하고 있었다. 이혼 이야기를 꺼낸 이후, 그는 증오심을 구태여 숨기려 들지도 않았으니까.

그러나 돌이켜 보건대, 그를 향한 자신의 질문에는 언제나 '왜'가 빠져 있었다. 늘 아주 단순하게 생각했다. 아버지는 대귀족에 혁명군을 핍박한 왕실의 군부 대장이니까. 자신은 그의 딸이니까. 그러니까 증오는 당연하다고.

단 한 번도…… 그에게 과거를 물을 생각은 하지 못했다. 작전의 일부로서 꾸며낸 거짓된 과거가 아니라, 진짜 그의 과거를.

생각들이 어지러이 뒤얽혔다. 결국 단 한 문장에도 집중하지 못한 채 미사가 끝났다. 아네트는 한숨을 삼키며 헌금 봉투를 꺼냈다. 그녀는 괜히 헌금 봉투 안에 돈을 느리게 넣고 봉투 입구를 섬세하게 닫는 등 한참 미적거렸다. 그와 마주치고 싶지 않았다. 그러나 그때까지도 그는 자리에서 일어나지 않고 있었다. 아네트는 아랫입술을 지그시 깨물었다.

'대체 뭘 하는 거야.'

그렇다고 고개를 돌려서 확인할 자신은 없었다. 결국 아네트는 참지 못하고 먼저 몸을 일으켰다. 그녀는 헌금함에 봉투를 넣고 곧장 예배당을 빠져나왔다. 안에서 시간을 조금 지체했던 터라 입구는 제법 한산했다. 바닥에 눈을 박은 채 빠르게 걸음을 옮기는데, 불현듯 이마를 어딘가에 부딪쳤다. 아네트는 화들짝 놀라 멈추어 섰다.

"어이쿠."

사과하기 위해 고개를 드는데, 앞에서 익숙한 얼굴이 환하게 웃고 있었다. 아네트가 눈을 크게 떴다.

"어딜 그렇게 급하게 가요?"

라이언이었다.

"라이언!"

아네트는 반가운 마음에 그의 이름을 소리 내어 불렀다. 아는 이 하나 없는 후방에서, 처음으로 만난 익숙한 얼굴이라 더욱 반가웠다.

라이언은 그녀를 가볍게 포옹하며 호탕하게 웃었다.

"하핫, 잘 지냈어요?"

"네. 여긴 어쩐 일이에요? 미사에 참석한 건가요?"

"그냥 한번 와 봤어요. 아네트가 후방으로 배치됐다는 소식은 들었는데, 구역이 다른 것 같더라고요. 여기 오면 만날 수 있을 것 같아서. 늘 미사를 드렸잖아요."

"아, 소식……."

말이 소식이지 소문일 게 뻔했다. 자신에 관한 이야기는 이미 후방에 파다하게 퍼져 있었다.

아네트는 그에 대해 내색하지 않으며 미소 지었다.

"여기서 보니까 뭔가 어색하네요."

"어라, 내가 어색해요? 그새 좀 못 봤다고?"

"어색하기보단 낯설어요."

"그게 그거 아닌가?"

"완전 다르거든요."

"어, 잠깐만. 뺨은 왜 그래요?"

라이언이 그녀의 왼뺨을 가리키며 물었다. 아네트는 아, 하는 소리를 냈다.

별로 큰 상처라고 생각하지 않았는데, 확실히 티가 나기는 나는 모양이었다. 어젯밤 만났을 때 하이너의 첫 질문이 이거였던 것을 보면…….

"일하다가 조금 다쳤어요."

"어디에 긁힌 건데요?"

"환자 손에……. 붕대를 갈려고 했는데, 다리를 절단하는 줄 알았는지 흥분을 했어요."

"이런……."

라이언이 혀를 찼다.

"사과는 받았어요?"

"음, 아뇨. 하지만 괜찮아요."

"전시 중엔 의료품도 인력도 부족하니 일단 절단하고 보는 군의관들이 많긴 하죠. 마음은 이해하지만, 애먼 사람 얼굴에 상처를 냈으면 사과를 해야죠."

라이언이 안타깝다는 듯 그녀의 상처를 자세히 살피며 말했다. 거리가 조금 가까웠지만, 물러나기엔 어색해질 것 같아 그녀는 그냥 가만히 서 있었다.

"또 그런 일이 생기면 그냥 다른 사람을 불러요. 간호사든 병사든……."

문득 눈이 마주쳤다. 아네트는 눈을 빠르게 깜빡였다.

라이언은 잠시 어리둥절한 듯 그녀를 응시했다. 수 초 후, 별안간 그의 얼굴이 확 달아올랐다.

그는 튕겨 오르듯 상체를 꼿꼿하게 세웠다. 순식간에 얼굴과 얼굴 사이의 거리가 멀어졌다.

"그, 그래도 상처가 깊지 않으니까 흉 지진 않겠네요. 많이 봐서 상처는 잘 알아요. 아, 물론 아네트도 많이 봤겠지만…… 간호사니까……."

라이언은 물러나며 횡설수설했다. 복도를 지나가던 이가 그와 약하게 부딪쳤다.

"아, 죄송합니다. 우리가 길을 막고 있네요. 아네트, 이리로……."

상대에게 대충 사과한 라이언이 아네트를 안쪽으로 이끌었다. 그러나 아네트는 움직이지 않았다. 정확히는 굳었다는 표현이 맞았다.

라이언의 뒤에 남자 한 명이 서 있었다.

특유의 메마르고 음울한 얼굴이 아네트를 향했다가, 라이언을 향했다가, 다시 아네트를 향했다.

아네트는 얼어붙은 채 가만히 서 있었다. 옆에서 라이언의 얼떨떨한 목소리가 들려왔다.

"……총사……?"

파다니아 군의 최고 책임자가 눈앞에 있었다. 스스로 말해 놓고서야 상대의 정체를 깨달았는지, 즉각 라이언이 목과 허리를 세우고 거수경례를 붙였다.

"충성! 총사령관 각하를 뵙습니다!"

아네트는 순간적으로 자신도 총사령관에 대한 예를 차려야 하는지 헷갈렸다.

손을 내린 라이언은 여전히 빳빳하게 몸을 세운 채 차렷하고 있었다. 하이너는 그에게 눈길조차 주지 않으며 무미건조한 목소리로 말했다.

"이곳은 교회다. 그럴 필요 없다."

"예 알겠습니다!"

하이너를 대하는 라이언의 태도는 누가 봐도 까마득한 윗사람을 대하는 그것이었다. 덕분에 별생각 없이 지나가던 사람들까지도 그들을 힐끔거렸다. 심지어 라이언도 덩치가 큰 편인데, 하이너는 그보다도 키가 훌쩍했다. 커다란 남자 둘이 복도 한가운데를 차지하고 서 있으니 자연스레 시선이 갈 수밖에 없었다.

"소속이 어디지?"

"육군 62사단 보충 대대 소속 중사 라이언 프롬입니다!"
"새로 옮겨 왔나?"
"예! 얼마 전까지 최전선 보충대에서 근무했습니다!"
"언제부터 군에서 복무했지?"
"6년 되었습니다!"
"그런데 아직도 중사인가? 전시엔 보통 진급이 빠를 텐데."
"죄송합니다!"
라이언은 자신이 왜 죄송해야 하는지도 모르면서 무작정 죄송하다고 외쳤다.
애초에 총사령관과 중사는 직급 차이가 어마어마했다. 이건 단순한 질문이 아니라 괴롭힘에 가까웠다.
"형제 있나?"
"위로 형이 한 명, 아래로 동생이 두 명 있습니다!"
"형도 입대했나?"
"했습니다!"
"동생들은?"
"집에 있습니다!"
"형제가 나란히 입대했군."
"그렇습니다!"
아네트는 이 자리가 불편해 죽을 지경이었다. 라이언에겐 미안하지만, 혼자라도 이곳을 벗어나고 싶었다.
"둘이 아는 사이인가?"
"그……렇습니다!"
"전선에서 만났고?"
"그렇습니다!"

"둘이 친한가?"

"예?"

라이언이 얼빠진 목소리를 냈다. 아네트도 어이가 없어져서 하이너를 바라보았다. 하이너는 표정 변화 없이 같은 물음을 반복했다.

"친하냐고."

"예, 예…… 그렇……."

말하다 말고 라이언이 힐끔 아네트를 보았다.

"……그런 것 같습니다."

"친구?"

"예에."

이게 대체 무슨 대화인지 알 수가 없었다. 보다 못한 아네트가 결국 나섰다.

"보는 눈이 많습니다. 이쯤 하고 돌아가는 게 좋을 것 같습니다."

"그냥 대화한 건데 뭐가 이쯤입니까?"

마치 어린아이 같은 하이너의 대꾸에, 아네트는 말 그대로 당황했다. 그게 '그냥 대화'가 아니었다는 건 지나가는 개도 알 수 있었다. 자신이 우기고 있다는 것을 하이너 스스로도 알고 있을 터였다.

아네트는 한숨을 삼키며, 나직하게 말했다.

"……그렇다고 치죠. 어쨌든 보는 눈이 많고 전 이 자리에 있기 싫습니다. 사람들이 어떻게 생각할지 아시면서 왜 그러세요?"

하이너의 얼굴은 '어떻게 생각하는데?'라고 되묻고 싶은 마음이 역력해 보였다.

그러나 다행히 그 정도 정신은 있는지, 그는 더 따지지 않고 입을 다물었다. 물론 불만스러운 표정은 여전했다.

"그럼 가 보겠습니다."

아네트는 더 이상 말을 섞지 않기 위해 곧바로 자리를 떠났다.

지금이 벗어날 기회임을 직감한 라이언도 거수경례한 후, 서둘러 아네트를 따라갔다. 둘의 등 뒤로 어두운 눈길이 따라붙었다.

"와, 소문으로만 듣던 총사령관을 직접 보다니. 그것도 일대일로 대화를 하다니. 군 생활을 100년 해도 평생 못 볼 사람이라고 생각했었는데! 아니다, 100년 해도 고위 장교에 못 올라가는 건 머저리 새끼죠."

약간 흥분한 듯한 라이언이 말을 쏟아 냈다.

"되게 차분한 성격이라고 들었는데, 기사로 접하던 것보다 훨씬 무섭긴 하네요……. 그러니까 총사령관인가?"

아네트는 괜히 자신 때문에 불편한 상황을 겪게 된 라이언을 걱정했지만, 정작 그는 크게 신경 쓰는 것 같지 않아 보였다.

그래도 찜찜함은 가시질 않았다. 아네트는 머뭇거리다 결국 짤막하게 사과했다.

"미안해요, 라이언."

"네? 아네트가 왜 미안해요?"

여기에서 '나 때문에'라고 말하는 건 조금 자의식이 과해 보일 것 같았다. 실제로 하이너가 그에게 한 질문들은, 표면적으로 보았을 땐 큰 문제가 없었다.

"아, 그냥, 제가 멋대로 대화를 끊어 버린 것 같아서."

"예? 아니에요. 그 자리 불편했어요."

"……역시 불편했죠?"

"하하, 총사령관이랑 이야기하는데 편할 군인이 어디 있겠습니까."

라이언은 대수롭지 않게 말했지만, 여전히 아네트는 마음 한구석이 걸렸다. 괜히 자신 때문에 그가 총사령관에게 찍혀서 어떤 불이익이라도 당하면 어쩌나 싶었다.

"그런데, 아네트."

"네?"

"후방 배치 명령을 받게 된 것…… 총사령관의 명령인 거, 맞죠?"

라이언이 조심스러운 어조로 물어 왔다. 아네트는 잠시 멍하니 그를 보다가, 고개를 숙이며 작게 대답했다.

"……아마도요."

그들은 지난번에도 이 이야기를 한 적이 있었다. 그때는 그냥 아닐 거라고 결론지었었는데, 지금에 와선 확신할 수밖에 없는 상황이었다.

"역시 맞았군요."

"맞았네요."

아네트는 씁쓸히 웃어 보였다. 라이언은 흠, 하고 숨을 내뱉더니 기억을 더듬듯 말했다.

"제가 전에, 전남편과 어떤 사이냐고 물어봤을 때는…… 그냥 타인이라고 했었잖아요. 더 이상 만나지도 연락하지도 않는다고."

"네."

"여전히 그렇다고 생각해요?"

늦겨울의 건조한 바람이 걸어가는 두 다리에 따라붙었다. 아네트의 걸음이 조금 더디어졌다. 그녀의 눈길이 굴러다니는 정체 모를 파편 위에 닿았다.

"……네."

파편이 오전의 햇살을 받아 빛났다. 멀리서 희게 보이던 그것은, 가까워지며 각도가 바뀔수록 본래의 색상을 드러냈다.

"여전히 그렇다고 생각해요."

"총사령관은 그렇게 생각하지 않는 것 같던데."

"그 사람 생각과는 상관없이, 저는 그래요. 그래야만 한다고 생각하고."

"이혼을 아네트가 먼저 요구한 건가요?"

"……맞아요."

가까이서 본 파편은 짙은 검은색이었다. 아네트는 그 파편을 밟고 지나갔다. 파직, 하고 발아래서 무언가가 부서졌다.

"그런데 왜 세상 사람들은 다 아네트가 이혼을 '당한' 것처럼 말하는 거죠?"

"그야 이혼으로 저는 잃을 것만 있었고, 그 사람은 얻을 것만 있었으니까요."

"글쎄요."

라이언이 고개를 갸웃거렸다.

"그는 당신을 잃은 것 같던데요."

"……무슨 의미예요?"

"말 그대로예요. 총사령관은 아직 아네트를 마음에 두고 있는 거잖아요?"

라이언은 한 치의 의구심도 없이 그렇게 말했다. 도리어 아네트가 할 말이 없어질 정도였다.

"……그렇지는 않아요."

"그렇지 않다고요? 엄청 티 나잖아요. 아네트를 후방으로 배치한 것도 그렇고, 며칠 전에 괜히 시찰을 온 것도 그렇고, 내게 괜히 말을 건 것도…… 그것도 꽤 적대적으로……. 아무튼, 증거들이 이렇게 명확한데?"

"그 사람이 제게 가진 감정은…… 조금 복잡해요. 라이언이 생각하는, 마냥 그런 좋은 감정만은 아니에요."

"흐음."

라이언은 여전히 납득 가지 않는다는 얼굴이었다.

"저야 아네트와 그 남자 간의 일들을 모르니 완전히 단언할 수는 없지만, 어쨌든 제가 본 바로는 그래요. 총사령관은 여전히 당신을 마음에 두고 있어요."

"뭐야, 완전 단언하고 있는데요?"

"……너무 확실하게 보이잖아요."

라이언은 숨길 생각도 없이 곧바로 인정했다. 아네트는 헛웃음을 지으며 물었다.

"왜 그렇게 확신하는 거예요?"

"남자들만 볼 수 있는 그런 게 있어요."

"대체 그게 뭔데요. 라이언 눈치도 별로 없잖아요."

"우와, 갑자기 나를 공격하네."

"그래서 뭐냐니까요."

"원래 남자들끼리는 다 알아요. 특히 한 여자를 사이에 두면 더 잘 알죠. 그러고 보니 아까 되게 삼자대면 같지 않았어요? 하하."

"됐다, 안 물어볼래요. 남자들끼리 잘 통하게 다시 총사령관이랑 수다나 떨러 가세요."

"차라리 자살할래요."

즉각 돌아온 대꾸에 아네트가 작게 웃음을 터트렸다. 괜찮다고 하더니, 역시 어지간히 힘들었던 모양이다.

"휴일인데 바로 숙소로 돌아갈 거예요?"

"밀린 잠 좀 자려고요."

"질문의 의도를 전혀 파악하지 못하고 있네요……."

허탈한 말에 아네트는 또다시 웃었다. 그녀의 웃음을 본 라이언이 따라서 시원한 미소를 지었다.

사실, 정말로 그의 의견이 궁금해서 캐물은 것은 아니었다. 단지 자신 때문에 괜한 상황을 겪은 그에게 미안했다. 혹시라도 상했을지 모를, 그의 마음을 풀어 주기 위한 그녀 나름의 노력이었다.

또한 라이언의 말이 이해가 가지 않는 것도 아니었다. 아니, 오히려 타당했다. 만일 과거에 비슷한 일을 겪지 않았다면 그녀 또한 그렇게 생각했을 것이다. 하지만 라이언은 알지 못했다.

하이너는 아주 사소한 눈빛 하나까지 연기할 수 있는 사람이라는 것을.

사랑하는 척, 미련이 남은 척, 후회하는 척— 전부 그에게는 종잇장을 드는 일만큼이나 가볍고 쉬운 일이었다.

그 언젠가의 어렸던 날들처럼…….

아네트는 눈을 감았다가 떴다. 흐리던 새벽하늘은 어느덧 맑게 개어 있었다. 걸어가는 길 끝에는 또다시 길이 이어져 있었다.

그녀는 그 길을 향해 발을 뗐다.

근래 유독 맑은 날씨가 이어졌다. 점심 식사를 마치고 치료소 건

물로 돌아가려던 아네트는 눈부신 햇살에 문득 현기증을 느꼈다.

그녀는 두 눈을 감고 인상을 찡그린 채 어지러움을 견뎌 냈다.

요즘 들어 어지럼증과 편두통이 다시 심해지고 있었다. 격무도 격무지만, 야전 병원 내의 분위기 때문에 스트레스를 많이 받은 탓이었다.

가만히 서 있자 일렁거리던 머릿속이 조금씩 잠잠해지는 듯했다. 아네트는 완전히 괜찮아지기를 기다렸다.

"……요."

"……."

"이봐요."

"……."

"이봐요! 괜찮습니까?"

아네트가 번쩍 눈을 떴다. 검지와 중지 사이에 시가를 끼운 낯선 병사가 그녀에게 얼굴을 디밀고 있었다. 아네트는 놀라 한 걸음 물러났다.

귀로는 목소리를 듣고 있었지만, 조금 멀게 들리는 듯해 다른 사람을 부르는 것인 줄로 알았다.

"네, 네……?"

"그러고 가만히 서 계시기에 뭐 어디 문제 있나 싶어서."

"아, 괜찮아요. 잠시 햇빛 때문에 어지러워서…… 감사합니다."

아네트는 어색하게 웃으며 그를 지나치려고 했다. 그러자 병사가 다시 그녀를 불렀다.

"저기요!"

"……네?"

아네트가 어깨를 들썩이며 뒤를 돌아보았다. 병사는 놀라게 할 생각은 없었다는 듯 두 손을 들어 보였다.

"앗, 그냥 여쭐 게 있어서요."

아네트는 습관처럼 경계하며 그를 바라보았다. 병사가 뒷머리를 긁적이더니, 주저주저 물었다.

"저 혹시…… 마틴이라고, 기억나십니까?"

"마틴이요?"

"예. 다리에 관통상을 입은 놈인데…… 며칠 전에 당신이 붕대를 갈아 줬던."

"……아!"

긴가민가한 얼굴로 병사의 설명을 듣던 아네트가 고개를 끄덕였다.

"기억나요. 그런데 왜……?"

자신을 마취하지 말라며 몹시 공격적인 태도를 보였던 부상병이었다. 그녀의 뺨에 상처를 낸 자이기도 했다.

"저는 저스틴이라고 합니다. 마틴의 동료죠."

병사가 인사와 함께 악수를 청해 왔다. 아네트는 얼떨결에 그 손을 잡아 악수하며 제 이름도 소개했다.

"아네트입니다."

"그때 난리 치는 마틴을 제가 붙잡았었는데, 기억 안 나시죠?"

아네트는 애매한 웃음만 입가에 띄웠다. 솔직히 전혀 기억나지 않았다. 당시 정신도 없었을뿐더러 너무 짧은 순간이었다.

"아, 뭐 저에 관한 이야기는 아니고요. 마틴 녀석과 관련해 드릴 말씀이 있어서. 혹시 바쁘십니까?"

"괜찮습니다. 어떤 이야기죠?"

저스틴은 시가를 입에 물었다가, 양 뺨이 홀쭉해질 만큼 빨아들이고선 입을 열었다.

"그 친구가 충격으로 좀 정신이 오락가락해요. 멀쩡할 때가 아니면 무척 난폭해지죠. 참호에 들어갔다 나왔거든요."

그의 말과 함께 희뿌연 시가 연기가 흘러나왔다. 짐작하고 있었던지라 아네트는 조용히 고개를 끄덕였다.

"셸 쇼크군요."

"우리끼리는 그렇게 부르고 있죠. 뭐 다 그렇겠지만 마틴의 동료들이 여럿 죽고 다쳤어요. 근데 아시다시피 전투 중엔 제대로 된 처치를 하기가 어렵잖습니까. 심지어 참호 안에 갇혔던 터라 물품을 조달할 상황도 안 됐고."

"……."

"평상시라면 시간을 들여 치료했을 상처도 그 안에선 뭐…… 어쩔 수가 없죠. 다친 팔다리를 군의관이 마취하고 절단해 버렸어요. 마틴은 그걸 옆에서 다 지켜봤고."

흔한 이야기였다. 전시에는 병사 하나하나 신중하게 치료할 시간이 없었다. 가장 단기간에, 효율적으로 목숨을 붙여 놓는 쪽으로 처치해야 했다.

오죽하면 군의관들이 이젠 눈을 감고도 팔다리를 절단할 수 있겠다며, 의사가 아니라 도살자가 된 것 같다는 말을 할 정도였다.

"정확히 마틴이 언제 그렇게 됐는지는 모릅니다. 그냥 전쟁이 끝나고 보니 그렇게 되어 있더군요. 그놈은 마취하는 것에 대해 극도로 공포감과 거부감을 느껴요. 자기 다리를 절단할까 봐."

"그렇군요."

아네트는 덤덤하게 대답했다. 사실 전선에서 근무하는 간호사라면 전부 예상할 수 있는 이야기였다.

저스틴은 타들어 가는 시가 끝을 잠시 바라보다가 쓰게 웃었다.

"흔해 빠진 이야기죠?"

"……아니라곤 할 수 없겠네요."

"다들 당신이 제대로 된 경험이 없다고 말하더군요. 그 간호사에게 처치 받았다간 잘못될지도 모른다면서."

아네트는 별다른 내색 없이 가만히 저스틴을 바라보았다. 아무런 감정도 들지 않는 것은 아니었지만, 이미 익숙해진 취급이었다. 간호 장교는 물론 동료 간호사들조차 그녀에게 드레싱을 할 줄 아느냐고 물어보는 지경이었다. 병사들이야 오죽할까.

"당신을 공격하려는 것은 아니지만, 최전선에 있었던 것도 평판을 위해 일하는 척했던 거라는 말들이 많았습니다."

"……."

"그 말을 들었을 때는, 그냥 그렇겠거니 했는데……."

"……."

"지금 보니 딱히 그런 것 같지는 않군요."

연기가 바람에 흩어졌다. 저스틴은 거의 다 타들어 간 시가를 바닥에 떨어뜨리고선 발로 비벼 껐다.

"그 녀석 발언…… 제가 대신 사과드리겠습니다."

"아니에요."

"의미 없는 소리인 건 알지만, 원래 그런 놈은 아닙니다."

원래. 아네트는 그 단어에 대해 잠시 생각했다.

원래 그런 사람이라는 게 있을까. 그 사람이 정말로 '원래' 그런 사람이라면— 죄를 물을 곳은 그의 태생일까, 생의 배경일까, 삶의 방향일까.

사람은 나기를 그렇게 나는 것일까, 자라기를 그렇게 자라는 것일까…….

"얼굴은, 괜찮으십니까?"

저스틴이 제 뺨을 툭툭 두드리며 물었다. 아네트는 조용히 고개를 끄덕였다. 그가 보일 듯 말 듯 미소 지었다.

"……다행이군요."

'위생병! 위생병! 닉이 총에 맞았어!'

'하이너! 엄호해 줘!'

하이너는 포대 뒤에 몸을 숨긴 채 고개를 끄덕였다. 사방에 포탄이 터져나가고 총탄이 끊임없이 빗발쳤다.

아돌프는 닉을 눕힌 채 모르핀을 주사했다. 닉이 숨을 껄떡거리며 제 배에 뚫린 총상을 바라보았다.

포대 너머로 한차례 총을 쏴 갈긴 하이너가 그들을 돌아보며 외쳤다.

'곧 뚫릴 거야! 지금 가야 해!'

'젠장, 젠장! 출혈이 너무 많아!'

하이너가 달려와 상태를 살폈다. 닉의 얼굴은 밀가루 반죽처럼 하얗게 질려 있었다. 하이너는 닉과 가까이에서 눈을 마주하며 고함치듯 말했다.

'닉, 나를 봐! 괜찮을 거다. 정신 차려야 돼. 괜찮을 거야. 알겠어?'

아돌프가 총상에 거즈를 꾸역꾸역 집어넣어 지혈했다. 닉이 창백해진 입술로 흐느끼듯 중얼거렸다.

'주, 죽고 싶지 않아. 나…… 나는…….'

'넌 안 죽어! 괜찮을 거라고. 내 말 들리나?'

하이너가 다짐시키듯 말했지만, 닉은 전혀 들리지 않는 것 같았다. 그의 입에서 쿨럭, 하고 피가 토해졌다.

'난, 죽고 시, 싶지 않……'

탕! 총탄이 날아왔다. 닉의 몸이 움찔하더니 축 늘어졌다. 몇 초 후, 복부 지혈에 집중하고 있던 아돌프가 외쳤다.

'돼, 됐다! 지혈됐어!'

하이너는 이를 꽉 악문 채, 아돌프의 어깨를 잡았다. 그제야 아돌프는 복부의 총상에서 눈을 떼고 고개를 들었다.

다른 총탄에 가슴을 맞은 닉이 눈을 뜬 채로 죽어 있었다. 아돌프는 피 묻은 손으로 거즈를 집어 던졌다.

'이런 씨발! 치료할 시간을 줘, 개새끼들아!'

'엄호할 테니 왼쪽으로 빠져!'

아돌프가 욕설을 지껄이며 장비를 챙겼다. 하이너는 닉의 군번줄을 떼 내어 주머니에 쑤셔 넣고선 총을 재장전했다.

온 세상을 태워 버릴 것처럼 떨어지는 포탄 소리로 귀가 먹먹했다. 타타타타! 상대편 진영에 사격한 하이너가 몸을 돌렸다.

달리고, 쏘고, 다시 달렸다. 몸을 숨기고, 수류탄을 던지고, 누군가를 죽이고, 누군가가 죽는 것을 보았다.

어느 순간 세상이 느리게 흘러갔다. 하이너는 숨을 몰아쉬며 주변을 둘러보았다. 제 호흡 소리만이 귓가를 가득 메웠다.

온통 아비규환이었다. 총탄에 맞은 병사들이 여기저기서 픽픽 쓰러졌다. 떨어져 나간 제 팔을 들고 어쩔 줄 모른 채 서성거리는 이도 보였다.

찰나 길을 잃은 듯한 느낌이 들었다. 멈춰서는 안 된다는 사실을 알면서도 왜인지 다리가 움직이질 않았다.

이 지옥 끝에 대체 뭐가 있는 걸까.

그렇게 생각하는 순간, 누군가 그의 곁을 스쳐 지나갔다.

한쪽 무릎이 박살 난 병사가 절뚝거리며 응급 치료소로 가고 있었다. 병사는 돌부리에 걸려 넘어졌지만, 끝내 기어서 치료소 입구에 도착했다.

흙과 핏물로 엉망이 된 간호복을 입은 여자가 뛰쳐나왔다. 간호사는 그를 일으켜 부축해 주었다. 이어 그녀가 고개를 들었다.

정오의 태양 빛에 황금색 머리칼이 반짝였다. 한평생 좇아왔던, 바다를 닮은 푸른 눈동자가 그를 직시하고 있었다.

'아…….'

세상의 모든 소음이 멀어졌다. 쿵쿵. 전장의 긴장과 흥분으로 심장이 격렬하게 뛰고 있었다. 하이너는 눈꺼풀을 길게 내리감았다가 떴다.

다시 시야에 들어온 세상은 고요했다.

총포 소리도, 수류탄 터지는 소리도, 비명도, 고함도, 시체도 없었다. 창백한 백열등 빛만이 병원 안을 비추고 있을 뿐이었다.

아네트는 그의 존재를 인지하지 못한 채, 물품 개수를 기록하고 있었다. 부쩍 수척하고 거칠어진 얼굴은 백열등 아래서 유난히 핏기가 없어 보였다.

하이너는 그녀를 얼마간 응시하다가, 느리게 시선을 떨구었다. 제 손에는 총이 쥐어져 있지 않았다. 그러나 여전히 손끝은 가늘게 떨리고 있었고, 호흡도 일정치 못했다. 심리가 불안정해질 때마다 종종 나타나는 증상들이었다.

하이너는 작전 때문에 전쟁에도 여러 번 참전했었다. 정작 파다니아 군으로 참전한 적은 거의 없다는 게 아이러니지만.

참전 시절 하이너는 야전 병원의 간호사들을 아네트와 겹쳐 보곤 했다. 어깨에 총상을 입어 의식이 가물가물하던 때도, 그를 치료해 주던 간호사를 그녀로 착각했었다.

정신을 차린 뒤엔 스스로가 어이가 없어 웃었다. 이런 곳에서, 이런 험한 일을 그 여자가 하고 있을 리 없으니까.

'그 헛된 환상이 현실이 될 줄이야.'

하이너의 눈동자가 그녀의 손끝을 따라 굴러갔다. 가는 손가락이 물품을 차례차례 세어 나갔다. 물품의 끝에 도달하자 아네트는 차트를 다시 확인했다. 무언가 수가 안 맞는지 그녀가 고개를 갸웃했다.

하이너는 열 걸음 정도 떨어진 곳에서, 흔들리는 눈으로 그녀를 바라보았다. 그의 입술이 무언가를 말할 듯 말 듯 작게 달싹였다.

만일 우리가…….

우리가 이곳에서 만났다면 어땠을까.

그냥 평범한 군인과 간호사로— 당신을 이곳에서 처음 만났다면 어땠을까.

나는 부상을 입어 이곳에 오고, 당신은 나를 치료해 주고, 그렇게 우리가 처음 만나고. 당신의 이름을 묻고, 내 이름을 알려 주고. 난 당신에게 약혼자나 애인이 있는지 알아내기 위해 애를 쓰겠지. 뭐 도와줄 것이 없나 하고, 할 일 없는 개처럼 당신 주변을 맴돌면서.

쉬는 날이면 으레 군인들과 간호사들이 그러하듯, 모닥불 앞에 나란히 앉게 될지도 모른다. 당신과 나는 다른 이들의 춤을 구경하며 웃음을 터뜨리겠지.

우리는 함께 근처 선술집에 가서 긴 이야기를 나눠 볼 수도 있을 거야…….

힘없이 늘어뜨린 하이너의 손끝이 여전히 희미하게 떨리고 있었다. 시선은 그녀의 얼굴에서 떨어지지 않은 채였다.

어쩌면, 어쩌면 말이야.

만일 내가 그 거대하고 아름다운 로젠베르크 저택이 아니라, 피 냄새와 신음이 가득한 이곳에서 당신을 만났더라도.

깨끗한 흰 드레스를 입은 당신이 아니라, 낡은 간호복을 입은 당신을 만났더라도.

닿을 수 없는 까마득한 신분의 당신이 아니라, 그저 평범한 여자로서 자원하여 종군하는 당신을 만났더라도.

어쩌면 나는 당신을…….

물품 확인을 마친 아네트가 상체를 세웠다. 그녀는 피로한지 눈두덩이를 문지르고선 몸을 돌렸다. 마른 뒷모습이 쓰러질 것처럼 위태로워 보였다.

하이너는 떨리는 손가락을 말아 쥐었다. 가정으로 시작된 생각은 더 이어지지 않고 끝이 났다.

막사로 돌아가야 했다. 전투가 끝났다고 해도 지금은 전시였다. 이곳에서 낭비할 시간은 없었다.

돌아가야 했다.

그녀 또한, 돌아가야 했다.

하이너는 떨어지지 않는 걸음을 간신히 돌렸다. 여전히 야전 병원 내부에선 병사들의 신음이 끊이지 않고 이어지고 있었다.

그가 반쯤 닫혀 있던 천막을 젖혔다. 천막 입구 너머는 안쪽보다 더욱 컴컴하게 느껴졌다. 하이너는 잠깐의 주저 후에 발을 뻗었다.

그 순간 뒤쪽에서 쿵, 하고 무언가 쓰러지는 소리가 났다.

하이너는 무의식적으로 고개를 돌렸다. 그러나 침상과 의료 트레이 때문에 아래쪽이 제대로 보이지 않았다.

“어머!”

지나가던 간호사가 놀라 무릎을 굽혔다. 그녀가 고개를 들며 주변에 외쳤다.

“누가 쓰러졌어요!”

〈3권에서 계속〉

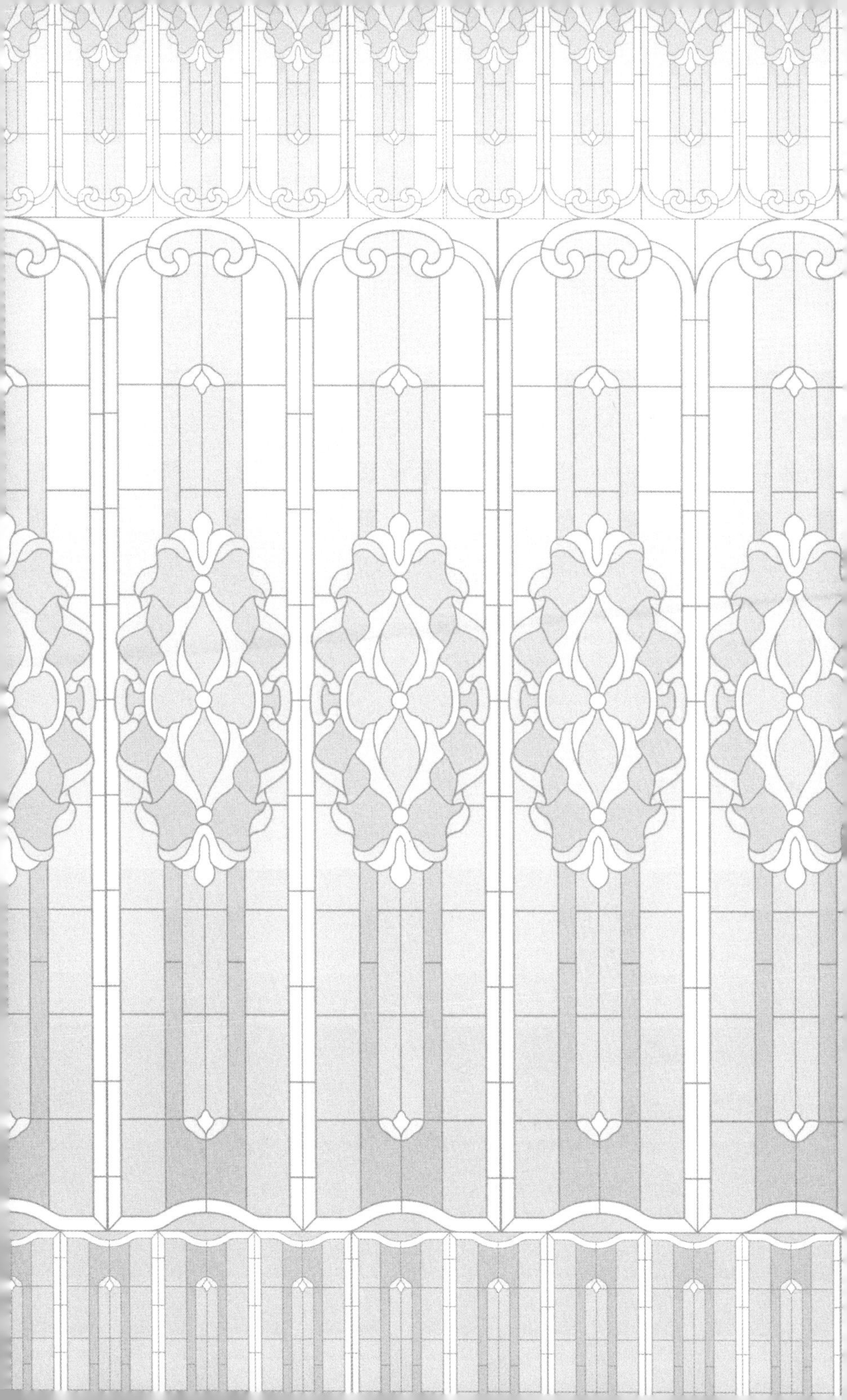

사랑하는 나의 억압자 2

초판 1쇄 인쇄 2024년 4월 25일
초판 1쇄 발행 2024년 5월 1일

지은이 서사희
펴낸이 김선식

부사장 김은영
제품개발 윤세미, 설민기
웹툰/웹소설사업본부장 김국현
웹소설팀 최수아, 김현미, 심미리, 여인우, 이연수, 장기호, 주소영, 주은영
웹툰팀 이주연, 김호애, 변지호, 안은주, 임지은, 채수아, 최하은, 조효진
IP제품팀 윤세미, 설민기, 신효정, 정예현, 정지혜
디지털마케팅팀 김국현, 김희정, 신혜인, 이소영
디자인팀 김선민, 김그린
저작권팀 한승빈, 윤제희, 이슬
재무관리팀 하미선, 김재경, 윤이경, 이보람, 임혜정
제작관리팀 이소현, 김소영, 김진경, 박예찬, 이지우, 최완규
인사총무팀 강미숙, 김혜진, 지석배
물류관리팀 김형기, 김선민, 김선진, 전태연, 주정훈, 양문현, 이민운, 한유현
외부스태프 크리에이티브그룹 디헌(디자인) 영수(일러스트)

펴낸곳 다산북스 **출판등록** 2005년 12월 23일 제313-2005-00277호
주소 경기도 파주시 회동길 490
전화 02-702-1724 **팩스** 02-703-2219 **이메일** dasanbooks@dasanbooks.com
홈페이지 www.dasan.group **블로그** blog.naver.com/dasan_books
종이 스마일몬스터 **출력·인쇄** 민언프린텍 **코팅·후가공** 제이오엘엔피 **제본** 다온바인텍

ISBN 979-11-306-5192-7 (04810)
ISBN 979-11-306-5165-1 (SET)